凶神の花嫁は、良妻を自称する

～旦那様、浮気も無視も大歓迎です～

★

黒猫子猫
Kuronekokoneko

NIGHT STAR BOOKS

イラスト／えとう綺羅

プロローグ　闇夜の嫁入り

花嫁を乗せた馬車は、新居となる城の正門前に着くと、ぴたりと止まった。

馬車は豪奢な装飾が施され、婚姻が既に噂になっていた事もあり、道中、道行く者達の視線を浴びてきた。神族と呼ばれる異能の力を持つ種族が住まう、唯一無二の世界『神界《しんかい》』では、婚姻が結ばれること自体が珍しいという事もあった。

馬車の窓は閉められ、誰もその姿を見る事は出来なかったが、花嫁が暮らしていたという宮殿は、大変な美貌を持つ者ばかりだと有名で、彼女もきっと美しいだろうと口々に言いあった。

そして、本来は幸せの絶頂にあるはずの花嫁に対して、神々は心から哀れんでいた。

「また嫁がされるのか。可哀想に。最初の花嫁が狂死させられてから、これで何人目だ」

「ええと……七人目だそうだ。そう言えば、前の娘は結局どうなったんだ？」

「散々弄《もてあそ》ばれて、惨い目に遭わされたとかで、逃げ帰って来たんじゃなかったか」

「それは三人目だろ。確かその後、静養先で自害したと聞いたぞ。よっぽど辛かったんだろうな」

「前の娘は、また行方知れずになったんだよ。最近は送り返しもしない。酷いもんだ」

さて、今度の花嫁は一体何日持つだろう。そんな話で持ちきりだった。

馬車は山を越え、獣も近寄らないと言われる森の奥で止まった。鳥や虫の鳴く声も無く、静まり返っている。高い木々が生い茂り、昼間でも薄暗いため『死の森』という異名を持つ森だ。

しかも最悪な事に、到着したのは深夜だった。当然ながら薄暗いどころか、完全な闇の中である。

城の主であり、この界隈《かいわい》の領主でもある男が、到着の時刻を真夜中に指定してきたせいだ。

約束の刻限でもないのに、勝手に男の領地に立ち入る訳にもいかず、早く行って死の森の中で延々と待たされるのも恐ろしい。仕方なく、城主の領地の境である山の麓で時間を潰した。花嫁の養母が付けてくれた警護の兵達は、式までは領内に入るなと言われているので、そのまま麓に待機となった。その為、非力な従者達は護衛不在のまま山を越え、死の森を抜け、やっとの思いで指定された時間通りに花嫁を連れて来たのだ。

だが、城門前には誰も居ない。

城の正門は、お情け程度に開いているだけで、周囲にはかがり火一つ焚かれていなかった。

頼りになる明かりは、持参してきた数個のランタンの光だけだ。その僅かな光を頼りに高い城壁を見上げれば、至る所が薄汚れていたり、苔や草木が生え出したりしていて、何とも薄気味悪い。

死の森の奥地にある、廃墟。

それが『凶神《きょうしん》』と恐れられる男の、新たな花嫁となるアメリアの新居だった。

従者達に急かされて馬車から降り立ったアメリアは、眼前の廃墟に一人、目を瞬いていた。

「ど、どうか末永くお幸せに！　式には警護の兵の参列が許されていますので、ご安心を！　では！」

「え？」

背後から聞こえた声に振り返ってみると、従者達は御車台に飛び乗り、馬車に同乗していた侍女達は勢いよく扉を閉めた。そして、アメリア一人を残して、凄まじい勢いで去っていった。

お幸せにと折角祝いの言葉を貰えたので、礼の一つも言うべきだろうと、アメリアは思った。

「どうもありがとうございました」

もう既に姿形も見えなくなっている者達に、のんびりとそう言うと、改めて城壁を見上げた。

アメリアは道中で聞いた従者達の話で、夫となる男が花嫁を迎え入れる場所に指定してくるのは、いつも城の正門前だという事は聞いていた。男の城は外観からして酷いとか、怖いとか、そんな話だったので、現物を見ても大きな驚きは無い。新居は別にどうでも良く、酷い有様を見ても絶望もしない。むしろ暗すぎるせいで、城の全貌が何も見えず、つまらないとさえ思った。

「ここも、真っ暗……」

男が住む城は『常闇《とこやみ》の城』と呼ばれ、常に夜の闇の中にあると言われていた。ただ山越えの間に日が暮れ、深い森を通る時にはもう夜になっていたから、真偽は定かではない。

僅かな光も無かったので、養母が神力《しんりき》を注いで作ってくれたというランタンが無ければ、辿り着く事さえ難しかっただろう。

そのランタンの一つは、アメリアの手元にある。従者達も闇の中に一人放り出して帰るのは引け目を感じたらしく、早く逃げ帰りたいと急く中でも、アメリアにランタンを渡してくれていた。

周囲を照らす貴重な光に目もくれず、アメリアは闇を見つめ、感動のあまり身を震わせた。

（これで自由だ！）

正確には『嫁入り』なのだが、浮かれるアメリアの頭にそれはない。

目を輝かせ、僅かに開いていた門の隙間から、勝手に城内へと入ってみると、雑然と草木が生えた広場があった。城門の前が静寂に包まれていたように、誰も居ない。そのまま横断すると、ドレスの裾が低木の枝や棘のある草に引っかかり、草についていた土でも汚れたが、気にしなかった。

着せられたのは、黄色の派手なドレスだ。宮殿の侍女達からは嘲笑まじりに、『貴女の赤い髪は、日没のような落ち目の色だ』と言われていたが、黄色はまだ似合う色かもしれない。

だが、それに幾重もの白いフリルが裾や袖に付いている時点で、文句を言いたい。

しかも、可愛いお花の刺繍がふんだんに縫い付けられている。苦情の方が良いだろうか。

更には、腰のあたりに大きな桃色のリボンまでついている。これはもう怒るべきだ。

こういうドレスは、小柄で可愛い女の子が似合う事くらい、アメリアにも分かる。間違っても、成人を迎えた長身の女が着る物ではないだろう。しかもドレスは小さめで、最初から体型に合っておらず、侍女達が胸や腰をコルセットでぎゅうぎゅうに締め付けて、無理矢理に着せてきたものだ。

そんな明らかに適当に見繕われた物を、雑に扱って何が悪い。

持たされたウェディングドレスも同じだろう。誰かの使い回しかもしれないとさえ思うのは、アメリアの養母の元から夫となる男の所へ、既に何人もの女神が嫁いでいるという話だからだ。

逃げ帰って来られた花嫁は僅か二人で、一人はあまりの恐怖を味わったゆえか狂死し、もう一人は多くを語らないまま自死し、他の者達は消息を絶ったという。命を吸い取る力を持つと言われる凶神の名に違わず、男が花嫁達の命を喰らったのではないかと専《もっぱ》らの噂だ。

実際の所、男が花嫁達に何をしたのかも、彼女達がどうなったのかも、全て憶測まじりの噂でしか聞けなかったアメリアには、何一つ分からなかった。

その頃、城主である男は、城の最奥の私室にいた。

山や死の森、城壁の上に身を潜め、密かに花嫁行列を監視していた部下の一人が、動向を全て報告していた。

「――時間通りに来ました。警護兵達は、山の麓で待機したままです」

「奴らも式を待たずに逃げ帰れば、死体にならずに済むものを」

「おっしゃる通りです。しかし今度の従者達は、随分と臆病ですね。花嫁一人を置き去りにして、一目散に逃げていきましたよ。残った所で先は見えていますから、賢明ですが……」

そう報告すると、男の顔が僅かに曇ったのに気付いて、続けて訊ねた。

「どうかされましたか？」

「……いや、何でもない。一人取り残された花嫁は、今頃さぞ怯えているだろうと思ってな」

「そうですね。城門を通って中に入って来ましたが、怖いのか、身体を震わせていましたよ。まあ、こちらの油断を誘う為の演技かもしれませんが」

「面倒だな……。まあ良い。これが最後だ、付き合ってやるか。お前達に飛びかかられても困るから、俺が女の力量を見定めるまで近寄るな。周囲の監視を続けろ」

部下が頭を垂れて下がると、男は座っていた長椅子から立ち上がり、憂鬱《ゆううつ》な顔で窓の外に目を向けた。何でもないと誤魔化しはしたが、一人置き去りにされたという言葉に、苦い過去を蘇らせていた。

『貴方が、私の初めての友達だからでしょうかね』

その理由一つで、友人は自分達家族を守る為に、敵を引き付ける囮になってくれた。

敵に迫られ、友人を一人残して逃げざるを得なかった自分に出来たのは、恩は忘れないと言い残す事くらいだったが、それさえも苦笑して、気負うなと言わんばかりに更に告げられた。

『忘れて良いですよ。大した事はしていませんから』

私欲の無い、心優しい友人の澄んだ翡翠色の瞳は、今も心に刻まれている。

あの時の事を忘れた事はなく、そして苦い想いを抱き続けてきた。

「もうすぐだからな……俺はずっと、お前の友達だ。必ず、連れて帰る」

ぽつりと呟いて拳を握りしめると、葛藤する想いを胸の奥に秘め、最後の花嫁を出迎える為に、重い足取りで部屋を後にした。


アメリアが広場を抜けた先にあった古びた建物の中に入っても、生き物の気配一つしなかった。

無気味に静まり返った真っ暗な城内をランタンの光で照らしてみれば、壁紙は剥がれ落ち、窓は割れ、足元の石畳の床はあちこち浮き上がっていて補修をされた形跡もない。

城壁以上に悲惨な城内に、アメリアの目は輝いた。

「誰もいない。ぼろぼろ。汚い……何て素晴らしい所だろう！」

今まで暮らしていた養母の宮殿は、最高級の調度品が揃い、壁に染み一つ無く、床は塵一つ落ちていないと思う程、掃除が行き届いた完璧な建物だった。

だから、息が詰まって仕方がなかったのだ。

光り輝く床を少しでも足音をたてて歩けば、すぐに侍女頭の叱責が飛んできたから尚更である。

その点、こんな廃墟であれば少しくらい傷を付けようが誰も気付かないし、誰も居ないから物音をたてても怒られない。

アメリアの足取りは軽くなる一方で、誰も姿を見せない事もあって、弾んだ足取りで城内を進む。

部屋の殆どに鍵がかかっていて、中を見る事は出来なかったが、あちこち歩き回った末に一際大きな扉の前に行き当たった。

試しにそっと押してみると、耳障りな音と共に扉が開いた。

中へ入ってみても室内は暗く、唯一の明かりは、アメリアが手にしていたランタンの光だけだ。

だが、その光も、突然ゆらりと揺れた。

「忌々しいものを持ち込むな」

不快だと言わんばかりの、冷たい男の声が響く。

指が鳴る音と共に、ランタンの光が突然消えて、室内は闇に包まれた。

アメリアは役目を終えたそれを足元に置くと、正面を見据えた。

すると、男がまた何かしたのか、室内が見る見るうちに明るくなる。光を頼りに顔を上げると、天井のシャンデリアに明かりが灯っていた。

ただ、その光は強いものではなく、薄っすらと室内を照らす程度だったから、暗闇に慣れたアメリアの目もあまり眩む事は無く、すぐに順応した。

視線を落とせば、広い講堂のような場所の奥に、まるで玉座のような椅子が一つあった。

その椅子の上に長い足を組んで一人座っていたのは、噂通りの、否、噂以上の美丈夫だった。

濡羽の烏のような黒の短髪で、顔立ちは完璧としか言いようがない程整い、二重瞼《まぶた》の下の緋色の瞳は、男に良く映えた。アメリアを見返す切れ長の目は冷徹さを感じさせる。

上は黒い半袖のシャツ一枚で、トラウザーズも黒一色だ。彼の素肌は白く、黒の中で特に際立ち、どこか艶《なまめ》かしささえある。

そんな美貌の男を前に、アメリアは思わず、ほうっと息を漏《も》らした。見惚れた訳では無い。

（……身軽そう。涼しそう。羨ましい……）

季節は夏だというのに、ドレスの生地が厚ぼったく重い上に、コルセットの強い締め付けに苦しんでいたアメリアとしては、交換して欲しいくらいだったが、流石にそれを口には出せない。

アメリアは夫となる男の容貌を聞いていたから、彼が名乗らずとも誰か分かったが、念の為に確認しておく事にする。

「貴方が……レイ様で……いらっしゃいますか？」

「ああ。ようこそ、我が城へ」

レイは笑みを浮かべた。

背筋が寒くなるような冷笑だというのに、むしろその美貌を増している。他者を魅せるものだ。

それも単に惚けさせるという種のものではない。骨抜きにされそうな、どこか退廃的な空気を漂わせている。

そんな美しくも冷徹なレイを前にして、アメリアは立ち尽くし、今度は狼狽《うろた》えた。

緊張のあまり、一瞬、台詞が飛んでしまったからだ。

「あ……あの……」

しどろもどろになり更に焦るが、レイは助け舟を出すどころか、椅子の手すりに肘を置き、頬杖をついて、黙って見返してきただけだ。

冷然とした緋色の瞳は、さっさと続けろと言わんばかりである。

お世辞にも話を聞く態度ではない彼に、アメリアは一言物申してやりたかったが、そうしたら肝心の台詞を忘れてしまいそうなので、逆に自分を励ます事にした。

（あんなに練習したんだ！　頑張れ、私）

「わた、わたくしは……」

（こそばゆい。ああ、こそばゆい。何で『わたくし』なんて、言わなくちゃいけないんだろう）

挨拶の口上を作り、暗記を強いてきた侍女頭にも、アメリアは何度そう抗議したか分からないが、『仮にも貴女は女なのです！』と繰り返されるばかりだった。

もう少しましな理由にして欲しい。大体、仮ってなんだろうか。生物学上はちゃんと女である。

思い起しながらなので、アメリアの言葉はたどたどしくなり、声が小さくなった。

その上、緊張して上ずった声になってしまい慌てたが、今更どうしようもない。

（こういうの、苦手なんだよね……）

今は女神エイリーンの養女として扱われているが、アメリア本人としては大いに異議を申し立てたい事案だ。勿論、畏《かしこ》まった場など不得手であるし、好きでもない。華美で荘厳な養母の宮殿よりも、暗い廃墟の方が冒険心をくすぐられて良い。

だから、深夜の廃墟に不安や恐怖を覚えもしない。それよりも、宮殿で侍女頭に叩き込まれた『礼儀正しいご挨拶』を、無事に終えられるかの方が気がかりだった。

出迎えも寄越さない時点で、別に礼を尽くす必要もないように思ってしまうが、そうなると、この一月と言うもの、いつも以上に口煩《うるさ》かった侍女頭の熱血指導に、血の滲《にじ》むような努力をした日々が勿体無い。

「アメリアです」

まず名乗り、そして猛練習の末に覚えさせられた、挨拶の長い口上を延々と述べて、最後に、

「どうか末永く宜しくお願い致します」

と、ドレスの端を手で摘み、一礼した。

（完璧！）

アメリアは心中で自分に拍手喝さいを贈った。レイは大して興味も無さそうな顔で黙っていたが、アメリアにしてみれば、聞いていてくれただけで十分だった。

不馴れな事なので、下手に途中で遮られたりでもしたら、忘れてしまいそうだったからだ。

もう一度なんて絶対に嫌だ。黙って聞いていた所をみると、この男も多少なりとも空気を読めるようだろうから、察して欲しい。

大変失礼な事を考えていたアメリアだが、レイの方がもっと失敬だった。

遠路はるばる、彼の指定どおり真夜中に嫁いできた花嫁に向かって、言い放ったのは。

「末永く……ね。いつでも帰って構わない、何なら今直ぐ引き返せ」

恐ろしく薄情な言葉から、二人の結婚は始まった。

第一章　私の夫の名前は、レイである

『いつでも帰れ』

夫となるはずの男の口から言い放たれた薄情な言葉に、アメリアは膝から崩れ落ちそうになる程の絶望感を味わった。

「なんて酷い！　あんまりです……っ！」

そう猛然と抗議してしまう。

今までの花嫁ならば、この結婚にいかに胸を躍らせて来たのか熱く語る所かもしれないが、アメリアは、そんなものには全く期待してこなかったので、別にどうでも良い。

更に言うなら、レイがどんな容姿であろうと、どんな嗜好であろうと、全く興味は無い。

肝心なのは自分に『夫』がいて、結婚生活が『続く』事なのだ。

追い返されたら、また悪夢のような窮屈な宮殿での生活に逆戻りだ。自分の性格がお世辞にも従順とは言えない自覚はあるし、教育係だった侍女頭からは四六時中叱責され、世話役の侍女達からも目を付けられていたので、次の縁談などそう来ないに決まっている。

今回の縁談は、誰もが敬遠したせいで、やっと巡ってきた話だろう。

養母の宮殿から出られる数少ない機会だと、アメリアは意気込んでいた。

それなのに、夫となるはずの男は、帰れとあっさり言い放ってくる。

「お……っ」

お前こそ帰れと言い返しそうになったが、アメリアはすぐに我に返った。

そういえば、ここはこの男の居城だ。帰るも何もない。慌てて一度咳払いをして誤魔化し、醒めた目で自分を見返すレイに、全力で笑顔を作った。

「お、驚きますわ……そんな事をいきなり言われるなんて、思っておりませんでしたもの」

そう言いながら、アメリアは絶叫しそうになった。

（ああ、苛々する！　何なんだろう、この言葉遣い……これで合っているのかな？）

侍女頭から『上品な女』は、こうあるべきだと言い含められてきたが、本当だろうか。

「別に、驚く事は無いはずだ。俺の噂は色々聞いてきただろう？」

レイが形の良い唇に笑みを浮かべて返してきたので、アメリアは遠慮なく同意した。

「ええ、まあ」

「………………」

アメリアが聞いた噂はあまり良いものではなかったが、それを真に受けられる程、この男を良く知りもしない。興味があるのは、自分の好きなようにさせてくれるかどうかだ。

「ですが、この婚姻を貴方様はお受けくださったではありませんか」

「確かに。お前の養母と交わした約定があるからな」

レイが認めたので、アメリアはすかさず言った。

「では、宜しくお願いします」

「………好きにしろ」

どうやら居るのも帰るのも自由、という事らしい。これはありがたい。

アメリアが思わず満面の笑みを浮かべると、レイは軽く眉をひそめた。

「嬉しそうだな」

「はい。わたくし、この結婚を心待ちにしていましたの」

益々訝しむ顔をしたレイだったが、おもむろに立ち上がった。

「幾つかお前の私室を用意した。お前と一緒に置き去りにされていた荷物は、俺の部下が部屋の一つに運んだから、後で確認しろ。案内してやるから付いて来い」

「分かりました」

嫁入りにあたって必要な物は、侍女達が揃えていたが、アメリアの私物は皆無に等しいから、その存在を忘れていた。部屋も寝場所が一つあれば良いのだが、とりあえず『上品な妻』であろうと、大人しく頷いておいた。

レイはアメリアの前を素通りしようとしたが、ぴたりと足を止めた。何の遠慮もない手で、自分のシャツを引っ張られて、止められた為だ。

「何だ」

「廊下は真っ暗でしょう？　持参した灯りを貴方が消してしまったので、わたくし、周りが何も見えませんの。連れて行って頂こうと思って」

「……離せ」

レイは面倒そうに振り払うと、再び指を鳴らした。すると、廊下の壁に設置されていた燭台に光が灯り、明るく照らした。再び歩き出したレイの後を追いながら、アメリアは呆れていた。

別に、城内を暗くしておかなければ駄目と言う訳でも無いようだ。それなのに、暗がりを作って相手を出迎えるなんて、脅かす気満々ではないか。可愛く怯える顔でも見たかったのだろうか。

「面倒臭いなあ」

「何か言ったか」

その上耳聡い、という呟きは、アメリアの心中のみである。また帰れと言われたら困るからだ。


アメリアに用意されていたのは、城の一区画丸々だった。部屋の数からして十はある。

この廃墟の不可思議な所は、外観こそ非常に悪いが、奥へ進むほどに絢爛《けんらん》になる事だ。

与えられた区画は清潔感があり、大理石の床は光り輝いている。アメリアは顔が引きつりそうになるのを懸命に堪えた。廃墟の方が気を遣わずに済むと思っていたからだ。

どの部屋も家具が揃い、クローゼットには沢山のドレスが入っていたが、それらはアメリアの為に用意された物ではなかった。十ある部屋から、アメリアが居室として適当に一部屋選び、中に入って見て回っていると、レイが部屋の物が揃っている理由をあっさりと暴露した。

「全部前の女達が持ち込んで、置いていったものだ。好きな物を使っていい」

その言葉にアメリアは納得した。道理で置かれているドレスにしろ家具にしろ、趣向が各部屋で違うはずだ。

「お心遣いありがとうございます」

自分には一切不要な品だが、その理由を言うと不審がられるので、礼儀正しく答えつつ、

「ですが、持ち主がいらっしゃるという事でしたら、わたくしが勝手に使うわけには参りませんわ」

と、すかさず遠慮した。

明らかに動き難そうな、派手なドレスばかりだからだ。迷惑である。

「構わない。二度と戻って来る事は無いからな」

「ああ……噂で少し聞きました。何でも食べたとか」

平然と言うアメリアに、レイは軽く目を見張りつつも頷いた。

「そうだな。目ぼしい女は喰ったぞ」

くくと、彼は淫靡に笑って見せたが、アメリアはぴくりとも表情を変えなかった。

一体どこに彼の笑う点があったのか、さっぱり分からなかったからだ。

「それは、面白い事なのですか？」

「そういう訳でもないが」

「はあ」

「…………」

レイが黙ったので、アメリアもそれに倣《なら》う。夫には従順であるようにと言い含められていた事もあったが、どちらかといえば下手に何か言うと、ぼろが出そうだからだ。

短い沈黙が流れた後、レイが先に口を開いた。

「式は明日の昼だ。お前の参列者となる警護の兵達も、今は領地の境で待っているが、時間に合わせて来るだろう。それまでは、ここで好きにしていろ」

「式？」

何の事だと、アメリアは真剣に思ったが、レイに怪訝そうな目を向けられて、ようやく自分達の結婚式だと分かる。まるで興味が無かった為、ぴんと来なかったのだ。

「あ、ああ。結婚式ですね、本当に楽しみですこと！」

慌てて精一杯明るい笑顔を作ってはみたが、レイには全く通じなかった。

「気が乗らないなら、中止にしても一向に構わないが」

「まさか！　そんな事はありませんわ！」

アメリアは必死で否定した。結婚の日を待ちわびていたのに、送り返されたら、たまらない。

「わたくし、結婚式は初めてですの。是非」

愛嬌たっぷりに言ったつもりだったが、レイは鼻で笑って返してきた。

「だったら尚更だと思うがな」

どうやらレイは式自体、あまり気乗りしていないようだと、アメリアは思った。

アメリアも別にやりたいと切望している訳ではないが、結婚に消極的とレイに思われても困る。

「楽しみにしていますわ」

そう締めくくると、レイはそれ以上何も言わなかった。勿論、アメリアも無駄口を叩く気はない。

先程よりも長く、重い沈黙が流れたが、彼は扉の傍に立ったまま、出て行こうとしない。

アメリアは仕方なく、慣れない口調を駆使して、

「ご案内頂き、ありがとうございました。夜も遅い事ですし、休ませて頂いても宜しいでしょうか」

と言ってみる。言外に、『出て行け』と伝えてみたのだ。

するとレイは踵を返して、やっと立ち去ってくれた。

彼が扉を閉めるまで、深々と頭を下げて送り出したアメリアは、

（あーーーっ肩こったーーーっ）

という叫びを、心の中でした。

本当は声に出して思いっきり叫びたかったが、そんな事をして、折角出て行ってくれたレイが戻ってきてしまったら、最悪だ。

思い切り背伸びをしたものの、自分の身体に合わない上に、暑いだけのドレスが邪魔だ。

さっさと脱いでしまおうと、後ろに手を回したが。

「ん？」

届かない。何度試みても、同じ結果だ。

アメリアは誰か別の者がいなければ、後ろの紐に届かないという事にようやく気付いた。

だからといって、あの素っ気ない男を追いかけて、脱がせてくれと頼むのも、とっても癪だ。

格闘の末、何とかドレスが脱げた時など、達成感で胸が熱くなりかけた程だった。

「もう着るもんか！」

アメリアは腹を立てながら、ドレスを椅子に放り、硬いコルセットも必死で外した。

そして、室内にあった姿身に身体を映し、渋面になった。小さめだったドレスを着せる為という理由に加え、『女の身体は全て細く、華奢に見えるべき』などと常々言ってくる侍女達が、こぞって腰やら胸を締め付けてくれたから、案の定、身体にくっきりと痕が付いていた。

結婚式でも同様の憂き目にあうのかと思うと、憂鬱《ゆううつ》な気分になりかけたが、頭を切り替える。

「我慢、我慢。もうちょっとの辛抱だ」

結婚式を終えて、あの男の妻になれば、養母の宮殿に戻らなくて良いのだと自分を励ました。

産まれて間もなく母を亡くしたアメリアは、父親に男手一つで育てられた。

家は山奥に一軒だけで、それも元は狩猟の際に寝泊まりする為の小屋だったものを、父が持ち主から買い取ったのだ。住み始めてから、暮らしやすいように二人で更に手を入れた。

家から数多の神々が住まう街まで半日がかりだった事もあり、アメリアは日々の大半を父と過ごした。山で薪を取ったり、狩りをしたり、家の傍に作った畑を耕したりした。武人でもあった父から武芸を熱心に教わり、ならず者が金品を狙って襲って来た時は二人で撃退した。

二人三脚で暮らしてきた生活は、三年程前、父の戦死によって終わりを告げた。

領内で暮らす者には、領主への納税の義務があった。父は暮らしを守る為に、募兵があるとアメリアを家に残して、時々山を下りて戦に出ていたし、出陣する事は珍しくない。

だが、その戦はいつもと違った。領主である女神の使者がやって来て、父に参戦するよう命を下したのだ。領主の命令には逆らえず、出陣するしか無かった。

亡骸は戻らなかった。戦死を告げる使者が、父の命の代償として慰労金を置いていっただけだ。

哀しみを分け合う者も居ない家で、アメリアは一人声を上げて泣いた。散々泣き明かした後で、家の傍に父の墓を作って、亡骸の代わりに慰労金を埋めた。

父が遺してくれた大切なお金を埋めたのは、一人で暮らすのに、どうしても家を空ける事もあり、その間にならず者に侵入されて、奪われないようにする為だ。どうにもならなくなる程困窮した時に、使わせて貰おうと思って秘めた。

それからしばらくの間、アメリアは一人で田畑を耕し狩りをして、父が居た頃と同じように暮らした。父から教わっていた事は全て生活に直結し、大きく困ることもなかった。

父が居ない寂しさは常に感じつつも、だからと言って山を下りて、街で暮らそうとも思わなかった。

山暮らしに慣れていたし、父と一緒に作り上げた大切な家を守りたかった。それに今更街に出て、他者と上手く関わる自信も無かった。

そんなある日、父を名指しして戦に招集した女神エイリーンの元から、また使者が来た。

エイリーンが『養女となって、己の宮で暮らすように提案している』というものだ。慈悲深い女神が、天涯孤独の身になってしまったアメリアに心から同情しているからだと、使者は恩着せがましく言った。

だが、断ろうとしたアメリアに、すぐに領主の命だと告げ、更にエイリーンが『至高神《しこうしん》』である事をちらつかせてきた時点で、提案ではなく強制だと分かった。

神界《しんかい》は『神力《しんりき》』と呼ばれる、神族特有の異能の力が物を言う、弱肉強食の世界だ。弱い者が悪いという理論がまかり通る。

神族は神力の強さによって、上から順に、『至高神』『上級神』『下級神』の三つに大きく格付けされた。それぞれには圧倒的な力の差があり、己よりも神力の強い相手に逆らえば、命は無い。

特に神族の中でもごく僅かしかいない『至高神』は、神界に領地を得て、数多の神々を従え、絶対的な権力を持っている事も多かった。未熟なアメリアや父のような下級神は、格上の神族に配下として従い庇護を得るか、もしくは領主に納税して生活を保障して貰うしかない。

そして、当時のアメリアは、まだ成人前であった。

神族は二十歳で成人を迎える。その年頃になると、神力を十分に扱えるだけの身体に育つからだ。逆に、成人前の子供の神力は不安定で、非常に扱いにくい。

脆弱な下級神に過ぎず、成人前のアメリアに、エイリーンの命令を拒絶する事は出来なかった。

使者と共に山を下り、エイリーンと引き合わされた後、連れて行かれたのは、豪奢な宮殿だった。そこにはアメリアと同じような境遇の娘達が大勢居て、見るからに高価なドレスや装飾品を身につけ、贅沢な生活を送っていた。

彼女達は皆幸せそうだった。養母のエイリーンに絶大な信頼を寄せ、実母のように慕っていた。アメリアも、彼女達と同様の恩恵に与《あずか》ったが、当初から違和感を覚えていた。

早くに母を亡くした事もあり、まず母親というものに不馴れだった。娘達に何でもかんでも買い与える事を許すエイリーンと、厳しくも優しかった父親が、どうしても重ならない。

高価な衣服は着慣れないし動き難い。華美な装飾品など、もっと似合わない気がした。

だから、着飾る他の娘達とは対照的に、アメリアの格好はどんどん質素になっていった。周囲から奇異な目で見られたり、失笑されたりもしたが、華やかな彼女達ならまだしも、似合わない物を身につけている方が恥ずかしかったから、気にしないようにした。

宮殿は入ってくる女達も多かったが、出て行く者も多かった。エイリーンが良縁を見つけて、女達を嫁がせてくれていると言うのだ。

天涯孤独で、脆弱な力しかない神族は、時として格上の神族に弄《もてあそ》ばれ、虐殺の対象にされる事もある。庇護してくれる者を見つけて貰う事は生活の安定に直結したから、宮殿を出ていく女達の顔は皆明るかった。

だが、アメリアには縁談が全く来なかった。

普段から粗末な格好をしているからだと、口煩《うるさ》い侍女頭に何度説教をされたか分からない。

元々、自由な暮らしをしていた上、周囲と馴染めない感覚が、宮殿での生活を苦しくさせた。

宮殿を出るには、婚姻しかなかった。エイリーンの慈悲によって生活を保障された女が、唯一出来る恩返しがそれだと侍女達は言い切った。宮殿の周りは壁で囲まれ、エイリーンの強力な結界が張り巡らされて、出入りを厳しく制限されていた。勝手に抜け出そうとした女には厳罰が下った。もちろん、アメリアも経験済みだ。

結局アメリアは三年近く、鬱屈《うっくつ》した生活を送らなければならなかった。

そして、二十歳の成人を迎えた頃になって、やっと巡ってきた縁談である。

アメリアにとっては、監獄のような宮殿から出る好機だった。このまま結婚生活を続けられれば、自由に出歩く事も夢ではないだろうと思った。

幸い、レイは嫁入りをまるで歓迎していない。つまり上手くすれば、放っておいてくれるかもしれない。むしろそうして欲しい。自分などに興味は無いはずだ。

形だけの妻だが、必要であれば務めは果たそう。自分はレイの『良妻』になれるはずだ。

アメリアはそう信じつつも、若干怪しい所もあるので、心の中でそっと付け加えておいた。

（たぶん）

翌日の昼過ぎに行われた結婚式は、およそ祝い事とは思えない有様だった。

会場となった場所には古びた祭壇こそあったが、窓は割れ、カーテンの大半が破れていて、外はやはり闇だった。天井のシャンデリアが室内を照らしていたが、置かれていた椅子は傷だらけだ。半壊していたり、壊れたまま放置されたりしている物も多くあった。祭壇へと続く通路に敷かれた赤い絨毯は、汚れや埃だらけで、赤黒いのを通り越して、どす黒い。

親族のいないアメリアの参列者は、山の麓で一度別れた警護兵達だ。全員が礼服を着て、護拳のある剣と煌びやかな装飾がついた鞘のある、儀礼用の剣を佩《は》いていた。

一方、列席したレイの部下達は、誰も彼も軍服であり、明らかに使い込まれた剣を佩いていた。式などどうでも良いという態度をあからさまに出してきた彼らに、警護兵達は不快感を滲《にじ》ませ、場の空気は最初から悪い。

アメリアは、やはりリボンとフリルだらけの、ウェディングドレスを着せられていた。今度は多段に重ねられたスカート部分に、それぞれフリルがつけられているから、無駄に数が多い。しかも、スカートは補正下着で大きく膨らんでいて邪魔だ。色が白で目立たないのが、美点な気がする。

険悪な空気もあって、自分だけが浮ついた格好をしている気がして、落ち着かない。式の前に着替えを手伝ってくれた侍女達は、エイリーンの宮殿の侍女達のようにコルセットを思いっきり締め付けたりしなかったのが、唯一の救いだ。

(ああ……さっさと終わらないかな)

式が進む中、アメリアは憂鬱だったが、隣に立つレイはもう慣れたものなのか、平然としていた。彼は部下達と異なり礼服を着ていたが、普段使いを思わせる剣を左右に佩いていた。

その上、進行役の言葉も何処吹く風で、欠伸を噛み殺しているのに、アメリアはばっちり気付いていた。彼の部下達は面倒だと言う態度だが、彼も退屈らしい。

結婚式に似合わない、重苦しい空気を放つ参列者達と、緊張感の無い新郎と、まるで興味の無い新婦。そんな中でも立会人の進行の下で式は順調に進み、二人は誓紙を交わし、夫婦となった。

立会人がリングピローに乗せて差し出した結婚指輪を取ると、レイはアメリアの右手の中指に嵌《は》めた。彼の分の指輪は無い。

　それだけでも、この結婚が正式なものではなく、仮初のものだという事は明らかだ。本来は互いに指輪を交わすものであるし、婚約時は右手の薬指、結婚が認められると左手の薬指にする。

　彼はそこを避けたし、誓いの口付けさえしなかった。

　ただ、本来の婚姻と唯一似通っていたのは、結婚指輪に一つの紋章が刻まれていた事だ。全ての神族は、同じものは世に二つとないとされる紋章を持ち、結婚指輪に刻むのは、相手の紋章だ。

　アメリアに渡された結婚指輪に刻まれていたのは、剣と翼の紋章だった。

　二本の剣が上下に切っ先を向けて、柄の部分で重なり合って一本の剣のようになり、直立している。その剣の左右には、大きく開いた翼があった。

「これが……貴方の紋章？」

「そうだ。俺の領内にいる間は外すな」

　レイは冷淡に答えると、立会人に視線を向け、さっさと式を進めろと言わんばかりに睨んだ。

　立会人は辟易《へきえき》とした顔をしつつ頷いて、式の終わりを告げた。

　晴れて夫婦となった二人を祝い、式場の隅で控えていた女達が、神界や神力を讃える聖歌を歌い始めた。神族の祝賀行事などで、よく歌われるものだ。

　その歌声を聞きながら立会人は去り、聖歌の終わりとほぼ同時に、突然戦いが始まった。

「行け！　何処でも良いから、今度こそ奴を刺せ！」

　男達の怒号が飛び交い、女達の悲鳴と、椅子が蹴散らされる大きな物音が響く。

　振り返ったアメリアは言葉を失った。懐から取り出した短剣を鞘から引き抜き、必死の形相で向かってくるのは、己の参列者達だったからだ。彼らが血走った目で見据えていたのは、レイだった。

だが、レイは一切動揺していなかった。

むしろ、心底煩わしそうな顔をして、周囲の部下達に命じた。

「お帰り頂け」

「はっ！」

レイの配下達が一斉に剣を引き抜き、襲いかかってきた参列者達を斬り伏せていく。人数としては拮抗していたものが、みるみるうちに圧倒していく様は圧巻だった。

一瞬呆然としたアメリアだったが、その後も一切動けなかった。

恐怖のあまりではない。何故自分の参列者がレイを襲うのか理由はさっぱり分からないが、戦場と化した場において、ただ立ち尽くす者は如何なる者でも死を免れないと思っていた。

自分が置かれた立場を理解していたからこそ、微動だにせず、レイに訊ねた。

「……良く分からないのですが、どうしてわたくしは、夫に剣を向けられているのでしょうか？」

傍らに立つレイが配下に迎撃を命じると同時に、左の剣帯から下がっていた剣を抜き、アメリアの首筋へと押し当てていた。彼はアメリアに視線さえ向けず、問いかけに答えた。

「あれはお前の参列者だ。警戒する理由としては十分だと思うが？」

「……まあ、確かに」

襲いかかってくる参列者達の様子からして、余程レイに腹を据えかねている事でもあるに違いない。彼らは殺意を抱いていると言うよりも、ただ剣で刺す事が目的の様子である。

今までの花嫁達の無念を晴らそうとでもしているのだろうか。

最も、これではレイの抹殺を企んでいると言われても、おかしくないだろう。そして、自分の関与も疑われている点に関して、アメリアは大いに異論があった。

「でも、わたくしは貴方に倒れられては困るのですが」

「何故だ？」

レイがアメリアにようやく視線を向けた。緋色の瞳の鋭い眼差しに、アメリアは怯まない。

己に何ら恥じる事などないからだ。

「何故って……貴方はわたくしの夫ではありませんか」

それが全てである。仮初だろうが、結婚さえしていれば、アメリアはあの窮屈な宮殿に閉じ込められなくていい。彼はただ、自分の夫として、ずっと元気に生きていてくれさえすれば良いのだ。

レイは彼女の返答に閉口した顔をして、

「俺達はそんな事を理由にするような関係ではないはずだが」

と冷ややかに言い切ったが、これにはアメリアも目を見張り、

「ええ。この結婚にそんなものは必要ありませんもの」

と、きっぱりと言い返した。

世にいう愛情深い夫婦関係などを、アメリアは別に彼に求めようとは思っていない。

必要なのは自由だ。

レイの冷徹な目が少し和らいだ。どこか面白そうな顔をして、更に訊ねた。

「では何故だ？」

「だから、言っているではありませんか。貴方がわたくしの夫だからです！　分かるでしょう？　お

前はば……っ」

「馬鹿ではないつもりだが」

苛立ちのあまり素が出そうになり、慌てて言葉を切ったアメリアは、冷笑した彼を軽く睨んだ。

「大体、そんな問答をしている場合ですか」

アメリアはそう言うなり、自分の頭に手を伸ばして、結い上げられた髪を止めていた簪《かんざし》を引き抜くと、レイに向かって投げつけた。

簪の先はレイの顔の真横を通り、彼に剣を振り下ろそうとしていた男の肩へと突き刺さる。男は悲鳴を上げて仰け反り、何故か腹部からも大量の血を噴いて、後方へと倒れた。

アメリアは目を見張り、レイのもう一方の手が手中で柄を持ち換えて剣の血を払い、右側の鞘に収めるのを見た。いつの間にか、彼は右の剣も抜いていたらしい。

そして振り向きもせずに、自身の脇の下を通して、背後の男を仕留めたのだ。

レイはそのまま、アメリアの首に押し当てていた剣も左の鞘に戻した。

「いらぬお世話でしたね」

「その通りだ」

既に参列者は全員が骸になり、レイの傍らに部下達が控えていたが、彼は平静なままだ。

「何故自分の参列者に刃を向けた？」

レイの問いに、アメリアは何で当然の事を聞いてくるのだと思いながらも、答える。

「貴方が私の夫だからだと、何度言わせるんですか。馬鹿ではないのでしょう？」

「……………………」

黙り込んだ彼に、アメリアは、はっと息を呑んだ。

「それとも助けなかった方が妻としては良かった？　私は夫の面子を潰したかな」

理想的な妻を真面目に目指す者としては、これは由々しき事だ。

「……………」

「あっ、やっぱりそう。そうなんだ？　今のは無かった事にして！」

周囲に立つレイの部下達に慌てて頼み込むアメリアを、レイはまるで珍妙な生き物を見るような目で見た。彼の部下達もだ。その中から、亜麻色の髪の男が堪え切れない様子で、口を開いた。

「レイ様、この御方は……」

お人好しの腹心の、何とも複雑そうな顔には笑みもあったが、警戒心も拭えない他の部下達を横目に、レイは頭を抱えている新妻を見下ろす。

「今までの女同様に、取り繕《つくろ》ってはいたようだな」

アメリアはぎくりとした。前妻と同じにされては困る。追い返されたという噂の者もいるからだ。

「待って！　私は貴方の良妻になれる！」

「へえ？」

面白そうに目を細めたレイに、アメリアは畳みかけた。

「こんなつまらない式典にも出られるくらいの礼儀作法は仕込まれたし、家事も一通り出来る。田畑も耕せるし、狩りも出来るし……」

指を折って数えながら一生懸命なけなしの特技を告げてみる。ただ、お世辞にも宮殿での生活で役立った事が無かったので、次いで自分が妻である事で、彼が受けるであろう恩恵もあげてみた。

「勿論、私は貴方がどこで何をしていようと興味は無いから、貴方は干渉もされない。別に帰ってこなくても良いよ」

「ここは俺の城だが？」

指摘するレイの声に鋭さは無い。むしろ顔には苦笑が浮かんでいたが、必死のアメリアは気付かない。

「そ、そうだった。ええと、要するに貴方の好きにすれば良いって事だよ！　最高だよね⁉」

部下達は軒並み唖然とした顔をしたが、レイはくすくすと笑った。

「そうか。自由を認めて貰えるとは、ありがたい限りだ。俺はどうすれば良い？」

問われてアメリアは目をぱちくりとさせた。妻としての立ち振る舞いを色々と要求される事は想定していたが、最初から自分の希望を聞いて貰えるとは思ってもいなかったからだ。

「……言っても……良いの？」

「ああ。お前が言う、俺の『良妻』であるという条件付きだがな」

レイは笑っていたが、アメリアは躊躇《ためら》った。あの宮殿を出られただけでも、有難い事なのだ。

無茶な要求をして怒らせて、帰れなどと言われては困る。

「言ったら、やっぱり離縁とか言わない？」

「お前、よっぽど帰りたくないんだな」

図星を指されたアメリアは、ついに溜まりにたまった鬱憤《うっぷん》が爆発した。

「三年だよ、三年！　窮屈な服を着せられて、やたらに重い飾りを身に付けさせられて、面白くも無い礼儀作法を叩き込まれて、全然外に出られない！　私は畑を耕していた方が良いのにっ！」

勢いのまま訴えて、呆気に取られた顔の男達にはっと我に返り、大きく咳払いをして、慌てて言葉遣いを『上品な』ものに変えた。

「そ、外に出して自由にさせて頂けたら、嬉しいですわ」

「今更取り繕った所で無駄だ、顔が引きつっているぞ」

ずばりとレイに指摘され、アメリアは目を泳がせた。

「こ、今後は気をつけますわ」

「お前の話しやすい口調で良い。聞いていて違和感を覚えるだけだ」

その点に関してアメリアも異論は無い。普段の口調で良いなんて、何て自由なのだろう。

エイリーンの宮殿では、言葉遣い一つで侍女頭の叱責が飛んできたものだった。

「じ……自由」

もう感涙したい程で、レイには感謝の言葉も無い。

目を輝かせて、アメリアはレイに晴れやかな満面の笑みを浮かべた。三年間の窮屈な生活から解放されたと思うと、込み上げるものがある。心から笑えたのも、本当に久しぶりだった。

無邪気な彼女の朗らかな微笑みは、過去の軋轢《あつれき》による男達の警戒心さえ一蹴しそうなものだった。

特に、アメリアの無邪気な笑顔を直視したレイは、目を離す事が出来なかった。

「ありがとう！　本当に嬉しいっ！」

「……ああ」

アメリアは喜びに浸り、レイの反応が遅い事になど頓着しない。飛び跳ねる勢いで、更に訊ねる。

「じゃあ、外に行っても良いの⁉」

「別に構わないが……」

「行って来ます！」

邪魔なドレスの裾を掴み、いそいそと出かけようとしたアメリアに、レイは額に手を当て呻《うめ》いた。

「その格好で、今か？」

「……あ」

ウェディングドレスを着たまま町を歩き回る女など、どこの変人だという事になるだろう。

またしてもドレスは背中側で紐が締められているし、紐の先は結んでリボンにしたと侍女に言われたが、結ばれたのは手の届かない所なので、脱ぐ時は他者の手を借りなければならない。

アメリアは、今更ながらも無駄に豪奢なドレスが恨めしくて、思わず睨みつけてしまう。

「…………明日にする」

しょんぼりと肩を落とす彼女に、レイはくすりと笑った。

「外を出歩いても構わないが、俺の妻としての務めは果たせよ？」

「それは分かってる。だからこうして……」

情けない顔でドレスを見つめるアメリアだったが、レイは意味深な笑みを浮かべた。

部下達はその言葉の意味を察して驚いた表情をしつつも、戦闘で乱れた室内の片付けを始めた。

壮絶な結婚式を終えたアメリアだが、部屋に戻って早々に、また格闘しなければならない事態に陥った。着せられたウェディングドレスが脱げなかったのだ。

レイの命を受けて、式場に迎えに来た侍女達が部屋まで誘導してくれたので、今度は手伝いを頼めたが、不思議そうな顔をされた挙句、そのままお待ちくださいと言われて去られ、もう一時間である。

その間大人しく待っていた訳ではなく、なんとか自力で脱ごうとしたが徒労に終わり、唯一出来たのは、結い上げられていた髪をほどく事くらいだ。

時計を見ればもう夕方で、窓は昨日からずっと厚いカーテンが閉められたままだ。何か術がかかっているらしく、開けて外を見ようとしても、びくともしなかった。どの道、常闇《とこやみ》の城だから、開けたところで真っ暗で何も見えないだろうと思い、諦めてもいた。

疲れて椅子に座り込んでいると、レイが姿を見せたので、アメリアは怒りを露にした。

言いたい事を言えば良いと言った夫に、率直に苦情を申し立てる事にしたのだ。

「ずるい！　自分ばっかり！」

「なに？」

見れば、レイは堅苦しい礼服から、白のシャツに黒のトラウザーズという平服になっていただけでなく、入浴も済ませてきたのか、漆黒の髪も若干湿り気が残っていた。ウェディングドレスとは違うから仕方が無いとは言え、散々に苦労していたアメリアの心は狭い。

アメリアは立ち上がり、困惑しているレイに、背を向けた。

「解いて！　さっきからずっと着替えようとしているのに、どうにもならないから困っているの！」

「ああ……そう言う事か」

レイは苦笑を浮かべ、背で締め付けられた紐を指ですくい上げた。結び目はアメリアの手が届かない場所にあり、かつ解けないようにきっちり絞められていて、一人で脱げないようになっていた。

「俺が解いて良いのか」

「誰でも良いから解いて欲しい！」

「……誰でも良い訳ないだろうが」

レイはぼそりと呟いたが、アメリアはもう窮屈過ぎるドレスに身体が悲鳴を上げているので、ろくに聞いていない。ただ、突然レイに横抱きにして抱き上げられて、目を白黒させた。

「違う、そうじゃない！」

「分かっている。だが、ここじゃヤりにくい」

場所なんてどこでも同じだと思うが、レイが折角解いてくれると言うならば、黙っておくべきだろう。だが、彼が部屋を横断し、そのまま続き部屋となっている寝室に直行したのには、驚いた。

更に靴を脱がされて、部屋の中央の寝台の上に投げ出されると、息を呑む。

「え、えと……？」

戸惑うアメリアを他所に、レイは左右に佩いていた剣を二本とも寝台の傍に立てかけ、靴を脱ぎ捨てて寝台に乗った。彼の片手にあったのは銀色に輝く美しい刃を持つ短剣だったが、それが自分に向けられたのを見て、アメリアは身構えた。

「あっ、卑怯だよっ、丸腰の相手に剣を抜くなんて！」

「後ろを向け」

「いやだ！」

生命の危機と思い込み逃げようとするアメリアに、レイは不適な笑みを浮かべた。短剣を鞘に一度戻して寝台の上に放ると、降りようとした彼女の腕を掴み、後ろから抱き寄せた。

「私、刺される事なんてしてないよ！」

「しただろ。お前は俺の妻になったんだ、この身体を貫かせて貰う」

レイは笑みを浮かべたまま、暴れるアメリアの身体を腕で絡め取り、首筋に顔を埋めた。

「ひ……っ⁉」

首筋に口付けられて、アメリアは身体を強張らせた。彼の行為はそれだけでは済まず、首筋に舌が這わされる。アメリアが硬直したのを良い事に、大きな手がドレスの裾を捲《ま》くり上げ、太腿を撫でた。

「……っ変な所……触らないで！」

アメリアは両手で太腿を這うレイの手を止めたが、今度はもう一方の彼の手がドレスの布越しに胸を掴んでくる。

「なにす……っやだ！」

身を捩《よじ》ってレイの手から逃れ、寝台にうつぶせに倒れ込むが、逃げられたわけでは無かった。

レイは素早くアメリアの上に乗りかかり、起き上がろうとした彼女の肩を掴んで押し留めた。

「動くなよ、背中に傷が付くぞ」

「え……⁉」

転がってきた鞘が目に飛び込み、アメリアは震撼する。レイがいつの間にかまた短剣を抜いたのだ。刃の切っ先が己に向けられるのではないかと怯え、きゅっとシーツを掴んだ。

すると後ろから頬に軽く口付けられ、宥《なだ》めるように髪を撫でられた。

「それで良い」

レイの声は驚くほど優しく、どこか熱を帯びていた上に、耳元で直に囁かれ、何故かまた体が動かなくなってしまう。

「あ……っ⁉」

ぶつ、と紐が切れる鈍い音が背中からして、それと同時に、胸や胴回りを長らく苦しめていたドレスが緩んだ。

レイが背中の紐を短剣で切ってくれているだけだと気づき、アメリアはようやく自分の誤りに気付いて赤面した。呼吸が楽になったし、彼が紐を全て切ったのか、短剣を鞘に戻して今度は寝台の下に放ったので、更に安堵したのだが。

「……っ……なに……あっ⁉」

ドレスの背中の紐と一緒にコルセットの紐も断ち切っていたレイは、その下にするりと手を滑りこませて、今度は胸を直に触れた。大きな手で乳房を掴み、先端を指先で弄り回す。

「花嫁衣裳が自分で着脱できないのは、初夜に夫の手で脱がされる為だ。知らないのか？」

「……っ！　嘘だ、そんな……っ！」

抗議の声を上げるも、胸を揉まれて、途切れる。

レイは再び首筋に愛撫を落とし、アメリアの身体を腕一本で軽々と引き起こした。そして、アメリアの腕から袖を抜き、コルセットを剥ぎ取って、上衣をはだけさせる。

露になったアメリアの素肌は手に吸い付くように滑らかで、レイの手にすぐに馴染んだ。

腰まで上衣を強引に下ろした彼の手は、もう一方の胸を襲った。

「……っ……ぁっ⁉」

両手で胸を揉まれ、アメリアは未知の感覚に混乱する。身を固くして男の凶行に耐えていたが、彼の手が更に下に伸びていくのが分かり、悲鳴を上げた。

「だめ……！」

レイが自分を全裸にしようとしているのは明らかで、羞恥心がアメリアを突き動かす。

ただ、レイは甘くなかった。首筋を愛撫していた唇で、抵抗を咎めるように強く吸い上げた。

「……っ……痛……いっ！」

レイの手を遮っていたアメリアの手の力が弱まると、彼は舌で痕を刻んだ場所を舐めた。

「あまり暴れるようなら、術で拘束するぞ」

「ひ……っ！　酷い！」

「お前が俺の妻としての務めを果たせば良いだけだ」

「務めって………」

当惑したアメリアは、レイが後ろからぐっと下半身を押し付けてきて、息を呑む。

布越しではあったが、硬いものがお尻に当たったのだ。

宮殿での生活に退屈した女達の他愛の無い野卑な話を、アメリアも聞いた事はあったし、嫁ぐ前に侍女頭から『女の嗜《たしな》み』だとかで、簡単に男女の閨事《ねやごと》についても教わっていた。だから、男が今どんな状態にあるのかくらい分かる。ただ、それを自分に求められる可能性は低いと思っていた。

「私は……形だけの妻だから……しなくても……」

「誰がそんな事を決めた？」

アメリアは言葉に詰まる。確かにそれは自分が一方的に考えていた事だ。

「俺の妻である以上、抱くに決まっているだろうが」

レイはアメリアを自分の方へと向かせ、そのまま自身の身体で彼女を押さえ込み、淫靡に笑った。

「どうした、怖いか？」

ようやく状況を飲み込んで、赤くもなり青くもなっていたアメリアは、彼の視線を受け止めて、睨みつけた。

確かにレイの言葉も一理ある。結婚した以上、行為を求められる時もあるかもしれないと、覚悟もしていた。一世一代の大勝負のつもりで、この縁に縋《すが》ったのだ。

「怖くなんて無いから、さっさと済ませて！」

強気の姿勢を精一杯押し出したが、それが不味かったような気がした。

アメリアの宣告に、レイの緋色の瞳がきらりと光ったのだ。彼は不敵に笑い、言い放った。

「だったら、手で胸を隠すのをまず止めろ」

「気付かなくて良かったのに！」

アメリアは、向かい合わせにされた瞬間、咄嗟《とっさ》に胸を手で可能な限り隠していた。それを早速咎められ、仕方なく手を開いたが、羞恥のあまりレイを直視できず、彼から顔を背けた。

一方、露になった彼女の身体に、レイは目を奪われていた。彼女の肌が酷く触り心地が良い事は先程分かっていたが、隠されていた女の双丘は大き過ぎず、だが十分な膨らみを持ち、白い素肌の為に目立つ赤い二つの頂は、キスを誘って来ているような気がした。

そして、彼女の赤はそれだけではない。夕暮れの光のような茜色の髪が、レイの目を引いた。己の瞳の色よりも鮮やかな美しい色に見惚れ、更にアメリアの頬も薄っすらと赤く染まっていて、とうとう彼の顔が緩んだ。強気な事を言いながらも反応が素直で、一々可愛いと思った。

ただ、アメリアの青緑色の瞳は、彼女の赤によく似合うと思ったから一緒に見ていたいのに、そっぽを向いているせいで、良く見えない。残るドレスも邪魔だ。

「……全部、俺に見せろ」

「全部⁉　……あっ⁉」

　思わずレイを見返してしまったが、彼は容赦なくアメリアの下衣を下着ごと足から引き抜いて、手慣れた様子で裸体にしてしまう。誰の目にも触れさせた事のない場所を全て露にされて、アメリアは半泣きになったが、それさえも甘かったと直ぐに気付く事になった。

「足を開け」

「…………っ」

　レイの視線がそこに向いている。誰にも見られた事のない場所を、晒さなければならない。

それでも、開かないといけないならばと覚悟を決めて、アメリアはそろそろと両足を開いた。

「まだだ」

「もう……見える、はずだよ！」

　自分の掌ほどは広げている。秘部が露わになって、レイには見えているはずなのに、だが彼は両足を掴み、更に大きく左右に開いた。

「や、あ！」

　秘められていた場所はアメリアの肌が白い事も相まって、より色合いが際立ったが、彼に清純である事を告げていた。初心《うぶ》な反応と共に、乾いた秘裂がそれを訴えてもいたからだ。

「初めてか？」

　アメリアは答えなかった。返答を避けたわけではない。こんな場所を他人に見られている羞恥だけで、もう言葉が出ないのだ。

だが、レイは笑みを零《こぼ》し、身を屈めた。彼の行動にアメリアは目を見開く。

「ゃ……や、だああっ！」

か細い声は、直ぐに悲鳴に変わった。レイが直に口付けたのだ。脚をばたつかせたが、両足を押さえ込まれ、むしろ愛撫を強められた。

「俺の質問に答えろ。今、正直に言っておいた方が身の為だぞ」

「……っなん……で……あっ⁉」

花芽を口に含まれて甘噛みされ、アメリアは半泣きになった。秘部がみるみる内に男の唾液で濡れていく。熱い舌が舐め上げ、乙女が最も大切にする場所を穢した。

「……っ……あぁ………っ」

シーツを握り締め、いやいやと顔を横に振り、強められる一方の刺激に必死で耐えた。早くこの行為が終わる事を願ったが、レイは柔らかな花芽が気に入ったのか、執拗《しつよう》に愛撫した。

「自分で弄った事は無いのか？」

「そんな、汚いこと……したことな……い……ぁっ！」

答えている途中で強く吸われ、言葉が途切れる。

がくがくと両足が震え、熱くなる一方の足の付け根に、アメリアは悩まされた。

「男がいたことも？」

アメリアは、彼が何故そこに拘《こだわ》るのか良く分からなかったが、こくりと頷いた。

「私には……今まで縁談がなかったの！」

エイリーンのお気に入りの部下達は宮殿への出入りを許されていて、時々やって来てもいたが、アメリアは一度も誰からも、声をかけられた事はなかった。

「……これで、男の手が全く付いてこなかったとはな」

「悪い⁉」

レイにそこまで見破られているとなれば、アメリアはもう開き直るしかない。

エイリーンの宮殿に集められた女達は皆、優れた美貌を持ち、性的な魅力も十分で、男達はこぞって彼女達を抱きたいと願うというが、アメリアは全く人気が無かった。

事実だから仕方がないと思いつつも、真っ赤になったアメリアだが、レイは笑みを浮かべる。

「いや。それなら、もっと可愛がってやらないとな」

「はい……⁉」

困惑する間もなく、アメリアは身体を強張らせた。彼が花芽を舐め上げたのだ。

「まずは……教えてやるか」

低い美声と共に、身体の中心からじわりと熱い感覚が広がっていく。

「あ……あっ！」

アメリアは身を震わせ、寝台で背を反らせた。息が勝手に乱れ、声が洩れる。自分がされている事が理解出来ない。だが、柔らかかったものがレイの口に含まれて、硬さを持ち始めているのは分かる。

丹念に舌先で舐め上げられ、清純なまま隠れていた花芽が、男によって剥かれ晒された。

レイは甘く噛み、アメリアの女を暴いた。

「あぅ……ああっ！」

　甘い声を漏らしながらとうとう泣き出したアメリアに、レイは息を呑む。甘く艶めいたその声は、容赦なく雄を刺激したが、アメリアは泣くだけで、全く気づいていない。レイは目を細め、己の唾液に混じって秘裂から伝った蜜を舐め取った。そして己が暴いた粒を、満足げに指でなぶった。

「可愛いものだな、それに零す蜜も極上と来る」

「み、つなんて……私は……花じゃ無いっ！」

　アメリアは潤んだ瞳で無体な事をするレイに抗議した。顔を薄っすらと赤く染め、息を乱し、散々に翻弄されながらも、彼を見返す彼女の眼差しは、まだ自らを律していた。

　無垢な花嫁は、容易には堕ちては来ない。それがかえってレイの嗜虐心と欲望を増幅させた。

「同じようなものだ」

　くすりと笑い、レイは花芽を愛でるように舌先で転がした。アメリアがもう嫌だと泣いたので、より一層強く吸い上げてやると、すすり泣きに変わった。

「……っあ、あ……」

　アメリアはただひたすら、レイの行為に耐えようとした。

　これが妻の務め。つまりは自分が自由の身になる為の唯一の道だ。恥辱は味わうが、何の変化も無く鬱屈した宮殿での日々を思えば、一時の事だと言い聞かせたのだ。

(だから、早く終わって欲しい)

　そう思っていたから、彼が秘裂を指先でなぶりだしたのは、むしろ安堵すらした。

「ん……んっ！」

　撫でられると何だか体がぞくぞくとするが、唇を噛み必死で堪える。ある程度慣れてくれば、そこに男のモノを受け入れて、男が満足すれば終わりのはずだ。そう聞いた。

もうちょっと、と何度も心の中で自分を励ます。

だが、その様子を見ていたレイは不意にふっと笑い、指を離した。

「少し躾が必要か」

「え……？」

怪訝に思って彼を見返したアメリアは、レイが自分の指に絡みついた粘液を舐め取っている様を見てしまった。それは間違いなく自分のもので、かあっと頬が赤くなる。

「やめて……っそんなの、舐めないで！」

「甘いな」

「変な事……っ言わないで……っ」

潤んだ目で睨み付けるアメリアに、レイはにやりと笑った。

「癖になりそうだ」

そう言って、また秘部に顔を埋める。秘裂を舐め上げられて、アメリアは悲鳴まじりの嬌声を上げた。指先でなぶられるよりも、直に口付けられたせいで、その場所を強く意識してしまう。

「やめて……もう……やだ……っ！」

アメリアは寝台の上で身を震わせ喘《あえ》ぎ、泣きじゃくり、そのまま夜は更けていった。


アメリアが一人で目を醒ましたのは、翌日の昼だった。

寝台の上で、もぞもぞと毛布から這い出して、唸《うな》った。

身体が気だるく、下半身に力が入らない。アメリアは全裸のままだったが、眠っている間に身奇麗にされたのか、肌は滑らかだ。レイの姿は無く、先に起き出したようだった。ただ、肌のありとあらゆる場所に口付けの赤い瘢痕が刻まれていて、彼の痕跡をはっきりと残している。

結局レイは一晩中アメリアの全身を愛撫し、蜜を促し舐め取った。だが、彼は最後まで身体を繋ごうとはしなかったし、服を脱ぎさえしなかった。

行為は延々と続き、アメリアは明け方に力尽きるまで、なぶられたのだ。

(おかしい……こんなはずじゃなかった)

妻の務めをさっさと済ませて、今日は外を自由に散策しているはずだった。でも、足腰に思うように力が入らない今、起き上がるのには相当の気力がいる。

寝台に転がったまま、アメリアは嘆いた。声を上げすぎたのか、喉も少しおかしい。

ただ、レイは昨夜、アメリアを舌で愛撫したり身体を手で撫でたりするだけで、それ以上してこなかった。つまりあの男は、普通の男達とは少し違う『特殊な性癖』をお持ちなのだろう。

純潔を失わずにいられる事は喜ぶべき事かも知れないが、一晩中愛撫されるのも悪夢だと思った。

何しろ体の中心がどんどん疼き、何故か切なく苦しくなってくるのに、それは増幅させられる一方だったからだ。あんな事を毎晩されていては体が持たない。散策に出るどころでもない。

一ヶ月に一回くらいなら、妻としての務めを果たした事になるだろうか。

そんな事を考えていたアメリアは、レイが寝室にやってきたのを見て、上体を起こした。

「ああ、思ったより動けるようだな」

「……これのどこが」

毛布を引き上げて身体を隠し起き上がったは良いが、足腰に力が入り難い。恨めしげに見てくるアメリアに、レイはくすくすと笑いながら、片手に持っていたグラスを手渡した。

「飲め、声が少し枯れてる」

夏蜜柑を絞った果汁だと言うそれを、アメリアはありがたく頂戴した。声を枯らさせた男が少しは反省したのだろうと思ったが、飲み干してグラスを返すと、彼は机に置いて寝台に乗ってきた。

「さて」

「……さて？」

「目が醒めただろ、続きだ」

アメリアは聞かなかった事にしたかった。嘘だろうと真剣に思った。

「あ、あの……旦那様」

適当な言い回しが見付らず、出来るだけ丁寧な言葉を選んだつもりだが、彼に失笑される。

「レイで良い、何だ」

「じゃあ、レイ。昨夜、したばっかり」

「してない。途中でお前が寝たから止めてやっただろう」

「寝たんじゃなくて、気絶って言うんだよ」

「寝息を立てる気絶なんて、見た事ねえよ」

平然とそう言い捨てて、既に逃げ腰のアメリアを押し倒した。

これでは昨夜同様に、気を失うまで攻められるに違いなく、アメリアは慌てた。

「無理！　やだっ、一年に一回くらいにして！」

「それでは俺の妻は務まらないな」

「うう……っ！」

レイは足りないと言う。そんな事はアメリアの知った事では無いのだが、夫の性欲を満足させなければ自分はお払い箱になる可能性があるという、大きな弱味がある。

「誰か他にいないの!?」

何も自分じゃなくても良いはずだと思ったが、レイは可笑しそうに笑った。

「妻に浮気を促されるなんて中々無いだろうな。していいのか？」

「どうぞ！」

神族は多情である事が当たり前で、伴侶がいても恋人を大勢抱えるのがざらだ。

しかも、レイの容姿が非常に優れている事は、言われずとも分かる。長身痩躯で顔立ちは秀麗、武芸にも長けているのは明らかだ。閨事も非常に手馴れているのも、アメリアは経験済みだった。

こんな男を女神達が放っておく訳はないし、父のように妻一筋であれと求める気も無かった。

「あっさり言い切ったな」

「レイ、私に遠慮しなくて良い。本当だよ!?」

「お前に遠慮なんて一切してねえよ」

それもどうかと思ったアメリアだが、レイが構わず太腿に触れてきて、昨夜散々彼に溺れた身体が、期待するように勝手に震えた。頬が赤くなり、それを見てレイはにやりと笑った。

「ああ、多少は効いているか」

「……っそんな事はないから……あっ!?」

レイに軽く肩を押されただけで、アメリアの身体は寝台に倒れ込んだ。しかも、やはりレイは素早く上に乗りかかって来て、それだけで身体が勝手にまた跳ねる。

レイは目を細め、アメリアの顎を掴み、今度は昨夜のように背ける事も許さなかった。

薄っすらと赤く染まっていく頬を十分に堪能した彼は、更に訊ねた。

「キスをするのも初めてか？」

「する気なの⁉」

愕然とするアメリアに、レイはくすりと笑った。

「ああ。お前の初めては、全部貰う事にした。俺はお前の夫だぞ、何が悪い」

それを言われると大変弱いアメリアは、ぐっと一度言葉に詰まり、やがて覚悟を決めた。

「……分かった。どうぞ！　身体を舐められるのと、同じ事だものね⁉」

唇だって身体の一部だ。昨夜散々あんな恥ずかしい目にあったのだから、どうせ一緒だ。

そう自分を励ましたはずなのに、レイの目が何だか危険な色を放ったものだから、昨夜散々泣かされたアメリアは半泣きになった。

身を屈めて来たレイに、思わずぎゅっと目を閉じて身構えたが、熱い唇が触れたのは、額だった。

拍子抜けしている間に、更に目元や両頬に優しく啄《ついば》むように口づけがされる。

何だこの程度だったのかと油断したアメリアは、そろそろと目を開けた。レイの秀麗な顔が眼前に飛び込んで来て、彼に目と唇が奪われるのは、同時だった。

「ん……っ！」

硬く熱い唇が直に触れ、そこで感じた事のない感触に戸惑う。やがてゆっくりと離れていったが、感じた彼の感触は、容易く消えないような気がした。

レイは、戸惑ったように唇に手で触れたアメリアを見つめ、更に言った。

「覚えたな？　……次だ。口を開けろ」

再び唇を重ねられ、完全に勢いに呑まれたアメリアは、易々と口内に彼の舌の侵入を許してしまった。レイの舌に己のそれが絡め取られ、たっぷりなぶられる。呼吸の為に離されても、またすぐに塞がれて、彼の舌の感触まで教え込まれた。

レイはやっとキスを止めると、淫靡な笑みを浮かべて、アメリアの頬を撫でた。

「さて……そろそろ、違う所も舐めてやるか。濡れているのは、同じだしな？」

「え、遠慮する！」

アメリアは慌ててレイを押しのけると、毛布を掴んで、半ば転がり落ちる勢いで寝台から降りた。

そして、毛布で身体を包み、笑っているレイを睨みつけた。どうやら彼は本気では無かったらしく、アメリアはからかわれた事に気付いて怒りもこみ上げたが、その時になって室内を明るくしていたのが、窓から差し込む光だと気付き、目を奪われた。厚いカーテンも、いつの間にか開かれていた。

「光がある……？」

「あるだろ。今は昼間だ」

「そうかもしれないけど、常闇の城って夜が明けないって聞いていたのに……」

「ああ、あの城は特殊な空間だからな。領内にも通じている。境を越えれば通常と何ら変わらない。ここは常闇の城から繋がっている居住区だ」

「ははあ……レイの領地って広いの？」

率直な疑問をぶつけたが、楽しげであったレイの表情が、一気に醒めた笑みに変わった。

「さあな。何かと比べた事は無い。常闇の城の城壁は俺の領内一帯を囲んでいるから、領域内であるかどうかは、直ぐに分かる」

「光が全くない世界だから？」

「そう言う事だ。常闇の城の出入りできる場所は、複数の門に限っている。城壁には俺の結界もあるし見張りもいるから、お前が抜け出そうと思っているなら、無駄だぞ」

レイに冷笑されたが、アメリアも笑ってやりたかった。

あの窮屈な宮殿に閉じ込められるよりも遥かにましである。

「それは、分かりやすくて良いね！」

「…………あ？」

「私は貴方の領内なら、自由にして良いんだよね⁉　妻だもの、その権利はあるよね⁉」

「……まあ……好きにしろよ」

「やった！」

アメリアは顔を明るくして、心から思った。

（自由で良いなんて、何て素晴らしいんだろう！）

こうしてはいられない。明るい内に、色々な所を見て回ってみたい。

すると不思議なもので、気だるくて仕方なかった足腰にも自然と力が入る。着替えを探しに、いそいそと寝室を出て行ったアメリアを、唖然として見送るしかなかったレイは思わず、ぼやいた。

「…………調子が狂う女だな」

　数日後、レイは全く同じぼやきを、部下の一人の前で繰り返していた。

　部下の名はヴィシャスと言った。レイの腹心であり、彼の信頼も厚い男だ。勤務服をきっちりと着て、亜麻色の髪を丁寧に後ろに撫でつけ、一見すると隙の無い、身綺麗な男である。ただ、やや丸顔の顔立ちに加え垂れ目で、茶色の目は対処に困ると良く泳ぐ。普段は語調も柔らかく、気の優しい性格の方が前面に出ていた。

　アメリアの外出時に、護衛として己の部下を連れて同行している彼は、主君の言葉に強く頷いた。

「朝から晩まで、本当に心置きなく遊び回っておいでです。好奇心旺盛な方なのでしょうかね。私達を全く気にする事も無く、市井の者と触れ合っています。そうそう、今日は工芸品に目を奪われていましたよ。店主に熱心に作り方を聞いていました」

「……謳歌してやがる」

「今日も夕暮れ間近になりましたので帰城を促しましたら、大変残念そうで渋々でしたね。レイ様がお待ちですと言ったら、ようやく同意してくださいました」

「侍女に促されて挨拶をしてきた後、不満そうに俺に何か用かと聞いてきたのは、そのせいか」

「……聞いてきましたか」

「ああ。何も無いと言ったら、更に怒った顔をしていたぞ」

　思わずヴィシャスはその場面が想像できて笑ってしまったが、レイは苦い顔をした。

「ここを寝食と風呂の場としか思っていないようだな。さっきも明日に備えて寝るとか言っていたぞ……。夜明けと同時に遊びに行くって、どんな神経しているんだ？」

「レイ様は日が高くならないと、起きませんからねえ」

必然的にすれ違いになる訳で、レイがアメリアに会うとしたら、彼女が散々遊び回って疲れた夕方だ。ただ、アメリアは帰って来てすぐに風呂に入って、食事もさっさと済ませてしまう。朝起きるのが遅いレイは、夕方近くまで仕事をしている事も多い。

顔を合わせる機会も少なく、当然ながら食事も別だった。彼の手が空く頃には、アメリアはぐっすりと寝入った後だ。レイは新妻を抱くどころか、会話を交わす事すら殆ど無い。

笑っていたヴィシャスが、不意に笑みを消した。

「……まあ、あれが演技なら大したものです。エイリーンも失敗続きで、少し風変わりな花嫁を送り込んできたのでしょうか」

「懲りない女だ。何人送り込めば気が済むんだろうな」

「確かに、いい加減にして欲しいものですね。アメリア様は、どうされるおつもりですか？」

「放っておけ。出歩くのにも、その内飽きるだろう。あの女の命で俺の領内を探っているのかもな」

「ああ……それは無駄ですね。どこに行っても警戒されますよ」

「どうせすぐに俺の元に戻って来る」

レイは自信を覗かせたし、ヴィシャスも同意した。

だが、アメリアは彼らの目算など、どこ吹く風だった。数日どころか、一月経ち、夏が終わりに差しかかる頃になっても、遊び回っていたのだ。

飽きるどころか日々酷くなり、とうとう彼女はレイの城に戻って来なくなった。

無論、護衛と監視を兼ねているヴィシャス達が同行していたから警護は万全であり、そちらの心配はあまり無いが、彼女の行動範囲は勝手に広がっていくのだ。城下町を探検し終わると、別の街に行って満喫し、また次の街へと関心が移る。必然的にレイの居城からは、どんどん遠くなった。

その内一日では戻って来なくなり、旅先で泊まるという事を繰り返すようになった。

しかも一々レイの城に戻って来るのも面倒だと思ったのか、そこから更に遠出をし始めた為、何日も戻って来ない事が常態化した。彼女に同行しているヴィシャスの、『いつかきっと帰れると思います』などという情けない伝言を告げた使者を前にして、レイは頭痛を覚えた。

「……仕方の無い奴だな」

レイは苛立った口調で呟くと、手にしていた書類の束を部下達に放った。

「出かける。後は任せた」

慌てる部下達を他所に、そう言い終わるや否や、レイの姿は忽然と室内から消えていた。

澄み切った真っ青の下、翼を生やした街の者達が楽しそうに空の散歩を楽しんでいる姿を見つめ、ヴィシャスは溜め息をついた。彼らは楽しそうだが、自分の気持ちは沈む一方である。

「……私は、アメリア様に何度帰りましょうと、申し上げただろうなあ……」

遠い目をする上司に、部下達は必死で励ました。

「諦めないでください！」

「そうですよ、今日こそ頑張って帰りましょう⁉」

アメリアはレイの城から離れて遊び歩く一方で、昨今では帰ると言う事すら忘れているような気がしてならない一同の間には、悲壮感さえ漂っていた。

「しかし、一月経っても遊び回っているとは……どういう事だろうな。本当にそれしか興味が無さそうに見えないか。あれが演技なら、いい加減にして欲しい」

「そうですねえ……今までの花嫁達はレイ様に夢中になって打ち明けるか、勝手に自滅していくかどっちかだったんですが……」

　アメリアの恐ろしい所は、レイを全く気にしない所である。

　レイの機嫌を取る事もしないし、媚も売らない。たまに城に帰って稀に顔を合わせ、侍女達にご挨拶をと促されると、簡単な挨拶程度はするのだが、それで終わりだ。

　挨拶の言葉も完全に台詞を言っているような淡々としたもので、当然ながら二人の会話に発展というものが無い。だから、アメリアの目論見も全く掴めない。

　むしろレイの方が調子が狂うらしく、苛立っていた。

　ヴィシャスは真剣に心配になって来た。

「自滅した花嫁は送り帰せば良いし、レイ様に夢中になった者は遊び相手になれば良いのだろうが、そのどちらでもない場合は、どうするべきだろうな」

「放っておくわけにもいきませんしねえ……って、あれ⁉　アメリア様は⁉」

　ぼやきあっていた彼らは、アメリアがいなくなっている事にようやく気付いた。

　アメリアは、ヴィシャス達が警護の為に付き添ってくれているのを理解していたし、有り難いとも思っていた。土地勘が無い自分にしてみれば、彼らは大事な案内人である。

神族の証とも言われる白翼を身体に具現化させて飛べば、歩くよりは街と街の間の移動は早くて済むが、街の方角が分からないと話にならないからだ。

だが、何かにつけて帰りましょうと言ってくる事に関しては、いささかウンザリもしていた。

どうせ戻ったところで、城では風呂に入り食事をして、寝るだけである。

仮にも自分は領主の妻であるし、自由にさせて貰っているから、夫に呼ばれたら行く義務はあるのだろうと思ってはいる。でも、ヴィシャスに主君が待っているから戻れと言われ、渋々帰って会ってみれば、彼は怪訝そうに『用事は無い』と言ってくれた。

だから、夫は自分など全く待っていないのだと、アメリアは確信した。

妻として夫の性欲に付き合う必要もあるかもしれないが、それこそ気心の知れた女と身体を合わせたほうが、彼もずっと良いだろう。妻が不在であれば他の女を招きやすいはずだ。

それでも、自由にさせてくれている夫の為にも、妻としての義務は果たすべきだと戒め、侍女達から『ご挨拶』を求められた者達に対しては、ちゃんと挨拶の口上を述べていた。

かつて宮殿で教育係の侍女頭に散々叩きこまれた事もあって、挨拶程度では苦労しない。

ただ、レイの城に出入りする神族はかなり多く、かつ自分など形だけの妻なのだから深く関わられる方も迷惑だろうと、全員『同じ』挨拶にしておいた。

全員に礼儀正しく、かつ丁寧な口調で、同じ挨拶の口上を述べる。そうすれば平等だし、文句もこないだろうと言う打算もある。城に行ってもご挨拶地獄になる事もあり、レイの城に戻る必要性を、アメリアは一切感じていない。それどころかこのまま別居でも、構わなかった。

（夫の名前くらいは覚えていれば良いはず！）

そんな事を考えていた矢先、アメリアは道を右往左往しながら歩いている幼い少年を見つけた。

柔らかそうな白銀色の短髪で、肌は色白の上、身体は華奢なものだから、声をかけた時に自分の事を『僕』と言うまで、美少女だと思っていたほどだ。質素な装いで、街の子供のようだった。

年齢を訊ねると『六歳』と答え、更に母を探しているとだけ言うと黙り込んでしまい、泣きだす寸前の顔になった。その際、長い睫毛の下で綺麗な翡翠色の大きな瞳が潤み、やっぱり女の子ではと思ってしまう程、愛らしい。放っておいたら、悪い大人にさらわれてしまいそうである。

アメリアは母親を一緒に探すと約束して、ヴィシャス達に声をかけようとしたが、彼らは何事か酷く思い悩んでいるらしく、声をかけにくい空気だった。

「ま、いいか。すぐ戻ってくれれば良いだろうし」

アメリアは少年の手を引いて歩き出した。街は神々で賑わい、空にも翼を生やして自由に遊ぶ者達がいて、上も下も賑やかだ。これでは親と逸《はぐ》れるだろうと思いつつ、活気のある街に感心する。

「ここも賑わってるね……なんだか印象が違う」

「お姉さんは、壁の外から来たの……？」

涙を堪えた少年に震える声で聞かれ、アメリアは苦笑した。

「そうだよ。やっぱり分かる？　どこに行っても、同じ事を良く聞かれるんだよね」

「うん。ヴィシャス様達が一緒にいたし……街を物珍しそうに見ていたから」

「私はここ数年、外に出して貰えなかったから、こうして出歩けるのが嬉しくて、色々見て回っているんだよ。常闇の城は皆怖がっていて、色々変な噂も聞いていたけど、こんなに賑わっている街が幾つもあるなんて思わなかった」

「………レイ様のお陰だよ」

「え？」

どこかで聞いた事のある名前だ、とアメリアは少し首を傾げ、次いで視線が泳いだ。

（あ、私の夫だ。まずい、名前すら怪しくなってきたかな）

慌てるアメリアの心中は露知らず、少年は意を決したように口を開いた。

「レイ様が、常闇の城で領内を守ってくださっているから、僕らは安心して暮らす事が出来ているんだ。壁の外に出たら、僕らみたいな下級神は皆殺されちゃうから！」

上級神と下級神の差は大きく、往々にして下級神は見下される事が多い。上級神に仕えられる下級神は、ごく限られた優秀な者だけで、大半は働いて納税し、格上の神族の庇護を得ながら、ほそぼそと生きていくしかない者が多い。

レイの領内の街でアメリアが見かけたのは自分のように神力の弱い下級神ばかりで、そのせいかヴィシャス達のような上級神は、かなり際立って見えた。

「だから、お願いだよ。レイ様をこれ以上傷つけないで！」

「ええ？」

「レイ様は優しいから……だからっ！」

再び泣き出しそうな顔をした少年に、呆気に取られるしかないアメリアだったが、そこに血相を変えた小柄な女性が駆け寄って来た。長い金髪の女性は身体が華奢で緑色の瞳を持っていたので、母親だろうと察しが付いたし、彼女を見た少年も笑顔になった。

「あっ！　母様！」

「ここにいたのね、ユーリス！　この方に近付いちゃ駄目だって言ったでしょう！」

「でも、僕……っ」

「行くわよ！」

強張った顔で少年の手を掴み、引きずって行く。半ば呆然と母子を見送るしかなかったアメリアは、困惑した。

「一体何なの……？」

ただ、街行く神々の視線が自分に集まっている事にも気が付いた。彼らに視線を向ければ、一斉に目を背けられる。

今までにない事だっただけに戸惑ったが、ヴィシャス達が同行してくれていたからだと気付く。彼らの手前、街の神々は愛想良くしてくれていただけなのだ。あの少年も、外から来た者だと言って区別していた。余所者に対して、あまり良い感情を持っていないのだろう。

山暮らしで他者と関わりも少なく、自分の嗜好も偏っている事を知るアメリアは、今まで奇異な目で見られる事も度々あった。余所余所しくされるのも珍しい事ではなかったから、気にしないようにしようと思いつつ、不思議でもあった。

少年は迷子になっていたようだが、自分に苦言を呈する為に近づいてきた様子だ。そうなると、言葉をかわす前から、素性に気が付いていた事になる。どうして分かったのだろうとアメリアは思ったが、目の端で捉《とら》えたものに気付き、理解した。

右手の中指に輝く結婚指輪だった。同じ物は世に二つとないのが神族の紋章だ。指輪にレイの紋章が刻まれていたから、領内に住む神々には一目瞭然だったに違いない。

「どうしようかな……」

街を歩く度に注意されても面白くないが、レイの妻だから自由に遊び回れているのも確かだ。

迷った末に、アメリアは指輪を指から引き抜き懐に仕舞うと、再びのんびりと歩き出す。

街の神々の視線はまだ冷たいものの、しばらく歩いていれば、誰にも気にされなくなるだろうと思ったが、数歩進んだだけで立ち止まらざるを得なかった。

眼前を数人の男達に阻まれたからだ。その中でも一際大柄な男が進み出て、威圧的に言った。

「待ちな。お前だな？　あの性悪女が、レイ様の元に新しく送り込んできた女は」

「性悪女？」

「エイリーンだ」

「ああ………」

納得、と心の中で呟いたアメリアだが、口には出さない。宮殿で何度侍女頭に説教されたか分からないからだ。周囲を囲んできた彼らを見据える。

「その通りだよ、良く分かったね」

「ヴィシャス様達が監視に付いていたからな。それに指輪だ。今更隠した所で遅いぜ」

殺気立つ彼らを見据え、アメリアは答えた。

「厄介事に巻き込まれそうだったから仕舞ったんだけど……私は何か貴方達に恨まれるような事をしたかな？」

「よく言うぜ。レイ様の街を探ってどうするつもりだよ？　エイリーンの命令か？」

「嫁げと言われたから来ただけだよ」

「嘘を付け！」

「嘘じゃない」

男数人に取り囲まれ、その場が物々しい空気に包まれたが、アメリアは気にしない。それよりも、遥かに気になって仕方が無い事があるからだが、今はそれどころではない事くらいは分かる。

威圧しても顔色一つ変えないアメリアに苛立って、巨躯の男がアメリアの胸倉を掴んだ。

「なに。殴るの？」

さもありなん、殴るしか手立てが無いのだろうと、アメリアは真っ先に思った。

憐みの目さえ向けられた男は、戦慄《わなな》いた。少し脅かして仔細を問い詰めるつもりだったのだが、平静なアメリアの態度が煽られているように思えて、怒りが湧きあがったのだ。

「お望みどおりにしてやるよ！」

男の拳が唸《うな》り、仲間達が慌てて制止する声を上げたが、止まらなかった。

ただ、彼が勢いに任せて振り上げた拳は、その直後、びくとも動かなくなった。

男の手首を無造作に掴んで止めたレイが、冷徹な視線を男に向けた。

「止めろ」

短い警告と共に、アメリアの胸倉を掴んでいた男の手が緩んで離れた。更にレイは、己よりも頭二つほどの身の丈のある巨漢の男の手首を軽々と捻りあげ、その場に引きずり倒した。

「二度と手を出すな」

淡々とした声が、緊迫していた場に響く。固唾を呑んで見ていた神々は、畏怖と敬意の視線を彼に向け、アメリアに絡んだ男達は真っ青な顔をして、彼の静かな怒りを前に平伏した。

「も、申し訳ありません！」

レイは彼らが崇拝してやまない存在であり、怒らせるなど論外である。

ただ、レイ自身はそんな彼らの熱烈な視線にさして興味も無さそうで、アメリアを一瞥した。

「……大丈夫か？　ふらふらと出歩くからだぞ。いい加減にしろ」

「あ、はい。助けてくださって、ありがとうございました」

アメリアは彼を見返して丁寧に礼を言った。そして、完全に委縮しきっている男達の前に屈む。

「ひいっ⁉　お、お許しを……っ！」

さっきまでの威勢はどこにいったのか、ガタガタと震え始めた彼らに、アメリアはどうやらもう自分を害する気はなさそうだと判断し、ずっと気になって仕方が無かった事を確認しようと思った。

「貴方の剣を貸して」

「ひいいいい⁉」

「良いから、早く！」

意味が分からず大混乱に陥る彼らに、それを見ていたレイが、追い打ちをかけた。

「言う通りにしろ。首を飛ばされても文句は言うなよ？」

蒼白になった男達を見て、アメリアは余計な事を言う男だと彼を軽く睨みつつ、差し出された剣を引き抜くと、絶望的な顔になって、大声で嘆いた。

「手入れが悪い！」

アメリアは心底立腹し、更に糾弾した。

「なにこれ！　刃こぼれが酷過ぎて、武器とさえ言えない！」

居ても立ってもいられず、神術を唱えて研ぎ石を具現化した。そして、周囲を見回して水路を見つけると、ボロボロの剣を片手に歩いて行き、腕まくりをして、一心不乱に剣を研ぎ始めた。

呆気に取られたのはアメリア以外の全員であるが、彼女は気にする様子もなく、心底怒りながら、剣の持ち主である男を呼びつけた。

慌てて駆け寄って来た大男を、アメリアは容赦なく叱責した。

「こんな剣にしてしまうのなら、持つ権利なんてない！　手ぶらの方がよっぽどまし！　一体いつ手入れをしたの！」

「ええと……一年くらい前、です」

「一年⁉　ふざけてるの⁉」

鋭い視線で睨んだアメリアに、男は巨体を縮こめた。

「すいませんでした！」

「こうなるのは当たり前だよ！　だから、素手で私を殴ろうとしたんでしょう！　折角の素敵な剣が可哀想だと思わないの⁉」

「は、はい……」

「やり方を教えてあげるから、ちゃんと手入れをして！　良い⁉」

「分かりました……」

何故か男は正座まで始め、アメリアの勢いに完全に呑まれて、大人しく話を聞いていた。男の後を追ってきた仲間達も、すっかり聞き入っている。彼らも彼らで剣の手入れが悪かったからだ。

その様子を遠目に見ていたレイは必死で笑いを堪えていたが、アメリアを探し回っていたヴィシャス達が駆け付けてくるのを見て、睨んだ。

「何をしていた。絡まれて殴られる所だったぞ」

「も、申し訳ありません！」

ヴィシャス達は失態に青ざめたが、少し離れた所で起こっている珍妙な光景に目を丸くした。

「あの、レイ様……これは一体どういう状況でしょうか」

「自分を素手で殴ろうとしてきた事が、気に入らないそうだ」

「はい⁉」

「剣の手入れが悪いからだと怒ってな。今、全員にやり方を教えている所だ」

呆気に取られる部下達を横目に、レイは微笑んだ。どうやら武器はアメリアの得意分野らしく、熱心に語る姿は生き生きとしていて、今まで見て来た女の誰よりも、美しく見えた。


指導を終えて、男達が大事そうに剣を持って去っていくと、アメリアは安堵の笑みを零して、役目を終えた砥石を消し去る。そして、ヴィシャス達が来ていた事に気が付いて、彼らに歩み寄った。

「あ、ごめんね。待たせちゃったかな？」

「いえ、どこに行かれたかと思いましたよ」

「迷子の子がいたから、お母さんを探しに行ったの。すぐに見つかったんだけど、今度はあの人達に絡まれちゃって」

「それで、手入れの講義ですか……」

「私は『武具』を司るから、手入れが悪いものはどうしても気になっちゃうんだよね。宮殿じゃ女が持つ物じゃ無いって怒られて、触らせても貰えなかったから、つい」

一部の神族は、事象や物を司る神力を持つ。特に世に欠かせないと言われる十二の神力は、至高神達が持つ事で知られ、彼らは『オリンポス十二神』と呼ばれている。

アメリアは一介の下級神に過ぎず、『武具』の神力はそこには入らない。だが、下級神が何かしらの力を司るのは珍しい。だからエイリーンに見込まれ、養女にされたのだろうと思っていた。

「……いやはや、貴女様には色々と驚かされます」

「そう？」

アメリアは首を傾げつつレイの元に歩み寄り、改めて礼を言った。

「先ほどはご親切に、どうもありがとうございました」

レイは、アメリアがやって来ると同時に笑みを消していた。そして、醒めた目で言い放った。

「別に親切心などない。お前が早々に死ぬと、エイリーンが煩いからだ」

アメリアは目を丸くした。自分がエイリーンの養女などという、取るに足らない話を良く知っていると驚いたからなのだが、これもすぐに理由を察した。

夫である男は領主だから、この界隈《かいわい》では知らない者はいないだろうし、実際、彼の紋章入りの指輪をしていたら絡まれた。自分が嫁いだ話も噂になっていて、容姿でも知れ渡っているのだろう。

ただ、アメリアは、養母が自分に一切関心を向けて来なかった事も知っていた。

「あの方は、私の事などすぐに忘れるでしょうから、ご心配なく」

「あ？」

「では、失礼致します」

深々と頭を垂れて、アメリアは颯爽と立ち去ろうとしたが、ものの数歩も行かないうちに、また彼に呼び止められた。

「おい、待て。どこに行く」

「それが貴方に何の関係があるんですか？」

助けて貰った恩はあるが、行く場所まで言う必要は無いだろうと、アメリアは思う。しかも男は両腕を組み、何だかとても偉そうだった。だからついアメリアも返事が素っ気なくなったが、それが不満なのか、彼は苛立たしげに言った。

「興味は無いが、無関係とは言えないだろ」

「はあ……まあ、そうなりますか」

アメリアは一応、同意した。確かにお知り合いにはなった仲だ。気にかけてくれる事はありがたいが、正直な所これ以上の厄介事は御免だ。放っておいて欲しい。

そう心底思い、突き放しにかかった。

「どうか、お気になさらず」

「気になどしていない。だが、あまり勝手な行動をされても困る」

「ええと……？　何故私がする事が、貴方を困らせるんですか」

アメリアは困惑を隠しきれなかったが、彼の表情が怪訝そうになった。

「分からないのか？」

「はい。さっぱり」

「面倒な事になるからだ。そろそろ分かるだろう。お前こそ、馬鹿か？」

面と向かって失礼な事を言い放つ彼に、アメリアは渋い顔になった。

意味が分からない。何だか厄介事の匂いがする。嫌だ。遊ぶ時間が短くなる。

（ここは、はっきりと言ってあげよう！）

そう思い、アメリアは声を大にして、レイに告げた。

「初対面の方から、馬鹿と言われる筋合いはありません！」

そうきっぱりと言い放った彼女に、レイは唖然としたし、ヴィシャス達でさえも絶句した。

レイはアメリアがそのまま踵を返して去ろうとしたのを見て、すぐに呼び止め、しかめっ面を向けてきた彼女を睨み、一喝した。


「お前は……夫の顔も忘れたのか！」


アメリアは目を点にした。

「え………？」

秀麗な顔をまじまじと見つめ、うんうんと唸った。男は青いシャツに黒のトラウザーズという至って質素な恰好だったが、顔はどの部位を取って見ても美しいとしか思えない美貌だ。更に均整の取れた優れた肢体をお持ちであり、飾り立てる必要など感じない男だった。

完璧な美貌だと思った男を、確かに一人知っている。

「……そういえば、こんなような顔だった気がするような、しないような……あ！　本当だ！」

レイの顔が思いっきり引きつったのを見て、これは流石に不味いと、アメリアは理解した。

「ご、ごめん。殆ど会っていなかったから、つい、ねっ⁉」

　顔を合わせてまともに話をしたのは結婚式の前後だけで、後はほぼ遊び歩いていたアメリアである。帰って来るのは日が暮れてからで、入浴と食事を済ませれば、もう夜で屋内も薄暗い。

　城に帰れば侍女達からの『ご挨拶地獄』で、レイも含めて、全員に同じ口上を繰り返していた。

　その上、ろくに話もしないまま不在がちになって、一月も経てば、どんな美丈夫でも印象は薄れる。夫に興味関心を抱こうとしてこなかったから、尚更だ。

「お前があちこち遊び回っているからだろうが！　いい加減にしろ！　帰るぞ！」

「どうぞ！」

「お前もだ！」

　レイの苛立ちは限界寸前だったが、これにアメリアは猛抗議した。

「嫌だ。私の自由にして良いって言ったよね⁉」

「この……っ」

「言った！　確かに聞いた！　私はその為に、貴方に嫁いで来たんだからね！」

　清々しい程きっぱりと言い切られ、レイは額に手を当てて呻いた。エイリーンが一体どういうつもりで彼女を自分に嫁がせたのか、七人目の花嫁にして、初めて真剣に分からなくなった。

　ヴィシャスも同感らしく、小声で言った。

「レイ様、これは我らを混乱させる為の手では……」

「俺の顔すら忘れる女だぞ？」

「………ですねぇ」

レイは苦々しい顔をしながら、アメリアを睨んだ。

「指輪はどうした」

「ああ、これ？」

アメリアは懐から結婚指輪を取り出し、困惑した顔でレイを見返して、更に言った。

「良く分からないけど、貴方の妻だと分かると色々言われるから、外して仕舞っておいたの」

「外した所で同じだ。指に戻せ、俺の気が散る」

「そんな事言われても……あ、じゃあ、貴方が持っていてくれる？」

「お前が身に着けていないと、意味が無い代物なんだよ」

「でも指に嵌めていると、目立つみたいで遊びにくいから、嫌！」

「あの、なあ……っ！」

これ以上の口論は無駄だと思ったのか、レイは術式を唱え手中に細い銀の鎖を具現化すると、指輪にそれを通して、アメリアの首から下げさせた。

やっと納得した彼女に、レイは何度目か分からない溜め息をついた。

「…………疲れる嫁だ」

ヴィシャスは、心からの同情と共感をした。

「お気持ち、お察し致します」

これを聞いたアメリアは一人、大変心外だった為、言い返した。

「なんで。私は、どこをどう見ても『良妻』だよ！」

だが、全員から一斉に白い目で見られ、アメリアは首を傾げた。

第二章　夫の権利を行使する

結局、レイに遊び過ぎだと叱責されたアメリアは、かなり不貞腐《ふてくさ》れていた。

場所を瞬時に移動できる『転移の術』をレイに使われて、易々と城に連れ戻されたからだ。

神族でも限られた者しか使えないその術を初めて見て驚き、仔細を聞きたくなったが、また同じ場所に行くには何日もかけなければならないという事実にも気付き、落胆する方が先だった。

ヴィシャス達はやっと帰って来られたと安堵していたが、レイはアメリアが色々と言う前に、先に釘を刺した。

「少しは大人しくしていろ」

「……出かけて良いって言ったのに！」

「お前は加減も知らないのか」

冷ややかに言われ、アメリアは更に言い返そうとしたが、ぴたりと止まった。

颯爽と廊下を歩いてくる青年に、目を奪われたからだ。

レイと同じ黒髪をした肩ほどまでの艶やかな長髪の青年は、顔立ちがどことなく似てはいたが、彼よりも柔和な面差しをしていた。同じくらいの長身だが、彼よりも更に細身の身体であり、優しい雰囲気を持つ男だ。目じりはやや下がり、瑠璃色の瞳は宝石のように美しい。この整った顔立ちに笑みを浮かべれば、見惚れない女はいないと誰もが断言するだろう。

襟飾りが付いているシャツの上に羽織っていた上衣にも、細かい刺繍が施されている。質素な装いをしているレイより、服装はお洒落で華麗だ。

「やあ、お帰りなさい。お邪魔していますよ」

青年が親し気に話しかけたのはレイで、アメリアを睨んでいた彼も、視線を向けて表情を緩めた。

「何だ、来ていたのか」

「兄上の花嫁に会いに来たんですよ」

そう言って、青年は穏やかな微笑みをアメリアに向けた。

「初めまして、アメリア嬢。私はロウファと言う。『鍛冶』を司る神族だ。よろしく」

アメリアは、にこやかに微笑む青年を食い入るように見つめ、言葉を失っていた。

それに気付いたレイは眉をひそめたが、ロウファは口元に浮かべた笑みを崩さない。

「私の顔に何か付いているかな？」

問いかけられて、ようやく我に返り、アメリアは真っ赤になって狼狽えた。

「あ、ち、違います。ごめんなさい。私はアメリアです。どうぞそのまま呼んでください」

「じゃあ、私も同様にして貰えるかな。私は貴女の義理の弟になるからね」

「レイの……弟……」

アメリアは思わず呟き、次いで自分の様子をうかがっていたレイを、輝いた目で見上げた。

「なんだよ？」

「……っ私、レイに嫁いできて本当に良かった！」

晴れやかな笑顔を向けられて、レイは息を呑んだが、ロウファはそんな兄に苦い顔をした。

弟の咎めるような視線に気付き、レイは小さく舌打ちを漏《も》らす。

「お前……本当にそう思っているのか？」

つい先程まで夫の顔を忘れていた女の台詞ではない気がして、問い返したレイに、アメリアは更に笑顔を向けた。

「うん！　まさか、ロウファに会えるなんて思ってもみなかった！」

「……なに？」

「貴方の弟だったんだね！　知らなかった！　それなら、遊びになんて行かなかったのにっ！」

心底悔しがっているアメリアを見て、レイの顔から表情が消えた。

だが、ロウファも一方的に感激される意味が分からず、問いかけた。

「ええと……何故か分からないけれど、私に会いたかったのかな？」

「はい！　お話を聞かせてください！」

満面の笑みで言われ、ロウファも内心困惑しつつも、断る理由は無かった。

兄に近付くエイリーンの手先は、どんな美女であっても、許しがたいものであったからだ。

出来れば兄から引き離しておきたいという事もあり、頷いた。

「構わないよ。兄上、少しアメリアと話をしても良いですか？」

「…………好きにしろ」

不機嫌そうに告げて、ヴィシャス達を伴い去っていく兄を見送り、ロウファは渋い顔をした。

「うん……ちょっと不味いかな」

「何がですか？」

目を瞬くアメリアにロウファは笑顔を作り、立ち話ではなんだからと応接間に案内した。

応接間のソファーに座ったロウファは、優しい笑みを浮かべたまま、テーブルを挟んで向かいの椅子に座ったアメリアを観察した。

新しい花嫁である彼女は、まだ二十歳になったばかりの娘だという。エイリーンと血縁関係は無く、養女という立場であるのは、今まで兄の元に送り込まれてきた六人の花嫁達と同じだ。

兄は女を手玉に取る事など容易い男であるし、今までも難なく花嫁達に対処してきた。

だから、新たな花嫁が来たと聞いても心配していなかったのだが、先日兄の元に様子を見に行かせた部下からアメリアの話を聞いて、腰を上げざるを得なかった。

聞けば聞く程、彼女の言動が、今までの花嫁達と比べて奇異でしかなかったからだ。

まず、アメリアは兄の傍どころか、城に居ない。ヴィシャス達は警護と監視を兼ねているが、彼らの目などものともせず、兄の領内を好き勝手に遊び回っているという。その自由を兄が認めたからなのだろうが、それだけでもいつもよりもかなり寛大だと、ロウファは気付いている。

今までの花嫁達は半月も経てば何かしらの行動を起こして、その地位を追われていたのに、アメリアはもう一か月以上、兄の妻として領内に留まって、のびのびと過ごしていた。

異常事態である。

慎重な女なのか、それとも悪知恵を秘めているだけか。ロウファはそんな事を悩みつつ訪れた。

だが、アメリアは最初からロウファの想像の斜め上をいった。

「私、ずっと貴方に会って話を聞いてみたかったんです！」

「ええと……それはどうもありがとう？」

レイとロウファの兄弟は、どちらも男の色香を放つ美貌の主である。レイ同様に、ロウファも多くの女達を虜にするし、女の賛辞も眉一つ動かさず聞き流す事が出来た。

だがロウファはアメリアの熱い視線が、それとは全くの別物にしか感じなかった。

ロウファの美貌など、どうでも良いと言わんばかりの様子だからだ。

「どうして、私と話をしたいのかな？」

と、更に問いかけると、アメリアは目を輝かせ、その理由を告げた。

「私、『武具』を司る下級神なんです！　だから『鍛冶』は憧れの存在です！」

「ああ……そう言う事か」

ロウファはつい納得して、苦笑してしまった。

実際、アメリアが熱心に聞いてきたのは、全部鍛冶の神力《しんりき》の事ばかりで、他の事には一切興味を示さなかった。時々それとなく会話の中に、兄やエイリーンの事を匂わせてみたが、彼女は全く頓着せず、あまりの反応の違いに、ロウファは本当にエイリーンの手先だろうかと思った。

だが、ロウファにとって、アメリアの反応は新鮮でもあった。

ロウファに言い寄る女神達の多くは、彼の地位や美貌に夢中になるばかりで、純粋に彼の神力について知りたがる者は少ないからだ。アメリアは武具を司るだけあって、訊ねてくる事も具体的かつ専門的で、ロウファもつい熱が入った。

いつしか、二人は熱心に話し込み、時が経つのも忘れてしまう程だった。

翌日、ヴィシャスは部下達と共に奇跡を見た。と言うよりも、自分達の目を疑ってかかった。

アメリアがレイの城に留まっていたのである。早朝から自分達の顔を見るなり、出かけたいと急かす彼女が、普段よりも少し遅い時間に朝食を取っている時点でおかしい。

昨日レイに怒られたからだろうかとも思ったが、それにしては随分と浮かれている。

それとなく理由を聞いてみると、アメリアは少しばかり恥ずかしそうに、頬を染めた。いつになく可愛らしい反応に、ヴィシャスは目がおかしくなったかとさえ思った。

「あまり早く行くと、迷惑でしょう……？」

ヴィシャスは、今度は耳の不調を疑った。一体どういう風の吹き回しだろうか。

「そうですね。起き出すのは、もっと日が高くなってからですから」

「分かった。待ち遠しいなあ……」

うっとりとした顔で呟くアメリアは、まるで恋い焦がれる少女のようだ。

ヴィシャスは、部下達と顔を見合わせた。

今までの花嫁達は、よくレイが朝起きてくるのを待ち望んでいたものだ。レイから何とか情報を得ようとする為でもあったり、彼に夢中になって早く会いたいと願っていたりと様々だった。

いずれにしても、彼女達が嫁いできて早々にレイが目論見を看破して、部下達に対応の仕方を伝えてくれていたから、注意を払う事も出来た。だが、アメリアは何を考えているのか分からないので、レイも自由にさせておけとしか言えない。結果、ヴィシャス達も全てに戸惑うしかなかった。

そんなアメリアが突然、豹変したから、これは一体何事だという話になる。

彼らが話し合って悩んでいる中、彼女は食事を終えて立ち上がった。

「ごちそうさま。まだ時間あるよね、身だしなみを整えてくる！」

呆気に取られるヴィシャス達を残し、アメリアは急ぎ足で侍女達と一緒に出て行った。彼女達が立ち去って、しばらく沈黙が流れたが、ヴィシャスはやっとの事で部下達に言った。

「アメリア様は、何か悪いものでも食べたのだろうか……急に一端の女のような事を言い出したぞ」

「ええと……今までの方々と同様に、アメリア様もレイ様に夢中になったという事で良いのでは？」

「それならそれで話は早いんだが、釈然としないのは何故だ」

彼が部下達と悩んでいる間にも、有能な侍従達はアメリアの食事の片付けを手早く済ませ、長机を綺麗して、新たに料理を並べ始めた。誰の為の物か察したヴィシャスは、また驚いた。

いつもよりかなり早いと思いつつも、扉が開き、やって来た主君とその弟に頭を垂れた。

ヴィシャス達しかいない食堂を見回し、レイは顔をしかめた。

「アメリアはどこに行った。また泊りがけで出かける気じゃないだろうな？」

「いえ、そのような事は仰っていませんでした。普段よりも遅い朝食を召し上がった後、身だしなみを整えてくると、張り切って出て行かれました」

「…………雪でも降るんじゃないのか？」

窓に視線を向け、秋の晴れ渡った空を見て真顔で言うレイに、ヴィシャスもつい同意したくなる。ただ、前の花嫁達の態度が豹変しても主君は動じなかったから、問題は無いだろうと思った。

「レイ様の妻女という自覚が、ようやく芽生えたのでは無いですか？」

「それはそれで面倒だな」

冷ややかに言うと、椅子に座って食事を始めたレイに、隣の椅子に座ったロウファが言った。

「ご安心ください。アメリアは、兄上の手を煩わせるまでもありませんよ」

「どういう事だ？」

「彼女は私にずっと憧れていたそうでして、色々な話を聞きたがりましてね。今日は城下町の工房を一緒に見に行く約束をしたんです。それとなく探りを入れてみますよ」

「……好きにしろ」

淡々と返した兄の声が、いつものように冷静であるのに満足したロウファは、更に期待も込めて、

「何なら、引き取りましょうか？」

と訊ねてみたが、返事は無かった。


珍しく身なりを気にしたアメリアに、侍女達は軒並み驚いたが、彼女が動きやすく、邪魔にならない恰好を求めたから、やはり着飾る気など更々無いのかと、全員が脱力した。

それどころか街の工房を見せて貰うのに、ひらひらのドレスなんて邪魔で仕方が無いという持論を展開し、侍女達を一層悩ませた。結果としてブラウスにズボンという、およそ色気の欠片も無い服装になった。

そして迎えに来たロウファと、それはもう嬉しそうに、かつ幸せそうに出かけて行くアメリアを見送った侍女達は、嘆息した。

「何かしら……あの方、色々間違っている気がするわ」

「一応、レイ様の妻になられたはず……よね？」

レイに袖にされて悲嘆に暮れる女神達は山のように見て来たが、逆に無関心な女など、どこの珍獣だとさえ思う。勿論、ロウファも誰もが認める美貌の持ち主だが、神力も地位もレイの方が上で、どうしても彼に女神達の熱視線は集まるのに、アメリアは見向きもしない。

これがレイの気を引く作戦であるなら、大したものだとさえ、侍女達は思った。


そんな侍女達の苦悩も、日々深まる一方となった。

アメリアが毎日のように出かけるのは変わらなかったのだが、朝から夕方まで、四六時中ロウファと一緒に行動したからだ。彼と親し気に話し込んでいる姿は、大勢の神々の目に止まった。

レイの弟から懐柔しようとしているのだろうかと疑った者もいたが、ロウファと彼女が交わす会話に聞き耳を立ててみれば、ロウファの専門領域である鍛冶の事かアメリアの武具の話ばかりで、まるで戦人の会話だ。二人に警護として同行していたヴィシャス達も呆れ返るほどだった。


一週間も経つ頃には、今度はロウファが悩み深い表情を浮かべ、音を上げた。

夕方になって、アメリアを城に送り届けたロウファは、彼女が去ると、ヴィシャスに嘆いた。

「彼女は一体何なんだ？　どんなに探りを入れても、全部無駄だったぞ」

「ロウファ様との話の全てが、鍛冶か武具というのも、中々ありませんね」

レイの美貌に一切反応しなかったアメリアだが、ロウファにもまるで興味関心を示さない。

「エイリーンに何も言い含められていないとは考え難いが……あれは恐らく素だ」

「同感です。調子が狂いますよね」

「兄上は？」

「私達の前では平静を装われていますが、苛立っているご様子です。侍女達に『アメリアは、またロウファと出かけたのか』と、聞かない日が無いそうですから、相当気にされているようです」

「……それは不味いな。もしや敵の術中にはまっているやも知れないぞ」

「ロウファ様を利用して、レイ様の気を引こうとしているという事ですか？」

そんな器用な娘にはとても見えないので、ヴィシャスは首を傾げたが、ロウファは慎重である。

「ああ。兄上も調子が狂われているに違いない。彼女が嫁いできて以来、誰も閨に入れていないそうじゃないか」

「はあ……それも大変不思議でして」

神族は長寿であるが故に、多情である事も当たり前とされる種族だ。レイとアメリアの結婚は、エイリーンと交わした約定から来るものであるし、どちらも相手に操立てする必要はない。

レイは数多の女神達に求愛される男であるし、情交を楽しむ方だ。それにも関わらず、アメリアを娶《めと》ってから、彼は寝所に女を招いていない。周囲の者からすると、十分不思議な事態だ。

「……分かった。こうなったら兄上の閨に女を入れて、彼女の反応を見る」

ロウファは踵を返すと、足早に立ち去って行った。ロウファならば難しい事では無いだろうとヴィシャスは思いつつ、それを知ったらアメリアはどう思うだろうと、つい考えて呟いた。

「……これで何の反応も示さなかったら、一体あの方は何なのだろう……」

ヴィシャスは、もう主君の妻が謎の女としか思えなくなってきた。


その日の夜、アメリアは珍しくレイの元に足を運んだ。昼間、ロウファからあまり自分と出歩きすぎて、夫であるレイを軽んじているように思われても良くないから、顔を見せに行ったらどうだと、忠告されたからだ。

アメリアはレイを軽視はしていないつもりだった。むしろ自由に過ごさせてくれている彼に、感謝していた。ただ、顔を忘れていたから、そう思われてもおかしくないだろうと反省もした。

夜に出向くように言われたのは、暗に妻としての務めを果たせという事だろう。

結婚式の日以来、アメリアはレイに一切触れられていない。と言うよりも出歩いてばかりで疲れてすぐに寝てしまうか、街の宿に泊まったりもしたので、そういう機会も必然的に無かったのだ。

「……またするのかなあ……」

アメリアの足取りは重い。

レイの性癖だから仕方が無いとはいえ、いつまでも身体を繋がれず愛撫をされ続けて、疲弊して朝を迎えた記憶があるだけに、大変に憂鬱《ゆううつ》だ。だが妻の務めであれば、しなければならない。

意を決し、レイの居室へと入り目を見張る。彼の姿は無かったが、テーブルの上には空になった数本の酒瓶と使用済みのグラスがあったからだ。一人で飲むにはあまりに多い気がする。

不思議に思いつつ、居室と繋がっている寝室へと歩み寄った。扉は少し開いていて、中から声がした。

まだ起きているらしい。既にレイが寝ていたという言い訳が使えないな、と落胆しながら、アメリアは扉を開けて、立ちつくした。

「ええと……?」

レイの寝室は広く、寝台も大きかった。

部屋の中央にある天蓋付きの大きな寝台の上に、彼の姿は確かにあったが一人では無かった。

寝台の傍の椅子の背もたれにはレイの物と思しき男の服がかけられ、寝台の上で肘をついて上体を起こしていたレイの上半身は裸だ。腹部から下は毛布で覆われていたが、そちらも同様だろう。

一方、彼の寝台の前に立っていた三人の女達も、なんと全員が下着姿だった。彼女達の足元には脱ぎ捨てられたドレスが落ちていて、更に脱ごうとしていた矢先であったのは明らかだ。

夫と女達が、これから何を致すところであったのか一目瞭然である。

その光景をまざまざと見たアメリアは呆気に取られていたが、レイが苦り切った顔で、棒立ちになっている彼女を一瞥した。

「……何の用だ、アメリア」

三人の女達の視線もアメリアに向いていたが、全員が勝ち誇った顔をした。

レイの新たな妻となったアメリアの事は、彼女達の耳にも入っていた。そして、アメリアは閨に呼ばれず、自分達が招かれたのだという自負を覗かせたのだ。

だがアメリアは誰の視線にも、全く傷つかなかった。他人の情事を見てしまった事で、頬は赤らんだが、安堵した。

「ええと……ごめん。どうぞ、続けて？」

「……さっさと出て行け」

「うん、勿論。良かった、良かった。お邪魔しました！」

「…………………」

アメリアはレイに笑顔を向けて、踵を返して出て行った。そして帰りの廊下では、それはもう足取りは軽く、行き会ったロウファに怪訝そうな顔をされた。

「ええと……兄上の所にまだ行っていないのかな？」

「今行って来たよ。レイも三人同時に抱けるなんて器用だね」

「……見た感想が、それかい？」

「うん。私、要らないみたい。ありがたい。良かった、ぐっすり寝られる！」

ロウファはもう聞く気もおきず、アメリアと別れた。

自分の苦労が完全に水の泡である。


昼間、ロウファが女達を呼んだ旨を伝えると、レイにあからさまに嫌そうな顔で拒否をされた時点で、彼の苦労は始まっていた。

「止めろ、余計な事をするな。女を抱きたくなれば自分で行く」

「そうおっしゃいますが、ここの所すっかりご無沙汰だそうではありませんか。彼女達から、いつ寝所に呼んでくれるのか聞いて欲しいと、言われましたよ」

「気が乗らないんだ。あいつらだって遊び相手は他にもいるだろ、好きな男と寝ろと言っておけ」

「まさかアメリアに気を遣っているんですか？」

そうであっては困るので、あえてロウファが訊ねてみると、半ば殺気立った目で睨まれた。

「違う！　俺があいつを気遣う必要がどこにある……っ」

そうやって苛立っている所が不味いのだとロウファは思うのだが、口には出さない。

「だったら良いではありませんか。いい気晴らしになりますよ」

「断っておけ」

レイはそう一蹴して、一方的に話を切り上げてしまった。

ただ、それで諦めていては、兄はいつまでもアメリアに振り回されっぱなしだろうと、ロウファは独断で女達を招き入れ、頃合いを見計らって、兄の寝室に送り込んだ。

彼女達は、アメリアと結婚する前からの、レイの遊び相手だった。お互い戯れだと割り切っていられる女達だが、魅惑的なレイに抱かれる事を待ちわびてもいるから、四六時中、呼び出しは無いかと城の者に訊ねていた。

この所毎晩レイは酒を飲み一人寝を続けているが、付き合いのある魅力的な女達がわざわざ寝室にまでやって来たら、いくらなんでも手を付けるだろうという目算もあった。

そして昼間の内に焚き付けておいたアメリアを、彼女達と鉢合わせするように寝室に送り込ませてみたのだが、想定外の反応である。

アメリアは焦りもしなければ、落ち込みもしない。むしろよく寝られると喜んでいる。仮にもアメリアはレイの妻であり、夫の寝室に複数の女がいるなど、本来なら怒り狂ってもおかしくない事態なのだが、鼻歌でも歌いそうな勢いで去っていった。

「どういう神経をしているんだ……」

苦悩しながら歩いていると、兄の寝室から彼が送り込んだ女達が渋い顔をして出て来た。

全員身なりを整えていて、中にいるレイに一礼すると扉を閉める。彼女達はロウファに気付き頭を垂れたが、誰も彼も悔しそうな顔をした。

「どうした、兄上の相手を務めたのだろう？」

と、ロウファが訊ねると、彼女達は口々に嘆いた。

「いいえ！　突然参りましたので、ご機嫌は悪かったですけど、御前で脱げば抱いてくださると思ったのに、もっと嫌がられてしまいましたわ！」

「アメリアとかいう女が来たら、レイ様のご機嫌が最悪になって……さっさと服を着て帰れって怒られてしまって……」

「ロウファ様、またレイ様の閨に入れるように取り計らってくださいね！　あんな小娘、レイ様に抱いて頂くほどの価値なんてありませんわ！」

　どうやら誰一人触れられもせずに、早々に追い出されたらしい。ロウファは女達をなんとか宥《なだ》めて帰すと、兄の寝室へと入った。

　レイは一人寝台の上で寝転がっていたが、やって来たロウファを睨みつけた。

「俺は止めろと言ったはずだぞ」

「ですが、折角兄上も脱いでいるのに、何故抱かなかったのですか」

「俺は寝る時はいつも着ないだけだ、知ってるだろ。女を抱く為じゃない。お前もいい加減にしろ。誰がアメリアを呼べと言った」

「動揺して、少しは尻尾を出すかと思ったんですがね……まさか、逆に歓迎されるとは思っていませんでした。ああ、三人も同時に抱けるなど器用だと、兄上を褒《ほ》めていましたよ」

「…………」

「まったく……彼女の狙いは何でしょうか」

「俺の知った事か。寝る。出て行け」

　吐き捨てるように言うと、レイは弟も寝室から追い出した。

翌日のレイの機嫌は最悪で、朝食を終えて廊下で偶然会ったアメリアも、すぐに分かる程だった。

「ええと……おはよう。良く寝られた？」

「…………。お前はどうなんだ」

「お陰様でぐっすり寝られたよ！」

「……ああそうかよ」

冷ややかに返されて、アメリアの視線はさまよう。

これはかなりご機嫌斜めだ。まあ女達と情事を楽しもうとしていた所を、僅かな時でも邪魔されたとなれば、気分の良いものでは無いだろう。いや、これはもしかしたら、明け方まで彼女達を抱いていて、夫は今、大変お疲れなのかもしれない。

「あ、もしかしてレイは寝不足かな。じゃあ、昼寝でもしたらどう？」

夫の体調を気遣う妻。これで完璧だと、アメリアは満面の笑みである。

「放っとけ」

淡々と言うと足早に立ち去っていく彼に、異論などあるはずがないアメリアは、のんびりと見送る。

そして、いつものように自室に戻ると、身なりを整え始めた。

手伝うアメリア付きの侍女達も一応平静を装ってはいたが、内心は大変複雑である。

彼女達は昨夜のアメリアの夜着を選び、着せていたからだ。ロウファの目論見も聞いていていたし、アメリアはエイリーンの手先なのだから仕方ないと納得して黙認したが、実は少し悔しかった。

ロウファに連れて来られたレイの遊び相手の女達は、見目良く、閨事に長ける事でも評判の美女揃いだった。だが、レイに抱かれている事を自慢に思っているのか、城の者に時々高慢な態度を見せていて、侍女達の間では煙たがられていたからだ。

それでも、ロウファの邪魔をする訳にはいかないので、せめてもの彼女達への意趣返しに、アメリアに男の劣情を誘うような、薄手の夜着を着せた。冷え込み始めた秋の夜で、アメリアは寒いと嫌がり上着を羽織っていったが、レイがその気になれば直ぐに脱がせるはずだと、侍女達は考えた。

アメリアの容姿だって、あの嫌味な女達に負けていないはずだ。そう気合を入れて送り出したアメリアが、ご機嫌で早々に帰って来た挙句、

『良く分からないけど、レイの傍に三人の綺麗な女性達がいて、これからしようとしているようだったし、私は別に要らないって言って貰ったから、帰って来た！』

と、これもまた嬉しそうに言われたものだから、侍女達は全員脱力した。そして、さっさと寝ようと、自分の寝室に向かっていくアメリアにかける言葉も見つからず、見送るしかなかった。

今朝になっても、アメリアはやはり相変わらず、ロウファと一緒に遊びに行く気満々で、昨夜の事など気にする様子が無い。

あの奥様は、一体何を考えているんだろうかと、侍女達も、もう分からなくなった。

その頃、ロウファもまたヴィシャス達を伴って、悩み深い顔で廊下を歩いていた。

「……一晩考えてみたんだが分からない。あの娘は一体何を考えているんだ？」

ロウファも、もう手の打ちようがない。探りを入れても動揺を誘っても、無駄だった。

「我々も理解しがたい状態です。ですが、ロウファ様のお陰で城下町に留まってくださっているので、

我々としては警護がしやすくて、ありがたいです」

「気を緩めるな。彼女は難敵だぞ」

「ではロウファ様、頑張ってください」

「なに？」

「恐らく、レイ様以上に、ロウファ様の方がアメリア様に懐かれています。ですから、情報を引き出すならば、ロウファ様が適任です」

「……私ではなく、鍛冶にだろう」

それこそ、アメリアが自分に惹かれているとなれば事は簡単だ。篭絡《ろうらく》して兄から彼女を引き離してしまえばいい。エイリーンの手先である危険な女を、いつまでも兄の傍に置いておかずに済むし、自分の近くにいさせれば、豹変した時に始末しやすいからだ。

だが、アメリアは神力に夢中であるのであって、ロウファ自身には全く興味を示さない。

「それでも良いではありませんか。レイ様から引き離せる事に、変わりはありません」

「それもそうなんだが……」

「我々も、これ以上悩まずに済みます」

職務怠慢なヴィシャスをロウファが睨んでいると、向かいからレイがやって来た。遠目でも分かる程機嫌が悪く、部下達は軒並み青ざめる。ロウファも顔を引きつらせつつ挨拶した。

「お早うございます、兄上」

「ああ。……またアメリアと出かけるのか？」

レイは足を止め、ロウファ達を一瞥する。アメリアの警護を任せているヴィシャス達が、彼に同行している時点で、この後の事は明らかだ。

「ええ。テナスの工房に案内してみます」

「……あの爺は気難しいだろ」

「だからこそ、どうするのかと思いまして」

テナスは街でも名の知れた鍛冶職人である。根っからの職人肌の男で、どんな小さな仕事でも一切手を抜かない。だから弟子達の仕事への態度が少しでも悪いと、容赦なく声を荒げるから、彼の工房から怒号が聞かれない日が無い。たまたま近くを通りがかった女子供が怯えて泣く程だ。

　優美な笑みを浮かべたロウファに、レイは表情を変えなかったが、静かに告げた。

「あまりに爺が酷かったら、連れて帰って来い。アメリアを試すような真似ばかりするな」

「そうはいきませんよ。彼女はエイリーンの養女ですよ？」

　ロウファはあえて強調する。兄らしからぬ態度を、彼は案じてもいた。

「…………」

「兄上、やはり彼女は私が引き取りましょうか」

「……アメリアが良いと言うなら連れて行け。後はお前の好きにすればいい」

　そう告げてレイは立ち去っていき、ロウファは頭を垂れた。そして、兄の姿が見えなくなると、苦々し気に言った。

「かなり不味いな」

「何がですか？　レイ様がお許しくださったのであれば、宜しいではありませんか」

　不思議そうなヴィシャスに、ロウファは嘆息した。

「それはどうかな」

確かに、アメリアが良いと言うのなら、と許しはしていたが、兄自身がそれをどう思っているかは、言及を避けていた。

ただ、兄が認めた事は事実である。後は自分がアメリアを口説き落として、兄から引き離せば良いのだが、なんだかそれも大変な難題であるような気がした。

鍛冶職人のテナスの工房は城下町の一角にあるが、城からは小半時程度で歩いて行けるので、ロウファは、アメリアやヴィシャス達と共に、のんびりと往来を歩いた。

ヴィシャス達はいつものように警護に徹している。警戒心剥き出しという訳ではない。ロウファの事は町の者も知っているし、彼が同行している以上、絡んでくるような迂闊な者はいないからだ。

ただそれを置いても、アメリアに対する町の神々の目が少しずつ変わっている事に、ヴィシャス達も気付いていた。

初めはあからさまに嫌悪感を滲《にじ》ませる者もいたが、アメリアが毎日のように出歩いているから、すっかり見慣れてしまっていた。しかも彼女が何かを探る様子はなく、ただ店先に並ぶ工芸品の作り方を聞いてみたり、露店で売っていたお菓子を買って楽しんだりと、何とも自由に過ごしているので拍子抜けしたのだ。アメリアがレイの妻だと言う見栄を張る事も無く、誰であっても気さくに話をする事もあって、今では目くじらを立てる者も少なくなっていた。

ロウファと四六時中一緒にいる事に町の神々も不思議がって、二人の話に聞き耳を立ててきた者もいたが、あまりに専門的な話すぎて、ヴィシャス達同様に早々に撤退している。

「有名なテナスさんの工房が見られるなんて、夢みたい！」

歩きながらロウファと話すアメリアは、声を弾ませた。

あちこちの工房を見て回ってきたが、そこにいる職人達と話をしていると、必ずと言っていい程、優秀な鍛冶職人として名前が出てきた男だったから、アメリアもいつも以上に気合が入っていた。

ロウファは浮かれる彼女が落ち着くのを待って、それとなく訊ねた。

「アメリアは私と出かけるのは楽しいかな？」

「勿論！　私の神力の武具と共通する事が多いから、話を聞けるのが本当に嬉しい！」

満面の笑みで返されて、ロウファは思わず苦笑した。

相変わらずだ。屈託のない無邪気な笑みは、初対面の頃からずっと変わらない。エイリーンの養女という事を除けば、アメリアは明るくて、活発で、可愛い女だった。ロウファと出かける時は、いつもブラウスにズボンという男装に近い恰好だ。緩いウェーヴのかかった長い茜色の髪も、後ろで一つに束ね、女を匂わせてくる事も無い。純粋にただ外出を楽しんでいるようだった。

無論いつ本性を出して豹変するかは分からないし、気は抜けないのだろうが、そこさえ注意すれば、傍に置いても良いかもしれないと思ってしまう。

「じゃあ、私の元に来るかい？」

「ロウファの工房を見せてくれるの⁉」

きらきらと輝く目を向けられて、ロウファは苦笑した。レイの城内にも彼は自分の仕事場を持っていたし、そこを彼女にも見せた事もあったが、あくまで仮設であり、剣を研いだり補修をしたりする程度の場所だ。

だが、武具を生み出す鍛冶の工房となれば別格で、そこは職人の命とも言える神聖な場だった。

ロウファも自領の城に工房を持っていたし、仕事場を案内した際に存在自体は彼女に話していた。

それを聞いたアメリアは見たそうな様子だが、話を聞くだけで何も言わなかった。

明らかに自分の言葉の意味が通じていないアメリアに、彼は苦笑してしまう。口に出してこなかったが、実際には見たくて仕方が無いのだろう。彼女に自分の工房を見せてあげたら、やっぱり無邪気に喜ぶんだろうなと、ロウファも少し心が揺らがない訳ではなかった。

だが、自分の工房は兄に任されている仕事の事もあって厳重な管理下にあり、エイリーンの養女を入れる訳にはいかなかった。

「いや、そうじゃないよ」

「……そうだよね。うん、工房は職人の命だものね」

落胆した様子だったが、アメリアはすぐに微笑んで見せ、再び歩き出す。

ロウファはその様子を見て、自分がこれから切り出そうとしている事に若干胸が痛んだが、これも兄の為だと切り替えた。

「私の妻になるなら、話は別だよ」

「……妻？」

アメリアは立ち止まり、不思議そうな顔でロウファを見返した。ヴィシャス達も足を止めたが、彼らは何も言うまいと口を閉ざす。ロウファは笑みを浮かべたまま、更に続けた。

「君が兄上と離縁して、私の妻になってくれれば、工房を見せてあげない事も無いよ？」

見せる、とは言っていない。見せるつもりも無い。

ただ、この甘言は、彼女の心を揺らすのに十分であるはずだった。

だが、アメリアは真っすぐにロウファを見返して、即答した。

「ごめんなさい。残念だけど、そういう事なら遠慮する」

「どうして？　見たいんじゃないのかな？」

「とっても見たいよ。鍛冶の神の工房なんて、中々見られるものじゃないもの。でも、貴方も知っていると思うけど、私とレイの結婚は、色々としがらみがあるものだ。それが絡んでしまうと、神聖な工房を穢してしまう。そんなのは嫌だから、良いの」

「…………」

「貴方も今のは軽い冗談だったんだろうけれど、そんな事で大切な工房の話を持ち出さないでね」

　ロウファは息を呑む。

　彼女は職人にとって工房がどういうものか、やはり良く分かっているようだった。散々手を尽くしても本性を見せてくれなかった彼女に最終手段として使った訳だが、流石に己を恥じた。

　アメリアは更に続けた。

「私はレイと結婚したんだから、離縁も私の一存では決められないよ。レイに同意されても、ちょっと困る」

「どうしてだい？」

「だって、私はレイの妻になる約束で外に出して貰えたんだもの。離縁されたら、絶対またあの宮殿に押し込まれるでしょう。あんな窮屈な所に戻るのは、絶対に嫌！　礼儀作法や淑女の嗜《たしな》みなんて、私に何の関係があるんだ！　お説教なんて一生分聞いた！」

なんとも清々しい程、アメリアはきっぱりと言い切った。これだけはアメリアが最初から常々言い続けている事であり、ロウファは苦笑するしかない。

「兄上は、君にとって絶好の結婚相手という訳かな？」

「勿論！　私を自由にさせておいてくれるし、閨の相手もしなくていいし、ご飯と寝床をくれるだけで、十分ありがたい旦那様だよ！」

「そ、そうかい……」

何故こうも彼女は伸び伸びとしているのだろう。おかげで兄は調子を狂わされっぱなしだが、彼女からしたら、なんと兄は最高の夫だったらしい。

だから、彼女もロウファに靡《なび》く理由も無いという事なのだろうが、それでも兄とは政略結婚のようなものだというのに律儀だ。これも性格だろうか。それともこれさえも策略で、彼女は実はとんだ食わせ物の悪女なのだろうか。

真剣に分からなくなってきたロウファであったが、今の彼女の発言をよくよく考えてみて、一つ引っかかった事があった。

「ちょっと待ってくれ。もしかして……君は兄上の相手をしたことが無い？」

嘘だろうとロウファは思った。彼女が兄と結婚したのはもう一か月以上前の話だ。

エイリーンの養女を妻として娶るという約定があるから、今までは兄も面倒くさそうにしながらも初夜を済ませていた。それで大体は女達の思考も分かる。エイリーンの手先のままレイから情報を引き出そうとするか、レイの手管に堕ちて夢中になってしまうかだ。

だが、アメリアはそのどちらでもない。

兄は一体何を考えているのだ。

悩むロウファの眼前で、もっと何を考えているのか謎のアメリアが、きっぱりと言った。

「無い！　レイには昨夜みたいに、好きな女の人が沢山いるみたいだし、私、要らないよね」

「……まあそうだね。しかし、初夜もあっただろうに」

すると当時を思い出したアメリアは頬を赤らめたが、レイが最後までしなかったのは確かである。

「まあ……変わった性癖だなとは思ったけど」

「性癖？」

「私は相手にならないと判断されたみたい。うん、良かった！　付き合っていたら、身が持たない。外に遊びに行けないし！」

唖然としているロウファに、アメリアは往来である事に気付いたのか更に赤くなって、もう止めようと切り上げて、先頭を切って歩いていく。

ロウファはその後を歩きつつ、ヴィシャスに訊ねた。

「……噂には聞いていたが、事実だったんだな。兄上は彼女に全く手を出していないのか？」

「出す暇も無いと思いますよ。アメリア様は四六時中出歩いていますし、帰って来ても食事と入浴を済ませると、さっさと寝てしまわれますので」

「アメリアもそれでいいと思っているようだな……」

問題は兄が同感ではなさそうな所だ。心配の種が尽きないロウファだが、返す言葉に困っている間に、テナスの工房に着いてしまった。

鍛冶の神であるロウファは、その司る力ゆえに、比類なき刀剣を作り上げる事で知られる上級神である。ロウファの名を聞いてレイの領内に集まって来る鍛冶職人の神々も多く、領内の街はどこも工房が多い。

テナスはそんな職人達の中で最古参という事もあり、爺と呼ばれる事が多かった。神族は二十歳を越えると全くと言っていい程、年を取らない種族である。無論テナスも容貌は精悍な若者であり、実年齢も高齢の部類に入らないのだが、その名前が定着してしまっていた。

頑固一徹だと言う噂に違わず、アメリアが来た時にも大勢の弟子たちを怒鳴っていた。茶色の髪は、かなり短い。仕事の邪魔になるものは悪という主義だからだ。色黒の肌は煤で汚れていたが気にする様子もない。その黒い目は常に鋭く、弟子たちの仕事ぶりを見ていた。

テナスは領主の妻にも恐ろしく無愛想だった。厳つい顔に笑みの一つも浮かべず、ロウファに頼まれたから仕方なくという態度を隠そうともしなかったし、口調もとてもぶっきらぼうだったが、アメリアはそんな態度など全く気にしなかった。

工房に入れて貰っただけでもありがたい事だと思っていたので、テナスの仕事を邪魔しないようにと、大人しく見学していた。

真剣に鍛冶場を見つめるアメリアに、ロウファは苦笑する。彼女は道中浮かれて騒いでいても、実際に工房を見学する時は口数が減った。今も必要最低限の事しか言わず、職人達の技術を固唾を呑んで見守っている。それが職人達にも伝わるのか、彼女は邪険にされなかった。

テナスもまた、アメリアには怒鳴らなかった。レイの妻だから遠慮した訳ではない。この男は邪魔だと思えば、鍛冶職人の崇拝の対象でもあるロウファにも、平気で怒鳴りつける男だからだ。

アメリアにはその必要が無いと判断している事が見て取れた。

ただ、アメリアはテナスが黙々と磨き、仕上げた剣を惚れ惚れと見つめ、思わず言葉を漏らしてしまった。

「綺麗……」

じろりとテナスに一瞥されてアメリアは慌てたし、弟子たちも師匠の怒号が飛ぶのを覚悟したが、彼は声を荒げなかった。立ち上がり、アメリアの傍までやって来て見下ろす。

「娘っ子。お前は『武具』の神だそうだな」

レイの妻をお前呼ばわりだが、ロウファは苦笑して咎めない。彼にかかるとレイでも『小僧』と呼ばれているからだ。弟の自分など『クソ餓鬼』である。クソはいい加減止めて欲しいと思う。

「ええ。そうです」

「だったら、この刀剣に合う鞘を選べ。鞘ならそこにいくらでもある。どれでも形は合うはずだ」

そう言って、壁にずらりと立てかけられて並べられた無数の鞘を指さした。アメリアはそれらをざっと見回し、そして再びテナスの手中にある剣を見つめた。

「持たせて頂いても良いですか?」

「……構わん」

突き出された剣を、アメリアはすぐには受け取らなかった。テナスに断って、手近にあった水桶で手を丁寧に清める。

生み出された剣は神聖なものであり、職人たちの思いがこもったものである。決して粗雑に扱ってはいけない。これは父から学んだ事では無かった。武具を司るせいか、アメリアは剣への思い入れが非常に強く、こうあるべきだと決めている自分の主義でもあった。

そして慎重にテナスの手から剣を受け取ると、美しい刀身を見つめた。

「心まで映し出されそう……」

作った職人の熱意と真摯《しんし》な心が伝わってくるような、惚れ惚れとする逸品だ。これに相応しい鞘を見出す栄誉を与えて貰った事は、本当に嬉しかったが、アメリアはだからこそ残念だった。

十分に見て堪能すると、テナスに返し、微笑んだ。

「とても名誉な事ですが、この中からは選べません」

「…………。分からんという事か」

固唾を呑んで見守っていた弟子達は明らかに失望した顔をしたが、テナスは元々表情を殆ど変えない男であるので、心中を読み解くのは難しい。

「分かるか分からないかと言うよりも……どれも、この剣の為のものではないと思うんです。剣と鞘は対となるものですから、世に一つしかありません。鞘はこれから作られるのではありませんか？」

黙り込んでいたテナスはフンと鼻を鳴らし、

「なんだ、つまらん」

と言ったが、ごく僅かに笑みが浮かんでいたのに、付き合いの長い弟子達は気付き、目を丸くした。

アメリアは気に障った様子もなく、微笑み返した。

「とても綺麗な子なので、素敵な鞘を作られるんでしょうね」

「……見たいなら、また来れば良い」

「本当ですか⁉」

無邪気な子供のように喜びだしたアメリアは、もうテナス以外眼中にない。

完全に蚊帳の外に置かれたロウファは、苦笑を浮かべた。

「いやいや……参ったね。テナスが気に入るなんて珍しい」

「私は何を言っても怒鳴られた事しかありません……恐ろしい御方です」

と、ヴィシャスはまだ何も言われていないのに、もうテナスに逃げ腰だ。

「お前が好き勝手な事を言って騒ぐからだろう、ねえ兄上？」

そう言って、ロウファは視線を彼らの後方へと向けた。

ヴィシャス達が驚いて振り返れば、入り口の扉に寄りかかり、無言のまま立っているレイがいた。

慌てて彼らが道を開けると、レイは面倒くさそうにしながらも、ロウファの元へとやって来た。

そして、テナスが剣に鍔《つば》を付けている姿を食い入るように見つめているアメリアを見つめ、舌打ちを漏らす。テナスは仕事に没頭すると全て無視するのを知っていたので仕方が無いと思ったが、彼女もやはり周囲など全く気にしておらず、レイが来ていた事にも気付いていない。

エイリーンの養女として嫁いで来たんだから少しは自分に興味を持てと、レイは心中で呟きつつ弟に言った。

「……確かに、テナスが間近で技を見せてやっているのは珍しいな」

「怒鳴らないのはもっと珍しいですよ」

「…………剣と鞘は一体、か」

兄弟は押し黙り、ヴィシャス達やそれを聞いた弟子達もまた沈黙した。静寂が包み、テナスの仕事の音だけが響き、程無くして音は止んだ。完成した剣をアメリアはうっとりと見て、いつまでも感激している。

テナスも満更でもない顔をしたが、彼はレイの訪問に気付いており頷いて見せた。

アメリアもテナスの視線を追い、ようやくレイに気付く。

「あ、レイも来ていたの？」

剣に対する情熱とは比べ物にならない程、あっさりとした感想である。ロウファ達は軒並み苦笑いしたが、レイは表情一つ変えなかった。アメリアの元に歩み寄ると、テナスが仕上げた品を見やり、ようやく口元を緩めた。

「見事だな」

「………ふん」

無愛想なテナスは短く応じたが、喜んでいるのはレイも分かるので、咎めようとは思わない。

一方、職人の尊大な態度など気にしないアメリアは、嬉しそうにレイを見上げた。

「レイもそう思うよね！　もう素晴らしいもの！」

工房とあって、熱く語りたいのをぐっと堪えているが、外に出れば丸一日でも語り尽くしそうな勢いだ。でもそれは、ロウファが鍛冶の神と知った時の弟を見る目や口調と全く同じものだった。アメリアが弾けるような笑顔を向けるのは、他人に対して心を動かした時ではなく、仕事に対しての興味だ。

アメリアはいつでも誰であっても態度は同じ。それが分かるからこそ、レイは不快だった。

自分さえも、彼女は他人と一緒に扱うからだ。

レイは冷ややかな笑みを浮かべて返し、術式を一つ唱えた。その意味を知るロウファは顔の色を変えたが、兄が始めた事に押し黙るしかない。

やがて、レイの右手の手中に一本の鞘が現れた。海の色を思わせる深い青を基調とし、周囲は銀の装飾が施された鞘だったが、肝心の剣は無く、あちこちに傷がついている。

アメリアは、鞘が壊れているから、剣を外しているのだろうかと思った。

レイはその鞘をアメリアに手渡した。彼は片手で軽々と扱っていたが、アメリアが両手で持ってみると、腕が少し沈むほど重かった。

「武具の神だと言ったな。見た通り、これは傷だらけだ。直せるか？」

アメリアは即答出来なかった。

鞘に目を落とし直に触れると、感じた事も無いような畏怖を覚えたからだ。

鞘であり中身の剣が無いからと、侮る気は更々ない。剣と鞘は一体のものであり、一方が優れ、一方が劣っていても良いものでは無いからだ。今までも無数の剣と鞘に触れて来たが、それらとは明らかに別物な気がしたし、おいそれと簡単に触れて良いものでもない気がした。

「……ごめん、触れる前に、手を清めれば良かったね」

「構わない。俺は一々清めたりなどしない」

「そうなんだ……でも、これは多分、私なんかが簡単に触っちゃいけない物だ」

それでも鞘を惚けたように見つめるアメリアに、レイは更に訊ねた。

「俺は直せるかどうか聞いたんだが？」

「……直せるとは思うよ」

ぴくりとレイの眉が上がったが、アメリアは構わず続けて答えた。

「でも、今は無理だよ。少なくとも、私には直せない」

「どういう事だ？」

「何度直しても、この鞘は元に戻せない気がする」

「………………」

「とても美しい装飾が施されて、見た事も無いほど素晴らしい品だけれど……何だか、寂しそうだから。直しても、きっと鞘自身が拒んでしまう。この鞘の対になる剣は……壊れてしまったの？」

アメリアは、傷だらけの鞘から最愛の対を失ったような哀しみを感じた。慰めてあげる事は出来ても、鞘が求めているのは剣であり、直される事を望んでいない気がするのだ。

押し黙っていたレイは、小さく溜め息をつき答えた。

「いや、これに納まる剣は壊れるような物じゃない。ただ、随分と長く……失われているだけだ」

「そう……だからこんなに哀しそうなんだね」

アメリアは労るように呟きレイに差し出したが、彼はアメリアのように慎重ではなく、無造作に掴むと、また術を唱えて鞘を消してしまった。

それを見て、アメリアは首を傾げる。

「直して貰いに来たんじゃ無かったの？」

「お前が直せないと言っただろうが」

「私には無理だけど、ロウファやテナスさんみたいに、優秀な鍛冶職人は沢山いるのに」

「……無理だな。お前の言う通り、誰が何度直しても気付けば元に戻っている。自分で自分を壊しているようなものだ」

「まるで生きているみたいだね」

「…………。それは相棒の方のはずなんだがな」

レイの呟きに、ロウファが黙っていられず言葉を発しかけたのを彼は視線で制し、アメリアには笑って見せた。

「俺はお前が迷惑をかけていないか、見に来ただけだ」

「失礼な。私、大人しくしているよ！　あ、ごめんなさい……」

アメリアが謝ったのはレイではなく、テナスだ。工房を騒々しくしてしまった事を恥じたが、彼は怒鳴りもせず、驚きを隠せない顔でアメリアを見つめて言った。

「……構わない。良い話を聞かせて貰った」

「え……？　そうですか？」

アメリアはさっぱり分からないが、テナスが少しだけ笑ってくれたのは分かった。

「娘っ子。また来い。今度はこの剣の鞘を作る所を見せてやる」

「はい、是非！　何かお手伝い出来る事があれば言ってください。泊まらせて欲しいくらいです！」

「……俺は別に構わんが……弟子は全員男だぞ？」

呆れたように言われたが、アメリアは全く動じない。目を輝かせ、期待に満ちた顔をした。

レイを含めた城の者達は全員が嫌な予感を覚えたが、アメリアは彼らの予想を今日も全く裏切らなかった。

「え、泊まって良いんですか⁉　初めから全部見られるなんて嬉しい……っ！」

「良い訳ないだろうが！」

レイの一喝に、アメリア以外の全員の男達が頷いたが、アメリアは大変心外である。

「何で⁉　材料から作り上げるのなんて、中々見られない事だよ！　見逃すなんて勿体ない！」

「……っ。今の時点でこれだけ騒いでいるんだから、邪魔にしかならないだろうが！」

「う……っ！」

アメリアの場合、それは無いと工房の者達は思ったが、レイは有無を言わさぬ勢いである。

ただ、アメリアも騒いだ自覚はあるので、テナスに都合のいい時を教えてくれと、念を入れて頼みこむ。それを見たレイは、更に苛立った。

「いい加減にしろ。帰るぞ！」

「…………はい」

レイに怒られ、アメリアは渋々ロウファやヴィシャス達と共に出て行った。

明らかにしょげている彼女を軽く睨んでいたレイは、テナスに目をやると、声をかけた。

「邪魔したな」

テナスは小さく首を横に振った。

「そうでもない。あの娘っ子の眼は曇りが無い。町では色々言う奴もいるが、俺は今度ばかりは良い嫁を貰ったと思う。だから、あの鞘を持たせてみたんだろう？　あの女の手先なら目の色を変えている所だ」

「……………………」

「泣かせるなよ、小僧」

「……煩えよ」

レイは不貞腐《ふてくさ》れた子供のような顔をして、踵を返して出て行った。

テナスは僅かに口角を上げ弟子たちに驚愕された。

師匠がこんなに笑う日も珍しい。よっぽど機嫌が良い日だったのだろうかと、弟子の一人が試しに声をかけてみたら、案の定仕事に戻れと怒鳴られて、一同飛び上がった。

工房の入り口でレイを待っていたアメリアは、既に一緒にいたロウファ達に、散々テナスの仕上げた剣について熱く語っていた。無論、出てきたレイにも語ろうとしたが、彼はそれを止めた。

「帰るぞ。急いだほうが良い」

「なんで？」

「直に雨が降る」

レイの視線を追って空を見上げたアメリアは、不吉な黒い雲に気付き、顔を強張らせた。

「そ、そうだね。急いで帰ろう！」

これにはロウファやヴィシャス達も異存はなく、全員が強く頷いた。


城に戻って間もない内に小雨が降り始め、やがて激しい雨へと変わった。

応接間に腰を落ち着けた兄弟は、侍女の淹れてくれたお茶で喉を潤す。

ロウファは、窓際に立って外を見つめているアメリアに視線を向けた。

「飲まないのかい？　冷めてしまうよ」

「あ、うん。頂く……」

アメリアが窓から離れて空いている席に座りお茶を飲み始めた為、外が見えて、ロウファはそちらに視線を向けた。

「兄上の言う通りでしたね。早く戻って来て良かったですよ。酷い雨だ」

　窓に叩き付けるような激しい雨に、ロウファは胸をなでおろす。

「アレを呼ぶ為に、俺が起こしたからだろうな。また怒り狂ってるんだろ」

「……でしょうね」

　ロウファはアメリアに視線を向けて反応をうかがったが、彼女は黙ってお茶を飲んでいて、特に気にする様子は無い。エイリーンから探るように言われているならば、真っ先に食いつきそうな話なのに、随分大人しい。何を考えているのだろうかと思っていると、侍女が夕食の用意が出来たと伝えに来て、ロウファは思考を中断した。

　部屋を出た三人だったが、兄弟が世間話を始めた事もあり、アメリアは彼らの後を付いて行った。ただ、アメリアの足は何度も止まりかけ、それでも懸命に気力を振り絞り、進んだ。そして恨めし気に廊下の窓を時々睨んだ。何でこの廊下の窓はこんなに大きいのだと苦情を申し立てたいくらいだったが、それは八つ当たりというものなので黙っておく。

　だが、窓から一瞬見えたものに、とうとうアメリアの足は止まった。

　それに気付いたレイが振り返り、ロウファもまた立ち止まった。

「どうした？」

　レイに問われたアメリアは、一瞬だけ視線を泳がせ、すぐに微笑んで見せた。

「何でも無い。何だか疲れたから、先にお風呂入って寝るよ」

「……そうか。好きにしろよ」

「うん、お休みなさい」

足早に立ち去っていくアメリアに、ロウファは苦笑を漏らした。

「相変わらず、この城は完全に寝床扱いですね」

「……お前……いや、何でもない」

レイは窓の外を一瞥したが、不思議そうな顔をしているロウファを伴って、再び歩き出した。


アメリアは侍女達に何もさせない勢いで、お風呂を手早く済ませて急いで夜着に着替え、自室に戻ると、もう寝ると言って侍女達を帰した。元々かなりの早寝早起きだったので、誰も気にする者はいなかった。

寝室に入ると、即座に窓のカーテンを閉めに向かったが、それが不味かった。

窓辺に立った瞬間、雷光が目に飛び込んで来たのだ。

「……っひ……！」

絶叫しそうになるのを必死で堪えたが、目の前で光ったせいで腰が抜けた。身体中から汗が噴き出して、手足が震えカーテンを閉める事も出来ず、窓辺から這って逃げ出した。

やっとの思いで寝台の前にまで辿り着いたが、窓から少しでも離れたくて、毛布を掴んで引きずり降ろした。更に床を這い進み、窓から一番遠い部屋の壁際で、毛布を頭から被って縮こまる。

その間も雷鳴は響き、カーテンを閉め損ねたせいで、雷光が部屋に入り込んだ。

とうとう堪え切れず、アメリアの目から大粒の涙が溢《あふ》れ出た。

山で暮らしていた頃は、こんな事はなかった。山の天気は変わりやすく、雷雨も良くある事だったから、慣れていた。

　それなのにエイリーンの宮殿に入ってから、急に雷に恐怖心を覚えるようになった。自分でも理由は良く分からないが、受け入れられなくなってしまった。失神しかけた事も一度や二度では無い。宮殿では奔放でいた事もあって放っておかれる事も多く、誰にも慰めて貰えなかった。アメリア自身も閉鎖的な環境に猛反発していたから、恐怖に苛《さいな》まれても、誰かに頼ろうとは思わなかった。

　早くどこかに行けと願い、ただひたすら耐える事が常であったから、頭上から呆れたような声がした時には、心底驚いた。

「……お前は、何をしているんだ？　意表を突く事が好きなのか」

　声でレイだと言う事は分かったが、アメリアは毛布の中から指一本たりとも出す気はない。

　少しでも隙間が出来れば、雷光が見えてしまうかもしれないからだ。冗談ではない。

「そ、そうそう。面白いでしょ？」

「いいや、全く」

　レイの冷淡な返答には別に腹も立たないし、今、彼の相手をしている余力は無い。全力で雷から身を守っている最中だ。でも、また遠くから雷の音が聞こえてきて、アメリアは叫んだ。

「どっか行って！」

「……ああ、そうかよ」

　レイは、どうも帰路につく頃から彼女の様子がおかしいと思い心配して来てみたのだが、いつも通り邪険にされたものだから、舌打ちを漏らした。

　毛布から姿を見せないアメリアの前に屈んでいた彼は、ウンザリ顔で立ち上がりかけたが、城が揺れるほどの落雷の衝撃と大きな音が聞こえて、窓辺に視線を向ける。

「分かったから、そんなに怒るな……」

宥めるように呟いて、アメリアに視線を戻せば、彼女は更に小さくなっていた。これ以上ないくらい小さく丸まっていたはずなのに、今度は床に突っ伏したのか、縮こまっている。

これは女としてどうかと思ったレイは、またあしらわれる事を覚悟の上で声をかけた。

「おい、寝るなら寝台に行け。汚れるぞ」

「…………」

「聞いているのか？」

「…………」

「今度は無視か」

仕方なしに抱き上げてやろうとしたレイは、彼女に触れて目を見張った。厚い毛布越しでも分かる程、アメリアが震えていたからだ。

「アメリア？」

答えは無い。

だがレイはもう構わなかった。その場に胡坐《あぐら》をかいて座り、毛布を容赦なく剥ぎ取った。アメリアが短い悲鳴を上げるのも構わず、彼女を横抱きにして軽々と抱き上げ、膝の上に乗せた。

縋《すが》るものを失ったアメリアは、初めて彼を見上げた。

アメリアの顔色は蒼白で、大粒の涙がぽろぽろと零《こぼ》れ、目元はすっかり泣き腫れていた。触れた身体は毛布に包まっていたはずなのに酷く冷たく、震えが止まらない。

あまりの身体の冷たさに、レイが肩から毛布をかけ直してやったくらいだった。

「お前……雷が怖いのか？」

彼女は答えなかった。必死で堪えているようだったが、再び落雷の音が響くと、とうとう泣きじゃくり始め、何度も頷いた。怖すぎて声にならないらしい。

「言えよ、強情だな」

レイは苦笑して、アメリアをいっそう強く抱き締め、冷や汗の滲む額に軽くキスを落とした。

そして、止まる事の無い涙を、彼は手の甲で何度も拭った。

「大丈夫だ、その内おさまる」

「ほん……とう……？」

かすれた声で、やっとの事で口にしたアメリアに、レイは微笑んだ。

無意識なのだろうが、アメリアの手が縋《すが》るように彼のシャツを強く握りしめていて、すっかり憔悴《しょうすい》しきっている。身体に力が入らないのか、レイに身を預け、大人しくしている彼女はあまりに珍しく、可愛らしいものだった。

「ああ。昼間、俺の剣の鞘を見ただろう？　あいつの仕業だよ」

「……鞘……でしょう？」

「お前も言っただろう。生きているみたいだって」

「うん……」

「あいつは自分の対である剣を失って、ずっと怒り狂ってる。だから、普段は俺が封じて眠らせておいたんだが、軽く起こしたからな。少し機嫌が悪いんだよ」

アメリアは、己を恐怖のどん底に落とした原因があの鞘で、更に言うならレイの仕業だと言われても、怒りは湧かなかった。

「……よっぽど……哀しいんだね」

「三年程になる。だが、あいつはずっと対の剣を忘れない。いつまでも戻って来るのを待っている」

「……そうだね」

鞘の哀しみが癒える日が来ればいいと、アメリアは心から思った。

そして、いつの間にか自分の震えが収まっている事に気付いた。冷えていく一方だった身体が、今は温かい。

レイが強く、それでいて優しく抱きしめてくれているからだという事は、考えなくても分かった。逞《たくま》しい腕だった。アメリアが持つのに苦労した重い鞘も軽々と扱っていた、強い腕だ。

「お前も、もう泣くな」

そう言いながら、レイはアメリアの涙を拭うのを止めない。

口調こそ粗雑だが、その手は驚くほど優しくて、アメリアは小さく頷いた。

「……レイは……温かい……なんだか……いい気持ち……」

他人の腕に抱かれる事が、こんなに心地よいものだと、アメリアは初めて知った。抱き締められ、レイの力強い心音が聞こえてきて、アメリアの早鐘を打っていた心臓を宥めてくれる。

「今頃夫のありがたみが分かったのか？」

からかい半分、苦笑したレイに、アメリアもまた口元にようやく笑みを浮かべる事が出来た。

「……うん。……本当に……そう思う」

アメリアは涙で潤んだ瞳で彼を見上げ、穏やかな微笑みを零した。そして、レイの温もりに再び埋まり、次第に遠のく雷鳴を聞きながら、やがて眠りに落ちた。

無防備な姿で静かな寝息を立て始めたアメリアを、レイは黙って見つめ、小さく息を吐いた。

彼女を起こさないように、優しく抱き上げて立ち上がり、寝台に座って膝上に乗せた。

レイはそのまま、アメリアを一人寝かせたりしなかった。

いつまた雷鳴で目を覚ますか分からないからと理由を付けて、彼女を離さなかった。腕に抱いたまま彼女の身体に毛布をかけ、アメリアを慈しむように、額に優しいキスを落とした。

翌日の早朝、アメリアは目を覚ました。

いつにない温もりが心地良く、寝惚けた頭でよく確かめもせずにすり寄ってしまったら、抱き締められた。目を開けたアメリアは、眼前に男の逞しい体躯が飛び込んできて、絶句する。

彼はシャツを羽織っていたが、寝乱れていたせいで胸元が覗いていたのだ。

そろそろと見上げれば、レイが静かな寝息を立てて眠っていて、彼の手が自分の身体に絡みつくように抱き締めていた。

「な、なんで……!?」

狼狽えるアメリアだが、記憶を反芻《はんすう》して、ようやく昨夜の事を思い起こし、頬を染める。

どうやらレイは雷に怯える自分を哀れんで、一晩中傍に居てくれたらしい。

きっと夫としての義務感からだろう。自分達の婚姻に情などないからだ。

アメリアはそう思ったが、何だかレイの腕の中から抜け出すのが勿体なく感じた。それでも、いつまでもこうしている訳にもいかないと、身を捩《よじ》って起き上がろうとした。

だが、解こうとしたレイの腕が急に強まり、アメリアは再び彼の腕の中に抱き戻された。

「ん………」

レイは少しばかり眉にしわを寄せたが、深く眠っているらしく目は開かない。アメリアを抱き直すと、満足したように穏やかな顔になって、また静かな寝息をたててしまう。

黙って立っているだけでも、十分他者を魅せる美貌を持つレイである。そんな彼の寝乱れた姿を直視したアメリアは狼狽えた。男でも色気を放つ者がいるのだと不意に思い、頬は勝手に真っ赤になって、更に煩《うるさ》く高鳴った心臓を抑えなければならなくなった。

自分を抱き締める逞しい腕を見つめていると、ふと彼の寝所にいた三人の美しい女達が頭に過る。彼女達はあの後、この腕に抱かれたのだ。

（……なんか嫌だな……）

ぼんやりと考えて我に返り、アメリアは青ざめた。

「こ、これは……きっと駄目なやつだ……！」

抱き締められているこの状況が、何だか急に気恥ずかしくもなってくる。

それなのに離れがたい。レイの優しさに触れてしまったから尚更だった。

だがこれではいけないと、アメリアは懸命に自制する。

自分はレイの形だけの妻である。レイも自分に想いを寄せられるなど迷惑千万だろう。自分は彼に自由でありたいと望んだし、それを認めて貰っている。だから彼がどんな女性に触れようと、口出しする権利など無い。嫌だなどと、少しでも考えてはいけないに決まっている。

自分達はお互い良い距離感を保つ事が出来ている、最高の夫婦だ。関係を変えてはいけない。

アメリアはそう自分を強く戒めて、居心地が良過ぎるレイの腕の中から必死で抜け出した。


アメリアが起き出してから小半時ほど経って、レイもまた目を覚ました。

朦朧としながらも手探りで彼女を求め、全く感触が無い事に気が付いて、目を開けて不満げな顔をした。

案の定と言うべきかアメリアの姿はどこにも無く、彼女が寝ていたはずの場所に触れれば、すっかり冷えている。

「……相変わらずだな」

昨夜は雷に怯えていただけだから、我に返った後の彼女のこの行動は当然なのだろう。

ただ、レイの脳裏には、無意識に甘えて来た彼女の姿がこびりついて離れない。

アメリアに触れたのは一か月以上前の事だ。

初夜に花嫁を抱く事は、エイリーンへの建前だった。エイリーンが送り込んで来た花嫁達は、身体で篭絡すれば心中を露呈したから、彼にとっても手っ取り早かった。

だが、アメリアには最初から調子が狂わされた。甘く啼く声に聞き惚れ、無垢な身体を何度も愛撫する事に夢中になった。何度も身体を繋げようと思ったし、十二分に雄は滾《たぎ》っていたが、アメリアがあまりに可愛い声を上げるので、つい苛《さいな》む方に意識が向いてしまい、気が付いた時には彼女は意識を失っていた。

いっそそのまま犯すかと、凶悪な考えさえも過ったが、思い止まった。

彼女が初めて雄に穢されていく様が見られないのは、あまりに惜しいと思ったからだ。

自己治癒能力が高い神族でも、破瓜《はか》は生涯に一度しかない。失った処女膜は戻る事が無いのだ。

そんな彼女の大事な瞬間を、意識のない中で勝手に奪い取りたくはなかった。

だが、目覚めた彼女は、嬉しそうに遊びに出かけてしまい、レイ自身もそれを許したという事もあって、止めきれなかった。

「普通……あんなに遊び回られるとは思わねえよな。あいつ、またどこかに行ったのか」

レイは身体を起こし、苛々しながら髪をくしゃくしゃと掻いた。アメリアに初めて触れた事を思い出した為か、下半身が熱を帯びているのが分かってもいた。

だからと言って、遊び相手の女を呼ぶ気は全く起きない。

レイは溜め息が止まらなかった。


アメリアは、その日一日を冷静に戻る為に費やした。

急いで食事を取り朝の支度を終えたお陰で、いつも通り遅く起き出してきたレイとは、すれ違いざまに、短い朝の挨拶をしただけで済んだ。と言うよりも済ませて、レイが言葉を発する前に、逃げた。

ロウファと出かける約束はしていなかったが、彼の元に行くと、半ば強引に城下町へと連れ出した。

出来る限り、普段通りに振舞おうとしたからである。

　無理に付き合わせてしまうロウファには申し訳なかったが、レイと顔を合わせたら、間違いなく自分はろくでもない事を口走りそうな気がしてならなかった。ロウファや同行してくれたヴィシャス達も、アメリアが外を遊び歩きたがるのはいつもの事なので、別に不思議に思っていない様子だったのは、大変ありがたかった。

　町を歩いていても気はそぞろであったにも関わらず、何故か時間はあっという間に過ぎた。

　夕方になって彼らに帰城を促され、渋々戻って来たアメリアはこのまま旅に出たいとさえ思った。

　彼らと共に城の廊下を重い足取りで歩きながら、それとなく遠出を申し出てみると、ヴィシャスが猛反対した。

「やっと戻って来たんですから、しばらく城の近くにいてください！」

　正論である。ずっと彼らを連れ回してしまっていた自覚もあり、アメリアも引き下がらざるを得ない。更にロウファがアメリアに追い打ちをかけた。

「私も領地を離れて長いから、そろそろ一度戻るよ」

　驚愕である。彼を利用した自分への罰としか思えないと、アメリアは絶望した。

「か、帰っちゃうの……？」

「ああ、今の所、問題が無さそうだしね」

　大ありだとは、アメリアは口が裂けても言えないから、頷くしかない。ロウファにも都合があるだろうし、今日だって半ば無理矢理付き合って貰ったようなものだからだ。

　ヴィシャス達は遠出を許してくれなさそうであるし、レイにも遊び過ぎだと釘を刺されている。必然的に城か城下町に居ざるを得ず、そうなるとレイと顔を合わせる機会も増える。

　悩んでいると、ロウファが不思議そうに言った。

「そんなに城に居るのが嫌かい？」

「嫌と言うか……今はあんまり居たくない気分なの」

ロウファは軽く目を見張った。

確かに、朝から兄の機嫌が最悪だったのは、城中の者が知っている事実である。アメリアも敏感に感じ取っているのかもしれない。アメリアが何か行動を起こす様子も無いし、しばらく静観でも良いかと思っていたが、彼女自身が兄の居城から離れたいと思っているならば、見逃す手は無い。

「じゃあ一緒に来るかい？　私の城の城下町はここと同じで鍛冶の街だから、君も楽しいと思うよ」

「良いの⁉」

ヴィシャスは、我々はちっとも良くないと思った。間違いなくレイに一緒に行けと言われるに違いないからだ。だがロウファの言う事であるので、黙認せざるを得ない。

「勿論だよ、兄上に断っておいで」

「え……あ、うん……」

途端に語尾が小さくなったアメリアが、重い足取りで歩き去って行くのを見送った。ロウファは不思議がった。いつもなら兄に出かける旨を伝えて来るとか言って、元気に駆け出している所である。

「兄上と喧嘩でもしたのかな？」

ロウファは兄の為を思って誘っただけだったが、まさかそれが兄の激怒を買う事になるとは思っていなかった。

アメリアは廊下を歩きながら、色々と考えた。

遠くから叫んでみたらどうだろうか。何を言っているか分からないと近付かれたら終わりである。

手紙はどうだろうか。書き置きをしてみるとか。いつ読まれるか分からない。

うんうんと唸《うな》りながら角を曲がり、硬直した。曲がった先でレイと鉢合わせたからだ。彼は固まっているアメリアをじろりと見下ろした。

「今度はどこに行っていた。またロウファか？」

「ああ……うん。ちょっと街まで……」

「ちょっと？　もう夕方だぞ」

帰りたくないと渋って、アメリアは城下町で一日を潰していたから、レイの言い分は正しい。

だが、アメリアはそれどころではない。彼が突然現れたものだから頭は大混乱である。これは不味い。いつものように言うだけ言って、後は逃げようと心に決めたが、レイと視線を合わせる事が出来ない。余計な事を言ってしまいそうだからだ。

心が落ち着かない事もあって、俯《うつむ》いたまま、ブラウスの端を弄りながら言った。

「ええと……ロウファが自分の領地に帰るんだって」

「ああ、今朝そんな事を言ってたな……だから強引に弟を連れ出したのか？」

レイの声が低くなる。お前はロウファが帰るのを惜しんだのかと彼は言いかけたが、アメリアはその問いに答えるどころではなかった。

「私も、ロウファと一緒に行こうかと思って……」

アメリアは顔を上げようとしなかった。

だが、それでも少し垣間見える彼女の顔が赤らんでいるのは、レイも分かる。

今まで呆れるほど堂々と、自分に出かけると言ってきていた彼女らしからぬ行動だった。

不変であったはずのアメリアの何かが変わった。そうさせたのは、誰で、何故だ。

そう考えた瞬間、レイの中で何かがぷつっと切れた。

「ふざけるな。お前は俺の妻だぞ」

唸るような低い声にアメリアは目を見張り、だが彼を見返す間も無く、突然抱き上げられた。

「え……ちょっと……っ⁉」

何をするのと更に抗議の声を上げたが、彼の腕はびくともしない。たまたま通りがかって目撃した侍女達は軒並み驚いた顔をしたが、殺気立ったレイの一瞥に、真っ青になって頭を垂れる。

「ロウファに一人で帰れと伝えろ」

「は、はい」

短く言い捨てて立ち去る主君を、侍女達は呆気に取られて見送ったが、言伝を頼まれた以上そちらを優先しなければならない。

ロウファを探して、彼女達がレイに言われたままの事を伝えると、ロウファも目を見張った。

「兄上がそのような事を？」

「はい、何だかとても怒っていらっしゃいました。アメリア様を抱き上げて、どこかに連れて行かれましたけれど……」

「分かった。ありがとう」

侍女達を労って帰すと、ロウファは少し思案して、額に手を当てて呻《うめ》いた。

「どう考えても、兄上が怒ったのはアレだな……これはかなり不味いぞ。いつのまにか、かなりの重症になっているんじゃないか？」

ヴィシャスも頷かざるを得ず、呟いた。

「…………アメリア様も、失言をされたようですね」

アメリアには自身の言動が何故こんな状況に陥らせたのか、振り返っている余裕はない。

レイの腕に抱かれたまま彼の寝室に連れて行かれた彼女は、靴を脱がされ、無造作に寝台に投げ出されたからだ。

「な、な、な……っ⁉」

「…………さっさと脱げ。お前を抱く」

レイは上着を脱いで床に放ると、靴を脱ぎ捨てて寝台に乗り、起き上がりかけたアメリアを押し倒した。そして、奪い取るように激しい口付けをした。

「……っん……っ⁉」

アメリアが息苦しさに逃れようとしても、顎を掴まれて、許されない。

辛うじて息をする間を与えられたが、口が開いたのを見逃さず、レイは舌を入れてきた。角度を変えて激しいキスを繰り返し、舌を舐め取って、やっと離した。

レイは濡れた唇をぺろりと舐め取り、硬直しているアメリアに冷ややかに笑う。

「思い出したか？　俺に散々身体を舐めさせただろう？」

アメリアは見る見るうちに頬を染めた。忘れられるはずがない。

身体を愛撫されて、最後は失神するまで追い詰められたし、その後キスの仕方も彼に教えられた。

そして何故か今、夫は急に妻の身体を御所望のようである。

アメリアとしては、レイへの感情が自身でも制御できない中で抱かれるのは避けたかったが、自分は彼の『良妻』だから、たまには夫の欲望を発散させなければならないのだろうと戒める。

「あ、貴方の特殊な性癖はわかったから……もう良い！　するなら、さっさと済ませて！」

かつての濃密な行為を性癖と一蹴されたレイは、意味を察して口元に冷たい笑みを浮かべた。

「散々可愛がってやった感想がそれか？　……良いだろう、期待に応えてやる」

「え……」

アメリアの視線が泳いだ。何だか自分はまたしても彼の逆鱗に触れたらしい。

その言葉に違わず、レイはアメリアの服や下着を容赦なく剥ぎ取った。彼は小さく悲鳴を上げたアメリアに眉一つ動かさなかったが、露になった美しい身体に笑みを浮かべる。

「今度は、気を失っても許さない」

そう宣告して、彼は再び彼女の身体を貪った。

アメリアはかつて彼に散々愛撫され、疼き悩んだ経験がある為、触れられる事に対して及び腰だった。だが、そんな心を見抜いたかのようにレイが組み敷き、一切の逃げ場を与えられなかった為、声を上げるしかなかった。

「……っああ……ああぁ！」

小刻みに痙攣を繰り返し、腰が勝手にもどかしさに揺れる。裸体をくまなく愛撫され、レイに再び秘所を攻め立てられた。ただ以前と違うのは、レイに舐め上げられるだけで、簡単に蜜を零してしまう事だ。

「処女のくせに、俺にされると随分と濡れるな」

満足げに呟いて、レイはまた直に口付けてしまう。その戯言にアメリアは羞恥を覚え、頬を真っ赤にしながらも、唇を噛んで耐えた。身体の中心は疼く一方で、酷く苦しい。

夫の性癖がどんなに特殊でも、これが妻の務めならば受けなければならない。そう思い、何度も自分を励ましたが、繰り返される愛撫によって覚える切なさが、限界を告げようとしていた。

「……っあ、あ！　ああ、あっ！」

両足を大きく広げられ、強引に剥かれた花芽を舌先で丹念に舐め上げられて、腰が蕩《とろ》けそうになった。身体の一部を舐められているだけなのに、何でこんなに身体がおかしくなるのか分からない。

溢れ出る涙は止めどなく、触れられていないと切ない。いっそやり方は分からなくても、自分で弄ってしまいたい衝動にさえ駆られたが、蕩《とろ》け切った身体ではそれすらも出来なかった。

「どうした、アメリア。この程度じゃ俺は満足しないぞ」

もっと蜜を零せと言わんばかりに花芽を口に含まれて、吸い上げられる。

「あ……う……っ⁉」

頭が真っ白になり、泣きじゃくりながらアメリアは彼に口付けられたまま、軽く達してしまう。

がくがくと足が震え、内腿に蜜を滴り落としながら、更に酷くなった疼きに悶えるアメリアだったが、レイは手を緩めない。過敏になった彼女の身体を指先と舌で弄り回し、また攻め立てた。

「んあう……っいや……もう……いやあ！」

アメリアは頭を左右に激しく振り、彼に懇願したが、許されない。

すっかり解《ほぐ》れた乙女の秘裂に、舌先が軽く入れられて刺激される。彼の指は花芽をなぶり、尖った先端を擦り上げてきた。

アメリアはもう逃げるどころでは無かった。

「……っぁ……ああ……」

甘い息と共に口から吐息が洩れる。

全身が震え、レイに愛撫されていないと辛い。だが愛撫されると、体の奥が切ない。

男を知らない体であるのに、何かを待ち焦がれるように、疼く。

何度喘《あえ》いでも、達しても、レイは満足した様子が無く、妻の務めは終わらなかった。

いつになったら、この快楽の連鎖が途切れるのか。

「ああ……また育ってきたな」

「…………っ」

硬くなった花芽を口に含まれて、アメリアは身震いする。

どうなるか、散々にされたから、もう分かってしまう。

「ひぅ……んああっ」

もう駄目、いや。

泣きじゃくって何度も懇願しても、レイは丹念に舐め上げて貪ってしまう。指で一緒に入り口を撫でられて、とうとう堪えきれずにまた軽く達してしまった。

彼がやっと唇を離しても、アメリアはもう息も絶え絶えだった。蜜が止めどなく溢れ、体の震えが止まらない。

頭がぼうっとする中、耳元で囁かれた甘く冷徹な言葉が、身体中に響いた。

「もっと泣かせてやろうか……？」

軽く耳に口付けられても、アメリアは抗う事すらままならない。体が惚けきって、レイの意のままになっている事にようやく気付くが、もう遅かった。

甘い拷問のような時間を、これ以上されたら壊れてしまう。

「やぁ……っ……っ」

今も、戯れにレイが手で軽く腹部を撫でてくるだけで、びくびくと体が跳ねる。

耐え切れない。身体の奥が壊れてしまいそうなほど、熱く疼いて仕方が無い。

「ああ……俺に挿《い》れて欲しいのか」

その言葉にアメリアは目を見開き、そして愉悦《ゆえつ》の笑みを浮かべているレイを見返す。

アメリアは唇を戦慄《わなな》かせ、顔が屈辱と羞恥で赤くなった。

「…………っ…………っ」

「違ったか？」

我が物顔で、アメリアの首筋に悠然と愛撫を落とし始めたレイを、アメリアは軽くで良いから引っ掻いてやりたかった。恐ろしい程の美貌を傷つけるのには躊躇《ためら》うものもあるが、それ以前に手に力が入らない。

「当たり前……っあぁ！」

レイの指が過敏になった秘所を擦ってきて、悲鳴まじりの嬌声が漏れる。

「また一晩中されたいんだな？　俺は構わないが、今度はいつまでも終わらせないぞ。俺に最後まで抱かれない限り、お前は寝室から出さない」

くつくつと笑いながら、低い声で耳元に囁かれる言葉は、明らかに戯れではなかった。

アメリアが必死で頭を横に振ると、

「だったら言え」

と、返される。

アメリアは真っ赤になった。

世の男女の営みがどういうものなのかは知ってはいるが、口にするのは羞恥心を覚える。

だからと言って、レイの求めに応じなければ、言葉通り、いつまでも終わらないに違いない。

一晩中身体を愛撫されて、疼いて仕方が無かった事を思えば、彼の要求に応えるしかない。

「………れて………」

「聞こえない」

かすれた声で小さく呟いた口を咎めるように、唇を奪われる。

今やアメリアのどこに触れるのも、彼の自由だった。

「レイ………の、挿れ、て」

精一杯声を振り絞り、アメリアは懇願する。もう妻の務めと言う訳ではなく、自分の身体がそう求めてしまっていた。

レイはにやりと笑い、身体を起こすとシャツを脱ぎ、床に放った。

「俺はさっさと済ませたほうが良いか？」

「な………！」

先程の発言がレイの気に障ったのだと言う事を、ようやくアメリアは理解する。散々懇願するまで堕とされたのは、きっとこの為だったに違いないと、彼を睨み付けた。

「執念深……っ」

言い返してやろうとしたアメリアだったが、言葉が途切れた。

トラウザーズを下着と共に脱いだレイの身体の中心を、見てしまったからだ。精強な雄は酷く昂ぶり、先走りの雫を零している。太く反り返ったそれは、女の秘所を容易く食い破ってしまうだろう。

レイが自分の身体を散々愛撫し慣らしてきたのが、戯れや仕返しだけではなかった事を、アメリアは本能的に理解した。

アメリアは即座に視線を逸らし、恐れおののいた。

「む……無理」

「なに？」

「無理、ぜったい無理！　裂ける！」

純粋な恐怖に逃げ腰になるアメリアだったが、身体に力が入らない為、容易く彼に押さえ込まれてしまう。その挙句、レイに両足を押し開かれ、身体を滑り込まされた。

「……逃がすかよ。かなり解《ほぐ》したから、随分濡れてる。これなら挿入《はい》る」

「でも……っあ……っ！」

硬い先端を押し付けられて、身体が震える。固まったアメリアの腕を取り、レイは自身の背に回させると、耳元で甘く囁いた。

「大丈夫だから、力を抜いて、俺に抱かれろ……お前は、可愛がってやる」

ちゅっと頬に口付けられて、アメリアは頬が勝手に赤くなる。

抗議しようと思ったのに、優しくしてくるなんて反則だ。そう思ったとき。

「……ひ……っ……!?」

入り口を抉じ開けてきた熱に息を呑む。驚き、身を強張らせる間も無く、入り込んだ雄が見る見るうちに犯し始めた。

「……っい、やああ……っな……に……や、だっ……っ！」

破瓜の疼痛と未知の行為に、アメリアは大混乱を起こして泣き出したが、雄は浸食を止めない。必死で抗おうとする身体も押さえ込まれ、両足は男の体で割られて自由が効かなかった。

「大人しくしろ、余計痛むぞ」

「そう、いうなら……やめて……くれればっ……いい……のにっ！」

レイのする事は真逆だ。

腰を揺さ振って更に入ろうとしてくる。泣きながら詰るアメリアに、彼は宥めるように優しく髪を撫でた。一瞬抜いてくれるかと期待したアメリアであるが。

「奥まで挿れたらな」

「…………っ⁉」

「大丈夫だ。これなら……いける」

ぐっと彼が腰を一際強く動かして、一気に奥まで突き上げた。

アメリアは最奥まで入り込まれ、疼いて仕方が無かった場所を慰められて、頭が真っ白になる。

「あ、あああ……っ！」

巨大な雄に押し広げられて、破瓜の痛みと圧迫感にアメリアは泣いた。彼の首に回していた腕も力が入らなくなり、シーツに落ちる。ただ、レイがすぐに手を重ねてきてくれたので、強く握りしめて必死で耐えた。

「……っぅ……」

レイは詰めていた息と共に甘く低い声を漏らすと、アメリアを一瞬で奪い取った荒々しさは静まり、甘やかすような手つきで、すすり泣くアメリアの頬を撫でて、キスを落とした。

「いずれ俺にこうされる事くらい、分かっていたはずだぞ」

「痛いのっ……レイの……が、いけないんだ……っ」

破瓜の痛みなのか、レイの雄が大きすぎるのか、逆にアメリアの身体が小さすぎるのか。

疼く痛みの原因は分からない。激痛ではなかったが、体内を押し広げる圧迫感と疼きが混ざり、訳の分からない感覚がアメリアを混乱させる。

詰られたレイは、だが笑みすら浮かべて言った。

「慣れろ。これから毎日咥えるものだ」

「え……っ⁉」

アメリアは、とんでもない事を聞いた気がした。

世の夫婦がどれ程の回数をするかは知らないが、少なくともレイは行為を重ねると明言している。

異議を唱えるにはあまりに不利な状態で、聞かない振りをした方が良い。

そうアメリアは決めたが、彼女の身体に己が馴染んできたのを感じ、尚且つ思案する余裕も少し出てきたのを、レイは見逃さない。

「俺の受け方を覚えるんだな」

ゆっくりと腰を引き、そして再び突き上げる。

アメリアがひっと息を呑み、身を震わせる様を見下ろしながら、レイは腰を揺さ振り始めた。

「…………っあ、ああ……っ」

外は溶けていたが、清純であっただけに膣壁はまだ硬く強張っている。そこを巨大な雄に擦られれば本来は痛みしかないはずだったが、アメリアの身体は丹念に解され、長く彼の雄を待っていただけあって、身体は彼に従順だった。

「あ、あああっ」

ぐちゅぐちゅと、生々しい音と共に蜜が溢れ出す。

「最初でも、こんなに感じるのか……」

レイは寝台に肘をつき、乱れるアメリアを惚けたように見つめながら、腰を揺さ振って突き上げる。次第に硬かった膣壁が解れて、雄に絡み付いてきた。己の身体を満足させる男の形をまず覚えるかのように、並みの大きさから逸脱した雄を、必死で受け入れ始めているのだ。

「畜生……っ可愛すぎる……」

泣きじゃくるアメリアは、その言葉など最早耳に入っていないが、きつい締め付けにレイは顔を歪ませ息を乱す。思わず激しく突き上げたい衝動に駆られたが、己の快楽を追う事は無く、耐えた。

アメリアは耳まで真っ赤にして、大粒の涙を零し、与えられる雄に混乱しながら乱れている。

淫らな身体を垣間見せてはいたが、彼女自身の心は初心《うぶ》だった。

男の欲望のままに抱いたら、アメリアを傷つける事は目に見えている。

初めて触れた時は、挑戦的な新妻の躾と処女の秘所を解す為に、愛撫に長く時間を費やすつもりだったが、それだけでも艶やかに乱れた彼女に、失神させるまで夢中になったのは否めない。

ただ、無闇に傷つけるのは、決して本意ではなかった。

「アメリア」

衝動を抑える代わりに、レイは何度も口付ける。

白いシーツに広がる茜色の髪はまるで花開いた大輪の花のように美しい。

彼女が出歩いてばかりだったとはいえ、触れて来なかった自分を罵りたい気分だった。

「……お前に溺れそうだ」

レイはそう呟いて、ゆっくりと雄を動かす。

繰り返される衝撃に、アメリアの華奢な身体は震え、悶えた。

「あっ……ああ、いや……あ……っ」

かき回される蜜壷が熱を伝え、アメリアを悩ませる。疼きはレイに擦られる度に快楽に変わるが、離れてしまうと途端に寂しくなる。特に疼きの酷い場所を見抜かれたのか、レイが小刻みに揺さ振って、先端で執拗《しつよう》に擦り上げてきて、アメリアは戦慄いた。

「だ、め……っん、ああっ」

シーツを握り締め、びくびくと身を震わせる。もう自由がきかない。アメリアはレイに突き上げられるまま、泣きながら達した。

だが、与えられる快楽はそれだけでは済まされない。身体は過敏になっているというのに、またレイが突き上げてきて、行為の果てが見えないのだ。

「あ、ああっ……レイ……！」

「出すぞ……っ……悪いが……止まらない」

荒い息を漏らし、レイは昂ぶった雄を揺さ振って、アメリアの最奥に己の欲望を注いだ。

翌日、朝の光が燦燦《さんさん》と入り込む寝室に、アメリアの姿はまだあった。昨日妻の務めを果たし、今度こそ解放されるはずだった。今回はレイに抱かれて、行為は終わったのだ。

レイが身体を離した後も足腰は気だるく、彼に浴室まで運ばれて身を清められて、その後また寝室に戻されても、寝台でずっと横になっていた。レイに抱き締められて、破瓜した身体を労るように撫でられている内に、気付けばその腕の中で朝まで眠ってしまった。

ただ、妻の務めは果たしたのだから、自由になる権利を行使してもおかしくないはずだったが、アメリアは今、嘘でも外に出たいと言えなかった。

いや、起き出した時に、アメリアは一度ちゃんと夫に言ったのだ。

『妻としての責務を果たしたので、お外に遊びに行きます！』と。

そう言った瞬間、レイの目が据わった気がしたのは間違いではなかった。凶悪な雄で開いた身体を労う優しさを見せてくれていたはずの彼の眼が、鋭く光ったのだ。

『成る程？　もう身体は良いようだな』

神族でも失った処女膜は戻らないし、破瓜をした時には痛む。だが、自己治癒力が高い為に、その痛みや出血が長くは続かないのは、アメリアも例外ではない。腰は若干重だるいが、歩けない程ではないので頷いてしまったのが、きっとまずかったのだろう。

『だったら、続きだ』

と、レイに宣告され、寝台に容赦なく押し倒されたのだ。

その結果、日が高くなった今も、寝室にはアメリアの喘ぎ声が響き、寝台が軋む音が止まらない。

「レイ……レイ、もう……お終い……ぁっ！」

泣き喘ぐアメリアを、レイは朝から何度も抱いていた。

寝台の上で絡み合う二人の下のシーツは乱れ、アメリアの太腿から滴り落ちているのは、彼女が零した蜜と、何度も注ぎ込まれた彼の子種だ。

「遊び回るのは、俺を満足させてからだ」

組み敷いたアメリアを激しく突き上げながら、レイは喉を鳴らした。

朝からずっとアメリアを抱いているせいで、彼の身体も濡れ、息を多少乱しているが、彼女を抱くのを止めようとしない。溢れ出る蜜が、交わる二人の身体を濡らしている。

「も……私、出来な……ひうっ……」

アメリアは深く抉《えぐ》られて、身体を震わせた。

二度目の行為からは、もう痛みは無い。彼の雄が与えてくる圧迫感は相変わらずで苦しいのに、気持ちが良くなってしまっている。それをレイに見抜かれているのは、行為が重ねられるほどに、彼の動きが激しくなってきている事でも分かっていた。

ただ、いくら神族と言えど、アメリアにも体力と気力というものがあり、それには限度がある。度を越した快楽に耐性がまだ無いから尚更だ。

「んあ……っああっ」

レイの大きな手にお尻を掴まれて腰が浮き、深くまで入る体勢で出し入れを繰り返される。

「だ、め……っあ、あっ！」

背が仰け反って、アメリアは泣きじゃくりながら達した。その過敏な体をレイは逃さない。僅かな間を置いて、再び狭く収縮する膣を浸食する。

「……大分柔らかくなってきたな。根元まで簡単に入る」

細長いレイの指が、我が物顔でアメリアの入り口を撫で上げる。散々に穢され、遊びに行く体力を奪われたアメリアに、もう抗う力は無い。ただ、レイの呼吸が乱れ始め、更に彼の楔《くさび》が体内でどくどくと脈打つのが分かって、すすり泣いた。

「や……あっも……な、か……やっ……だっ」

アメリアの頬が赤く染まる。

「ああ、分かるようになってきたか……そろそろいくぞ？」

「だ……めって、言ってる！」

「却下だ。妻が夫のモノをここに欲しがらないでどうする」

レイは彼女の一番奥まで挿れると、腰を回して己の楔を思い知らせた。

「……っあ、はあっ……」

アメリアの目尻から快楽のあまり涙が零れ、息も絶え絶えになる中、レイは耳元で甘く囁いた。

「なあ、アメリア。俺は執念深いんだろう？」

「な……っそれも覚えて……⁉」

「その通りだな。俺はしつこいぞ、頑張れよ？」

「待って……撤回するから！」

「しなくていい」

レイはくすくすと笑い、アメリアを更に突き上げ始めた。

雄の興奮が最高潮に達する時、レイの行為が一段と激しくなるのを、アメリアはもう嫌と言う程、教え込まれていた。だから嫌だと拒んだのに、彼が身体を揺さぶってきて、受け止めるしかなくなる。

　強烈な快楽に狂う身体を激しく貪られ、彼が欲望を吐き出すまで、その甘美な時間は続いた。

「ああ、ああ……っ」

　快楽を呼び起こす行為に身を捩って喘ぐアメリアをレイは押さえ込み、最後の一滴まで注ぎ込む。そして、やっと動くのを止めて上体を起こしたが、アメリアは震えて力も無い。

泣き腫れた目でアメリアは睨んだが、彼にしてみればそれさえも愛らしいとしか思えなかった。

「お前が締めるのが悪い」

　違うな。お前が可愛いのが悪い。苛め抜いて、独占して、俺で穢してしまいたくなる。

　再び自身が硬くなって来るのがレイにも分かったし、アメリアは途端に情けない顔をした。

「ひう……っ？」

「ほらみろ」

　思い知らせるように、楔を深くまで入れると、アメリアの身体が応えるように締め付け誘って来て、彼を喜ばせた。だが身体の主は、断固としてそれを認めようとしない。

「も……むり……無理……っ！」

「無理じゃない。お前は俺の妻だという事を四六時中忘れているようだから、よく身体に教えておいてやる」

　レイが再び突き上げてやれば、彼女は泣きじゃくって喘いだ。

「あ……っあ、ああっ！」

激しく揺さぶられて繋がった場所から蜜が溢れ落ち、アメリアはレイの身体に堕ちていった。

結局、アメリアが寝室から出られたのは、三日後の朝だった。

だが、それはレイの意思ではなく、アメリアの涙ぐましい努力の賜物である。

連日彼に抱かれ続けて体力の全てを奪われていたアメリアだが、早起きは得意だった。

一方、レイは一度寝てしまうと、寝起きが非常に悪い。朝になってレイより先に起きられた事が幸いし、朦朧としている彼を他所に、アメリアは寝台の脇の机の上に侍女達が用意しておいてくれた衣服を手繰り寄せ、必死で着替えたのだ。

レイが完全に目を醒ました時には、アメリアは何とかブラウスとズボンを着ていたが、それを見た彼は首を傾げ、こう言い放った。

「何だ、今度は着たまま抱かれたいのか？」

実際危うくそうされそうになったが、アメリアは寝台から転がり出て逃げ、間一髪起き出す事に成功した。そうでもなければ、今頃もレイの相手をさせられているに違いなかった。

レイも真っ赤になって半泣きのアメリアに苦笑を浮かべ、それ以上触れようとはしなかった。

身体を起こし、下衣だけ身に着けて寝台の端に座ると、逃げ腰の彼女を呼んだ。

「アメリア」

レイに、名を呼ばれただけだった。

アメリアは今までも何度も名を呼ばれていたし、耳馴染んでいたはずなのに、赤面してしまったのが分かる。彼が何度も激しく抱きながら、甘い低音の美声で繰り返し呼んできたせいかもしれない。

その躊躇を警戒と受け取ったレイは、くすくすと笑いながら、優しく告げた。

「忘れ物だ、おいで」

言われて、彼の手に銀鎖のネックレスに下がった結婚指輪がある事に気付く。抱かれている際に、肌を傷つけるからとレイの手で外されていた。

　アメリアが渋々彼の傍らに座ると、レイはネックレスを再び付けてくれた。

　その間、アメリアの視線は落ち着かない。シャツを羽織っていないせいで、彼の鍛え抜かれた上半身は露になったままだったからだ。その秀逸な身体を散々見てしまったはずだと言うのに、直視するとレイに抱かれた事が頭に過り、身体が勝手に火照る。

　視線が泳ぐアメリアを他所に、レイはネックレスから下がる結婚指輪を指で弄った。

「俺に抱かれる時以外は、外すな」

「う、ん……」

　気もそぞろに、よそ見をしていたアメリアは、そのままレイに顎を引かれて唇を奪われるのを許してしまった。

　レイに抱かれている時も、アメリアは四六時中彼にキスをされた覚えがあった。

　どうやら彼はキスが好きらしい。ただ、こうして軽く触れる時も、激しく重ねて来る時も、どちらもレイのキスは優しさを感じるから、ちょっと困る。

　このキスは、拒めそうになかった。

　着替えたとはいえ、昨夜もレイに抱かれたままの身体だったので、アメリアはまずお風呂に行き、身を清め、改めて着替えを済ませた。レイに命じられてアメリアの世話をしにきた侍女達が、丁寧に髪を乾かし、櫛《くし》で梳《す》いてくれている間も、アメリアの悩みは深くなる一方である。

「……大変な目に遭った……」

思わず漏らしたアメリアだったが、侍女達はといえば笑みを零し、どこか誇らしげな顔になった。

「レイ様に触れて頂いて良かったではありませんか。他所の女達になど、遠慮はいりませんわ」

「ああ……、うん……」

確かに夫の性欲を満たしたのだから、妻の役目は果たせたはずだし、立場上は喜ぶ事なのだろう。

だが、アメリアは『一晩中愛撫される方が苦しい』という認識を変えざるを得ない。その程度が夫の性癖であれば、まだ良かったのだ。レイに体を繋がれ、激しく貪られる方が、遥かに大変だった。

初夜に失神するまで愛撫された事など、児戯に等しい行いであった事を嫌と言う程、思い知らされた。

これは由々しき事態だ。レイに抱かれたら、間違いなくしばらく遊びに行けない身体にされる。

頭を抱えてしまったアメリアを、侍女達はやはり不思議そうに見ていた。


身支度を済ませてアメリアが朝食を取りに食堂に行くと、レイが先に座って、書類に目を落としていた。彼が座っていたので、必然的に妻であるアメリアは彼の隣になる。

レイは控えていた部下に書類の文面を指さしながら、幾つか指示を出して下がらせると、ひたすら明後日の方を向いているアメリアにくすりと笑った。

「食べないのか？」

アメリアが来たのを見て、給仕達が次々に二人の前に料理を並べてくれていたが、彼女は手がつけられないでいた。レイにからかうように言われ、アメリアは少し頬を染めながら、

「い、頂きます！」

と、食事を始めた。

それを見て、レイもまたのんびりと食事を始めた。彼が仕事をしながら自分が来るのを待っていてくれたらしいと、アメリアは気付く。

レイはそういう優しい事をごく自然にやってしまう男だった。

食事をしながらレイが気になって時々ちらりと見れば、作法も完璧で食べる姿まで美しい。

大勢の部下や領民を抱え、上に立つ男だから、出来て当然の所作なのかもしれない。

庶民で山育ちであり、宮殿で世話役の侍女頭に三年の間に叩きこまれただけの、俄《にわ》か仕立てのアメリアの所作など、レイの目からみてもぎこちないものだったに違いない。

それでも自分の食事の所作を誰からも咎められていない事に、最近になって気付いた。

自由に出かけさせて貰っていると思ってはいたが、城に居ても何だか居心地が良く感じてしまうのは、そう言う事もあったのだろう。感謝しなければならない事だと思いつつ、レイの顔を直視できないのは、やはり閨を出たばかりであるからだ。

だから、突然レイに声をかけられて、アメリアは飛び上がった。

「まだ欲しいのか？」

「は、はい⁉」

真っ赤になったアメリアに、レイは焼き立てのパンが入った籠《かご》を差し出した。

「さっきから気にしているようだが」

「あ……うん。そうなの。ありがとう」

必死で誤魔化して、アメリアはパンを一つ受け取ると、手で千切って食べ始めた。

元々パンは好きだったし、美味しいはずなのだが、味が良く分からない。

（落ち着け、私）

アメリアは飲み込みながら、何度もそう自分に言い聞かせる。

だが、レイはアメリアに冷静になる間など与えない。籠を机に置くと、くすりと笑って言った。

「ああ……それとも、俺が欲しかったのか？　閨から逃げるからだぞ」

「……っげほ！」

アメリアはパンを喉に詰まらせそうになり、激しく咳き込んだ。

やっとの思いで息を整えると、笑っているレイを睨みつけた。

「な、なんて事を言うの！」

「俺もまだ抱き足りない」

「嘘でしょう⁉」

レイは普段の所作の優雅さとは裏腹に、閨ではまるで獣のように激しくアメリアを貪った。

二面性があるんじゃないかと思う変貌ぶりである。これは大変不味い。レイの良い様に物事を運ばれたら、また寝台に引きずりこまれるに違いない。

「レイ。わ、私は、自由にさせて貰っているから、貴方の妻としての役目は果たそうとは思う」

「それはどうも。だったら三日程度で抜け出したりするんじゃねえ」

レイに平然と返されて、アメリアはうっと詰まりつつ、必死で訴えた。

「あんなに沢山すること無いよね⁉　一か月に一度とか、半年に一度くらいで十分だ！　なんなら一年でも良い！」

そうでなければ自分の身体が壊れると、アメリアは今、真剣に悩んでいる。

だが、レイは冷笑さえ浮かべ一蹴した。

「笑える冗談だな」

「どこが⁉」

真っ赤になって反論するアメリアだが、レイは冷静そのものである。

「アメリア」

「なに！」

「俺は構わないが、声が大きい」

アメリアがようやく我に返って食堂を見回せば、控えている給仕や侍従達が大変居心地の悪そうな顔で失笑を浮かべているのに気付き、言葉に詰まる。食事に集中するしかなくなり、必死で口に食べ物を詰め込む。

レイは耳まで真っ赤になっている初心な彼女を見つめ、目を細めた。

あまりにアメリアの反応が素直過ぎて、更に煽ってやりたくなったが止めた。

妻の可愛い顔を見て楽しむのは、夫だけに許された権利だからだ。


やっとの思いで食事を終えたアメリアが席を立とうとすると、食後の葡萄酒を口にしていたレイに呼び止められた。

「今日はどこに出かける気だ？」

「別に決めてないけど……お城の中か城下町にいるよ」

レイに三日三晩抱かれていた為、ロウファは既に自領に帰ってしまっていた。

鍛冶の街だと言っていたから是非見てみたかったが、急に押しかけるのは迷惑だろうし、ヴィシャス達も遠出に反対している。テナスも今は多忙らしく、あの剣の鞘を作るのはまだ先だと知らせをくれたので、アメリアは大人しく城の近くにいるしかないのだ。

「当てが無いなら、俺が面白い所に連れて行ってやるが、どうする」

「面白い所⁉　行く！」

すぐに反応してしまうアメリアだったが、我に返る。

「あ……でも、レイは忙しいんでしょう？」

彼の治める領地は広いようで、多忙だと言う事くらいはアメリアも気付いていた。

実際、朝食の席でも、彼の裁可を仰ぎに来る部下達は引っ切り無しだった。

夫の手を煩わせるのは妻としてあるまじき事だとアメリアは思っていたから、大変魅力的な申し出ではあるが躊躇ってしまう。

だが、レイはあっさりと言った。

「別に近場だから構わない。今日の分は大体片付けた。急を要する案件も無いからな」

「本当？　……あの、謝罪のつもりとかだったら、そこまで気にしてくれなくても良いよ」

「俺が何をお前に謝るって？」

「三日も閉じ込めたじゃない！」

心外と言わんばかりのレイに、アメリアはついまた抗議してしまうが鼻で笑われた。

「夫としての当然の権利を行使したまでだ。あの程度で騒ぐな」

「な……っ」

「行くのか、行かないのか、はっきりしろ」

「行きますとも！」

全く反省の色のない夫に、アメリアは遠慮をしてやるのを止める事にした。

第三章　花嫁は天真爛漫

アメリア付きとなっている侍女達は、彼女が華美なドレスを嫌い、ただひたすら動きやすい恰好を追求する事を、嫌という程知っていた。

女主人は長身で、胸やお尻も適度な大きさを持ち、魅惑的な身体を持っていたから、着飾ればかなり映えると思ったし、侍女の腕の見せ所だと意気込みたくなるのに、当の本人が嫌がるのだから度々諦めざるを得なかった。

今までも、アメリアは街を遊び歩いたり、ロウファと工房に行ったりする時は、いつも膝程まで丈のある長衣を腰のあたりでベルトで締め、下はズボンとブーツという、男装に近い恰好だった。それでも裾が長いと文句を言うアメリアと、せめてワンピースを着て欲しい侍女達が、お互い妥協した結果だ。

そして、侍女達は心の中でハンカチを噛む思いをしながら、支度を手伝ったものである。

だが、今日は全員が、それぞれ手にした様々なドレスをアメリアの眼前に突き出した。

「お願いですから、どうかお好きなものを選んでください！」

「お願いだから、いつもの出して⁉」

アメリアと侍女達の攻防は、既に小半時に及んでいる。

レイと出かけると聞いた侍女達は、支度の為に私室にやって来たアメリアに、何としてもドレスを着せようと必死である。その為、提示した選択肢はドレス一択だ。

侍女達の気色がただならぬものである為、アメリアも怯むものを覚えつつ更に言った。

「だって、レイと出かけるだけだよ⁉」

遊びに行くだけなのに、何で目一杯着飾れと言うのだ。抗議したが、侍女達の目が更に燃えた。

「だからですわ！　初めての事ですのに、男性のような装いなんて悲しいですわ！」

全員の声が揃い、それが室外まで声が響いたらしく、扉をノックして一人入って来たレイは呆れ顔をしていた。彼は女の仕度を急かす気は無かったが、いつもなら手早く身支度をするというアメリアがいつまで待っても来ないので、様子を見に来たのだ。

「おい、何を騒いでいるんだ？」

「レイ様からも仰ってください！　アメリア様の可愛いドレス姿を見たいですよね！」

「別に見たくないよね⁉　動き難くて、邪魔だものね⁉」

女性達から同時に叫ばれたが、レイは即答した。

「アメリアの好きなものを着せてやれ。どれでも似合うんだから別に良いだろう。俺は執務室にいるから、支度が終わったら来い」

そう微笑んで言ったレイは、待っている間は仕事をするかと頭を切り替えてしまった。食事前に強引に切り上げて、部下達を半泣きにさせていたからだ。だから、そのまま踵を返して出て行ってしまった訳だが、侍女達は悲鳴を上げたくなった。

なんで主君は今少し留まらなかったのだろう。貴重な姿が見られたのに。

そんな彼女達の嘆きを他所に、アメリアは薄っすらと染まっていた頬を、必死で醒ましていた。

「………ワ、ワンピースなら……着ようかな。領主と一緒にいる妻が……男装は不味いよね」

侍女達は顔を見合わせて、全員が満面の笑みを浮かべた。

しばらくして執務室に一人姿を見せたアメリアに、仕事をしつつヴィシャス達と共に待っていたレイは、軽く目を見張り、そして微笑んだ。

アメリアは、左右の耳の上の髪を後ろまで編まれてバレッタで止められ、後は流していた。いつもは縛ってまとめているか、三つ編みにして放っておいているだけに、下ろしているのは珍しい。

身に纏《まと》っていたのも、身体にぴったりと合うワンピースとブーツだ。派手な装飾は無いが、秋にさしかかり、ワンピースの色合いは茶を基調としたもので、茜色の髪に良く似合った。

「侍女達に着せられたのか？」

「……ううん、自分で選んだ。このくらいなら、まだ……動きやすいから」

「それなら良い。可愛いな」

レイに穏やかにそう告げられ、アメリアは何だか汗が出そうになった。これ以上自分の格好について話題にされても困るので、急いで話を変えた。

「お待たせ。そろそろ行こう？　近場でも何でも良いから」

「そうだな。なあ、もっとよく見せ――」

「早く行こうね⁉」

急かされたレイは、よっぽど出かけたいらしいと、苦笑して頷いた。


レイの言っていた近場は、アメリアの認識とは大きく異なった。

てっきり城下町のどこかを案内してくれると思っていたが、レイはアメリアと護衛のヴィシャス達に向かって神術を唱え、一瞬にして全員を大きな街に移動させたからだ。

神界《しんかい》の至上の存在と言われる至高神《しこうしん》と、上級神でもごく一部の限られた者しか使う事が出来ないと言われている、『転移の術』だった。上級神であるヴィシャスもその術は使えず、下級神の一端であるアメリアなど言うに及ばない。

瞬時に違う場所へと移動できると言う大変便利な術だが、その分極めて難解である上に、かなり強い神力《しんりき》を必要とされる。

転移の術で移動できる距離は誰が使っても同じだが、術者の能力によって異なるのは、移動できる対象の人数と、連発できるかどうかである。術者自身だけしか移動できないと言う者もいれば、万を超える軍勢を瞬時に移動できる程の者もいて、その差は非常に大きい。

街の入り口に降り立ったアメリアは、呆気に取られた顔でレイを見上げた。

「今のって……転移の術だよね？」

「そうだ。珍しい術式じゃないだろう。何を驚く」

あっさりと言い放つレイは、顔色一つ変えていない。

確かに神界でもよく名と効果が知られた、有名な神術ではある。それが使えるかどうかという事が大問題であり、使える神々でも自身を転移させるのがやっとだと言う者も多い。

二十人近い者達を同時に転移させて涼しい顔をしているレイには、正直な所驚かされる。

「前もそうだったけど、簡単に使うから……」

するとレイが若干苦々し気に言った。

「エイリーンも容易く多用するはずだぞ。養女なら何度も見ていただろう」

「別に養女って言っても、私以外にも大勢いたからね。誰かに嫁いで減っても、またどこかから連れて来られていたよ。私があの人に会ったのなんて、三年前に宮殿に入れられる時と、貴方に嫁げと言われた時くらい」

「……その程度の面識だったのか？」

「そうだよ。本当に窮屈な場所だった。外出は禁止だし、教育係の侍女頭や世話役の侍女達以外とは、口を利いてはいけないの。だから大勢の養女がいたけど、お互いにどこの誰かも知らない。たまにすれ違って侍女達との会話が聞こえてきた時に、誰それに嫁ぐから出られるとか、エイリーン様に何か与えて貰って嬉しいとか、その程度の事くらいしか分からなかった」

「……閉鎖的だな」

相変わらずだと、レイは内心舌打ちを漏《も》らしたい気分だった。

レイは無論、通称『花園』と呼ばれている、秘められたエイリーンの宮殿の存在を知っていた。

内偵させている部下達の報告や、エイリーンの領内の者達から得られた情報があるからだ。

アメリアの前にレイに嫁いで来た女達は、皆花園の出身だった。

彼女達もアメリア同様に他の女の事は殆ど知らなかったし、興味を抱く事さえ許されなかったと話した。

ただ、エイリーンとここまで極端に関わらなかった女は、アメリアが初めてだった。

エイリーンは己の手駒にする為、花園に入れた女を熱心に懐柔するからだ。贅沢な暮らしをさせ、豪華な装飾品を与え、時をかけて篭絡《ろうらく》し、自分への忠誠心を植え付けていく。

己に逆らうような素振りを見せれば、徹底的に罰して、頃合いを見計らって散々甘やかす。女達は飴と鞭を巧みに使われ、エイリーンの『道具』となるように洗脳されていた。

女達に傍付けられる侍女達も、無論エイリーンに絶対的な忠誠を誓う部下である。

レイはそこまで考えて、ふと前の花嫁が花園について話す時に口にしていた、一人の娘の事を思い出した。

『行儀作法すら、ろくに知らない庶民がいた』『母上様は何故あんな娘を入れたのか』と見下すように言われていた娘だ。彼女はその娘の名を知らなかったが、他の女達と関わりが殆ど無い中で、そこまで強く印象に残ったのだから、余程強烈な娘なのだろうとは思っていた。

「………お前か」

「なにが?」

「お前の前に俺に嫁いで来た女から、宮殿で大暴れしている娘がいると聞いた事がある」

「私とは限らないよ。無理やり連れて来られたのか、嫌がっていた子もいたから」

「ついたあだ名が、『子猿』だと言っていたが」

「私じゃない！」

「宮殿から脱走しようとして壁によじ登ったらしいとか、木に登って果物を素手で食っていたとか」

「……うん、それは私だ」

がっくりと肩を落としたアメリアに、レイは失笑した。

宮殿に無理矢理連れて来られた娘達も、しばらくすると大人しくなって、豪奢な生活に慣れていってしまう。だがアメリアは一向に馴染めず、反抗ばかりしていた。他の女達から冷ややかに見られていたのは気づいていたが、性に合わなかったのだから仕方が無い。

（だけど、子猿は酷い。せめてもう少し可愛いモノにして欲しい………無理か）

と、アメリアは自分でも思っていた矢先、

「だろう？　お前なら納得だ」

と、レイにまであっさり言い切られる。

大暴れしていたのは事実なので反論しにくいが、アメリアは不満を言わずにはいられなかった。

「居心地が悪くて仕方が無かったんだもの。何度も逃げようとしても無駄だったし、いきなり連れて行かれて、家に帰る手立ても無かったから、諦めるしかなかった。下級神が格上の神族に対して対抗できる事なんて、限られているしね。仕方なく、初めは馴染もうと頑張ったんだよ。でも、やっぱり駄目だった」

「…………………」

「だから、私はレイと結婚出来て良かった。貴方は私を自由にしてくれたから」

アメリアは穏やかに微笑んだ。晴れやかな空の下、こうして気ままに出かけられる事が、アメリアには今、何よりも幸せな事だった。

そんな彼女を魅入られたように見つめ、レイは苦笑を漏らした。

「…………それはどうだろうな？」

アメリアが自由に過ごすのは別に構わない。心底嬉しそうに、楽しそうにしている彼女を抑圧するのは本意ではない。だが、彼女に対してこみ上げる別の感情が、『全て』の自由を与える事は許せないでいる。

言われたアメリアは目を瞬いて、次いで青ざめた。

「ま、まさか外出禁止なんて、言わないよね⁉」

「それはお前次第だな。行くぞ？」

レイは笑ってアメリアを促したが、彼女は衝撃のあまり硬直している。苦笑して、彼女の腰に腕を回して抱き寄せた。

「冗談だ。好きにすればいい」

今の所は、とアメリアに洒落にならない事を内心呟いたレイである。

ただ、アメリアはそんな事は知る由も無いので、安堵して頷いて歩き出した。


レイがアメリアを案内した街は、彼女を大喜びさせるのに十分だった。

ありとあらゆる武具が並ぶ街であったからだ。街を歩く者も見るからに武人である者も多く、店先には夥《おびただ》しい数の武器があった。レイの領地の街やロウファが治める鍛冶の街からも、多くの品が運ばれてくるという。

そうなると、もうアメリアは街に夢中である。店という店を片っ端から覗き、置かれている商品にうっとりと浸り、説明してくれる店主達の話に聞き入る。

街の神々は当然レイの事に気が付いたものの、迂闊に騒ぎ立てれば迷惑だろうと遠巻きに見ているだけだったが、彼以上に目を引いたのはやはりアメリアである。

新たな花嫁が各地の街に出没し、ロウファや護衛のヴィシャス達を連れ回しているという事は噂になっており、無論ここでも注目の的だった。

だが、あからさまに嫌悪感を滲《にじ》ませる者はレイがいる手前少なかったし、何よりもレイ自身が、半ば暴走しているアメリアに苦笑しながらも付き合っているのを見ると、皆、呆気に取られてしまった。

今までエイリーンが嫁がせてきた花嫁達が外を出歩いていても、彼が付き添っていた事など無かったからだ。

それどころかエイリーンの養女だと警戒しそうになる店主達に、彼はアメリアにそれを気付かせる前に話をしてやれと口添えした。そして、店主達との話に夢中になっている彼女を咎める事も、急かす事も無く、ずっと待っていた。

驚きを隠せないでいた街の神々の態度は少しずつ軟化したが、アメリアはやはり今日も周囲の者を仰天させた。

それは、弓具店に入った時だった。

店の奥で試射が出来るようになっており、店主の勧めで一同は中に入った。客が何人かいたが、レイの姿を見ると、目を輝かせて集まって来て、客の一人が声をかけた。

「もしやレイ様が矢を射られるんですか⁉」

「あ？　いや、別に………」

中を見てみたいというアメリアの付き添いで来ただけなので、レイにはその気はなかったし、ヴィシャスが間に入った。

「こらこら、レイ様のお手を煩わせるんじゃない！」

客達は渋々引き下がったが、アメリアはと言えばそんな喧騒を他所に、嬉々として試射場を見つめたり、気を利かせた店主が持たせてくれた短弓を、愛おし気に撫でたりしていた。

そんな時、客の一人であった青年を見て、アメリアは一瞬にして釘付けになった。

青年は背が高く、顔も整った見目麗しい男だった。彼が放った矢が的に命中するのを見つめ、改めて青年に視線を戻すと、アメリアは頬を薄っすらと染め、うっとりとした顔で見つめてしまった。

いつもの悪癖で、こうなるともう周囲など全く目に入らない。隣で眉間に皺を寄せた夫がいようが、青ざめたヴィシャス達がいようが、おかまいなしだ。

アメリアはもう完全に虜になってしまった。

「……凄い……素敵……」

見知らぬ青年であっても駆け寄りたくなり、それは必死で抑えたが、視線は外せない。

そして、心中で叫んでしまった。

（ああ、なんて素敵な『弓』だろう！）

射手は残念だとしか言えない腕前なのに、それを補ってあげている所が凄い。

叶うなら触ってみたい。撫でたい。愛でたい。引いてみたい。

惚けきった顔で呟いたアメリアだが、背筋が急に寒くなり、現実に引き戻された。

見上げればレイの冷徹な眼が見据えてきて、目を白黒させた。

「ええっと……どうしたの」

「お前という奴は……」

唸《うな》るように言ったレイの口調が、明らかに怒りを滲ませている。

アメリアは目を瞬いた。

何故か夫を怒らせたらしい。これは良妻としてあるまじき事だろう。何かしただろうかと必死で考え、理解した。他人が使っている武器を横取りしたいとか思ってしまったのは、領主の妻として失格であったに違いない。

これはまずかろうと思い、アメリアは必死で弁明した。

「ま、待って。ちょっと思っただけだよ⁉」

「何をだ」

「触ってみたいとか、撫でたいとか……普通の事だよね⁉」

アメリアは武具の神である。優れた武器を見つけたら駆け寄りたくなるのは、仕方が無いと思う。それは理解して欲しいから必死で訴えたのだが、レイの口の端がぴくぴくと引きつった。

更に夫を怒らせたらしい。アメリアは懸命に訴えた。

「ま、待って。レイ、落ち着いて。大丈夫だよ、安心して⁉」

「何をだ」

「私は一途だから！　浮気はしないからね⁉」

自分の手中には貸して貰えた短弓がある。それを持っていると言うのに、他の弓を称賛するなど、あってはならない事だ。これは浮気だと怒られても、致し方ないかもしれない。

「誰がさせるか！」

レイの一喝に、アメリアは飛び上がった。

思わず声が大きくなったレイは、周囲の者達が驚いた顔をしているのに気づき、またアメリアも目をまん丸にしているのを見て、我に返った。

そして、アメリアが大切そうに持っている短弓にも気付いた彼は、彼女の今までの言動を思い起こして、ようやく冷静になり、苦虫を噛み潰した顔をした。

「お前……勿論、弓が良いって事だろうな？」

「え？　あ、うん。そうだよ。この子もとっても素晴らしいんだけど、見て！　あの長弓！　素敵だよね！　あんな綺麗な子は中々いないよ⁉　あの子を使っている人、あんなに下手糞なのに、ちゃんと真っすぐ飛ばせてあげているなんて、本当に凄……あ、ごめんなさい⁉」

はっきりと下手糞と言われた青年が肩を落としているので、アメリアは慌てて謝る。

レイは短く舌打ちした。

「相変わらずの武具中毒だな」

「だって、私は武具の神だし……えっ⁉」

レイは集まっていた男達の手から弓を一つ受け取ると、無造作に矢を番え放った。矢は弧を描き、一番遠くの的の、ど真ん中を貫いた。

周囲の神々から歓声が上がり、アメリアは驚愕の眼差しでレイを見返した。

「……とても癖がある子なのに……」

それこそ射手の腕によって、矢の軌道が左右する弓だ。ろくに狙いを定める事もせずに放った矢が的中するなど、容易い事ではない。

「それで？」

と、レイは促してみた。彼の周囲の部下達も、次に来る彼女の言葉は賞賛だろうと思った。

武具の事に詳しくない女であっても、レイの腕前には惚れ惚れとしたに違いない。百歩譲って、アメリアであるから、先に弓の御託を並べるのかもしれないが、それでも賛辞は惜しまないはずだった。

だが、アメリアはやはり全員の想像の斜め上をいった。

「私もやる！」

「……は？」

「もう我慢できない！　私、宮殿で武器を触らせて貰えなかったんだから！」

呆気に取られる一同の前で、アメリアは俄然やる気になっていて、借り受けた弓を構え、手慣れた手つきで矢を番えて放つ。矢は真っすぐに飛び、レイが射貫いた的の左隣にある的の中心に、突き刺さった。

これには店主も仰天した。短弓と言えど、心得の無い者が軽々と引けるような弓ではないし、当てる事さえ難しい距離である。

一方、久々に弓を引いたアメリアは、自身の弓に頬ずりをしそうな勢いで、目を輝かせていた。

「ああ、もう……っこの子も何て素晴らしいんだろう！」

「…………。どこがだ。お前がかなり修正してやったんだろうが」

レイはそれを見抜いていたが、アメリアは抗議した。

「それでも、私の言う事は聞いてくれたよ！」

「使い手が気を遣ってどうするんだよ。こいつの方が素直だろうが」

そう言って、また全く同じ場所に命中させたレイに、アメリアは完全に意地になって、また射かけた。そして、絶句している周囲の者達を他所に、二人は全く同じ本数の矢を放ち、尚且つ全て真ん中に的中させていく。

言葉を失っていたヴィシャスは、やっとの事で、ぽつりと漏らした。

「……アメリア様、そこ、張り合う所ですか……」

主君も彼女に褒《ほ》めて貰えなかった事に、多少不貞腐《ふてくさ》れているらしい。素直では無いと思いつつ、アメリアのずれた一面に、ヴィシャスはつい言葉を漏らした。

矢が全て尽きた時、アメリアは心底悔しがった。最後の矢も的に当たったが、ごく僅かに中心からずれてしまったのだ。

「ああ……っ！　……ごめんね」

レイに認めさせる事が出来なかったと落胆したアメリアに、彼は苦笑して弓を元の持ち主に返しつつ、言った。

「このくらいで落ち込むな。誤差の範囲だ」

「でも……」

「この街は風の通り道でな。時々風向きが変わる事がある。俺はそれを知っていて、お前はそれを知らなかった。ただそれだけの違いだ。ここまで大差が無いんだから、どちらも良い弓だという事で良いだろう」

アメリアは微笑んで頷くと、店主に丁寧に礼を言って短弓を返し、改めて遠く離れた的を見返した。

「レイも弓の扱いが上手だね」

「俺は戦場に立つからな。武器は一通り扱えるが……お前はどうしてだ？」

武具の神とはいえ、必ずしも扱いに長けるという訳ではないだろうと、レイは思った。有能な鍛冶職人が創り上げたどんなに素晴らしい逸品でも、必ずしも職人自身がそれを最も巧みに使いこなせるわけでは無いのと、同じようなものだ。

「私は父様に習ったの。母様を早くに亡くしたから父様が一人で育ててくれたんだけど、生活に必要な技術は父様に教えて貰ったんだよ。だから畑仕事も良くしたし、一緒に狩りにも行ったの。生き物の命を絶つ時は、無駄に苦しめないように、一撃で仕留めてあげられるように技を磨けって言うのが父様の教えだった」

「だから、ここまで腕が良いのか」

レイは素直に感心した。アメリアの弓の腕前は一朝一夕で身につけられるものではない。父の教えと、彼女自身の努力の結果だという事が分かる。

アメリアは嬉しそうに微笑んだ。

「弓が良かったからだよ。それに父様が丁寧に教えてくれたからだね。私は野山を走り回ったり、土に触れていたりする方が、性に合うんだよね」

「……じゃあ、今度は俺と狩りに行くか？」

「良いの⁉」

「ああ。俺も嫌いじゃない」

「ありがとう！　今日のレイ、凄く優しいね！　どうしたの⁉」

「俺はいつも優しいだろうが」

レイは苦笑してアメリアを連れて出て行ったが、後に続くヴィシャス達はもう顔の色を失っていた。長らく彼に仕えている彼らは、当然ながらレイの狩猟に付き合わされた事もある。

レイの狙う獲物は、神界でも狂暴極まりない獣だとか、神々でさえも噛み千切る怪物だとか、同行する者達が生きた心地のしない大物ばかりだからだ。そして、アメリアはそれを喜ぶような気がした。

とんでもない妻を迎えたと、ヴィシャス達は心から思った。

街を散策している内に昼過ぎになり、アメリアはレイに連れられて、一軒の食堂に入った。

店内は混みあっていて満席だったが、レイの姿を見た店主が即座にやって来て、他の客を帰してでもすぐに席を用意すると申し出た。しかし彼は表情を曇らせて、それを制した。

「そこまでしなくて良い。また来る」

「お、お待ちください！　ただいまっ、ただいまお席を……っ！」

領主であるレイを追い返すなどとんでもない事だと、店主は真っ青になり、それを見た店員達も慌て始めた。

傍にいたアメリアは、店主達を宥《なだ》めている彼を見上げて、問いかけた。

「レイ、すぐに何か食べたいの？」

「いや。ここの食事は結構旨いから、お前に食べさせてやろうかと思っただけだ」

神族は基本的に食事による栄養摂取を殆ど必要としない。余程体力が落ちていたり、傷を負って肉体の修復に力を要したりする時などは、積極的に摂取する。ただそれ以外でも、朝昼夕と食事を取る者がいるのは、楽しみの一環と言う意味合いが強い。

アメリアも美味しい食べ物は大歓迎だったので、レイの申し出に心が弾んだ。

「じゃあ、ちょっと待っていようよ。少しすればどこか席が空くよ」

レイは軽く目を見張った。あの宮殿出の女達は贅沢な暮らしに慣れているせいか、他人が自分の為に融通を利かせるのが当たり前、という態度の者も多かったからだ。無論、店でも上席でなければ納得しなかった。

だが、これを聞いていた店主はいっそう青ざめた。

「と、とんでもありません！　レイ様にお待ち頂く訳には参りませんっ！」

「あ……そっか。じゃあ、レイだけでも先に……」

考えてみればレイは常闇《とこやみ》の城の主であり、尚且つこの界隈《かいわい》の領主である。自分のようにどこででも食べられるような類の男ではない。反省したアメリアだが、レイは彼女の言葉を遮った。

「外の席はまだ空いているか？　さっき、外から客が席を立つのが見えたんだが」

「え……っは、はい……ですが、レイ様にそのようなお席など……っ！」

「俺は構わないし、部下も問題ない。アメリア、嫌か？」

視線を向けられ、アメリアはその手があったのかと機転を利かせた彼に感心して、笑顔を向けた。

「平気だよ。その辺の地面に座って食べても良い」

「いや、それは止せよ」

本当にやるような気がして、レイは苦笑しながら店主を促した。


そして、レイとアメリアが同じ机に着き、周囲をヴィシャス達が占拠した。店先のテラスに備え付けられた席の前は小さな庭園になっており、木々も幾つか植えられてはいたが、その向こうは広い道で、若干他者の目もある。

だが、アメリアは全く気にした様子も無く、運ばれてきた料理に舌鼓を打った。

「本当に美味しい！」

「だろう？　味付けは繊細な方じゃないが、食べごたえがあるからな」

そう言いながら、レイは分厚いサンドイッチを素手で持ち、齧《かじ》り付いている。

街中の食堂とあって、沢山のナイフとフォークを使うような上品な食べ物は殆ど無い。二人の前に置かれた皿の上にも、手軽で、尚且つ程よく腹を満たす品が並んでいた。

アメリアは無論平気だったし、むしろそちらの方がありがたいのだが、食事の所作が完璧であるレイが平然と素手で食事をしているのには、驚きを隠せなかった。

「でも、ちょっと意外だった」

「なにがだ？」

「お城で食事をしている時、凄く上品な食べ方をするのに、こういうのも平気なんだね」

「別に。あんなものは慣れだし、場に応じた食事の仕方がある。それに、俺は狩りをすると言っただろう？　獲物はその場で捌《さば》いて、焼いたものを齧るのが一番美味い」

大変な美貌の主であるにも関わらず、かなり野性的である。

だが、アメリアは目を輝かせて同調した。

「あ、分かる！　私も父様と猪とか熊とかよく獲ったんだけど、やっぱり焼くのが一番美味しい。ちょっと塩味をきかせると良いよね！」

傍らで聞いているヴィシャス達は、とんでもない話題で盛り上がる二人に頭痛を覚えつつ、食事を進めている。長くレイに仕えている彼らは主君の別の一面にも驚きはしないが、アメリアは知れば知る程、驚愕の存在だ。

ただ、レイは野蛮な女だと思うどころか、面白そうに笑った。

「兎か狐程度の小動物かと思ったが、熊かよ」

「毛皮が高く売れるし、住んでいた家の周りには良く出たから」

「中々逞《たくま》しいな。熊が出るような場所に住んでいたのか？」

「うん。昔は街中に住んでいて、他の子達と同じように普通に学校にも通っていたんだけど、父様が山奥に家を買ったから、そこに移って二人で一緒に暮らしていたの。時々、街に山や畑で採れた物を売りに行ったり、必要な品を買いに行ったりする以外は、殆ど街には行かなくなっちゃった」

「不満は無かったのか？　不便な暮らしになっただろうに」

「初めは戸惑ったけど、父様がどっしり構えていてくれたから安心だったよ。父様が亡くなるまで沢山の事を教えてもらえたから、不満なんて無い」

　アメリアはそう言って微笑んで、スープに舌鼓を打ったが、彼女を見返していたレイは食事の手を止めた。

「お前の父親は何故亡くなったんだ？」

　アメリアもまた手が止まり、そして寂しげな笑みを零《こぼ》した。

「戦死したの。亡骸も返ってこなかった」

「……悪い。聞くべきじゃなかったな」

「ううん、良いの。もう随分前の事だし、戦に出る以上、そうなる事も覚悟はしていたから」

「…………………」

「山で獲れた物を売っても、そこまで大きな額にはならないから、時々父様は傭兵として、戦場に出ていたんだ。父様も私と同じ下級神だったから、上級神に仕えられるほどの身分でも無かったし、納税するお金を稼ぐのが精一杯。そして、大きな戦に出て、戦死したという知らせを貰ったの」

「……お前はそれからどうした？」

「しばらく一人で暮らしていたよ。生活の知恵は全部父様から教わっていたし、大きく困る事は無かった。でも、エイリーン様の使者が来て、宮殿に入れられたの。父様はエイリーン様の戦で命を落としたらしくって、孤児を引き取るようにしているって言われたかな」

アメリアは下級神であり、エイリーンに逆らえば命は無い事は自明の理である。

唐突な申し出にも、彼女が断れなかった事はレイも推察できた。エイリーンが孤児を集め、篭絡して、自分の手駒として扱っている事も彼は知っていた。

アメリアもその一人だったのだろうが、レイは困惑した。

「聞く限り、お前は宮殿で随分破天荒だったようだ。良く追い出されなかったな」

「本当だよ。そう何度も願ったし、実際逃げたのに、連れ戻されてばかりだった」

アメリア自身、大変心外らしい。

「……やはり妙だな」

「なにが？」

「お前が居た宮殿が、通称で『花園』と言われている事は知っているか。男にしてみれば垂涎《すいぜん》ものの女の園だ」

そう教えてやると、アメリアは本気で怒り出した。

「なにそれ。あれのどこが花園⁉　化粧と香水の匂いが臭くて、聞こえてくるのはお世辞か自慢か、誰かの悪口で、毒の園でしかないよ！」

「俺に怒るなよ。外部からはそう見られているんだ。着飾った美しい女達ばかりだからな。だが、そこで一番求められるのは、美貌と知性、そしてエイリーンにどれだけ従順であるかだそうだ」

アメリアはぽりぽりと頬を掻き、お世辞にも自分に一切該当しない事を理解した。

「ええと……それで私は何故追い出されなかったんだろう？」

「だから妙だと言っている。お陰でこっちは調子が狂いっぱなしだ」

「そうなの？」

不思議そうなアメリアに、レイは苦笑しつつも、更に言った。

「今考えられるとしたら、お前の『武具』の神力を見込んだのかも知れない」

「別にこの力なんて無くても困るものでは無いし、私は下級神に過ぎないのに？」

「だが、戦を度々起こすような神族にとっては抱え込んでおきたい種の力だ。お前の父親が街を出て、二人で山奥に住み始めたと言ったな？」

「うん、そうだよ。いきなりだった」

「お前の『武具』の神力を秘める為だったのかもしれないな。お前はまだ年若いし、神族同士の争奪戦に巻き込まれたら、一たまりも無い」

言われて、アメリアは息を呑み、彼の推測が誤っていない事を確信した。

「……父様は、私が初めて作った甲冑を大切に身に着けてくれたけれど、外套や衣の下に秘めて、表には出そうとしていなかった。きっと心配してくれていたんだね……」

「まあ推測に過ぎないがな。だが、そうだとしても、さぞ宮殿では扱い難かっただろうな」

アメリアを宮殿に入れたきりエイリーンが放っておいたのは、そのせいだろうかとさえ思われる程、彼女は今までの女達と違い過ぎた。

「有難迷惑な話だね……強引に連れてきておいて、宮殿に閉じ込めて放置だもの。何を考えていたんだろう」

「俺にも分からん」

少なくともアメリアの前の花嫁までは、エイリーンの目論見は見え透いていた。結婚式に部下達を派遣して、己の術のかかった短剣で刺させようとするのも、最早お決まりである。

だが、アメリアに関してだけは、レイはエイリーンの真意を見出せずにいる。

それでも別に苛立つ必要は、何もないはずだった。彼の元に残ったのはアメリアただ一人であるし、彼女自身は下級神であり、神力は己に遠く及ばない。彼女を送り込んで来たエイリーンの真意が何であれ困らないはずだったが、何故か焦りがこみ上げる。

レイは舌打ちすると、残りのサンドイッチを口に放り込んだ。

「お前を俺に嫁がせた理由が、何かあるはずだ」

「皆が嫌がったからとか？　あ……ごめんね」

つい言ってしまって、アメリアは慌てたが、視線で先を促されたので、言い難い事ながらも告げた。

「貴方の所に嫁いだ花嫁は、消息を絶つ事が多いって噂を聞いた。生きて逃げ帰って来た花嫁も、気が狂っていたり、貴方に弄《もてあそ》ばれたって泣いて訴えたりしたとか。だから、貴方の元に嫁ぐのは嫌だって言っていたよ」

自分の悪評を聞いても、レイは冷笑を浮かべた程度で、気に障った様子もなかった。

「俺としては丁重にもてなしてやったつもりなんだがな。お気に召さなかったらしい」

「まあ、感じ方はそれぞれ違うから、仕方がないね」

自分はこんなに平和で、自由を謳歌しているのに、不思議なものだとアメリアは思う。

あっさりと言い切った彼女に、レイは呻《うめ》いた。相変わらず調子を狂わせる妻だ。

「お前は、そこまで聞いていて、何で俺に嫁いで来た」

「え。だって所詮噂でしょう。私が実際にそんな目に遭った訳でもないし、皆が好き勝手な事を言うのはいつもの事だもの。それに宮殿を出るには婚姻しか無いというのは事実だったし、私みたいな女を娶るなんて奇怪な神族、滅多に現れないと思って。あのまま、あんな窮屈な宮殿にずっと居る方がよっぽど悪夢だ！」

　アメリアが唯一嫌がるのは離縁である。それは前々から一貫して彼女が主張している事で、レイも失笑せざるを得なかった。

「ただ、エイリーンが、消去法で俺の元に送り込む花嫁を決めているとは思えない」

「そうなの？」

「ああ。だが、それを探るのは俺の仕事だ。お前は気にしないで、俺に抱かれていれば良い」

　食後の珈琲を飲みかけていたアメリアは、突然の話題転換に思わず吹き出しかけて、真っ赤になってレイを睨みつけた。

「い、一か月に一度！」

「勝手に決めるな。飲んだら行くぞ」

　澄ました顔で自分の珈琲を飲むレイは、いっそ憎らしい程、冷静だった。

　食事を終えて、午後も街を散策して回ったが、かなり広い街で、全て見て回る前に日暮れになった。赤く染まった空を見つめていたレイは、アメリアに帰城を促した。

「アメリア、そろそろ帰るぞ」

「もう⁉」

大変名残惜しいアメリアだったが、レイは微笑んで言った。

「明日も連れて来てやるから、渋るな」

「え……っい、良いの……？」

「どうせ今は暇だからな」

アメリアは明日も来られると喜んで頷き、警護の為に周囲に散っていた彼の部下達が集まるのを待った。その際、レイの傍らに立っていたヴィシャスは、問いかけずにはいられなかった。

「恐れながらレイ様……今、暇とおっしゃいましたか？」

「何とかなるだろ」

一蹴する彼に、ヴィシャスは泣き出しそうな顔になった。

そんな彼らの水面下の攻防に、アメリアは気付かなかった。

待っている間も街の往来に目を向けて、風景を楽しんでいたからだ。そして何の気なしに街の一角に視線を向け、遠く離れた建物と建物の間を横切った者に目を奪われた。

（え……っ？）

アメリアは思わず目を疑い、だが見えたのは一瞬の事で、その者の姿はもう見えなくなっていた。

それでも確かめたくなったが、レイに声をかけられた。

「帰るぞ、アメリア。明日も来るんだから、良いだろ」

「あ……うん……」

きっと見間違いだ。自分の諦めきれない願望が、垣間見せてしまった幻影だろう。

アメリアは必死で自分にそう言い聞かせた。


城に戻ったレイは、彼の帰りを待っていた部下達に早々に囲まれた。全員の目が血走っていたものだからレイも無視ができず、アメリアを侍女達に任せると、仕事に戻らざるを得なかった。

ようやく彼が仕事を終えた頃には深夜になっていて、アメリアの寝室を訪れると、彼女は静かな寝息をたてて、一人で眠っていた。

「抱き損ねたな」

レイは残念がりつつも、上着を椅子の上に脱ぎ捨てて彼女の隣に滑り込むと、抱き寄せた。

柔らかな感触と共にアメリアの僅かな甘い匂いが香って来て、滾《たぎ》りそうになり、自制する。

義務的に抱いてきた花嫁達と、アメリアが一線を画している事を、レイも自覚していた。

アメリアがあまりに奇抜過ぎるのか、それともエイリーンの手先としての本性を全く見せる兆しがないからなのか。彼女に溺れる事は危ういと分かっていた。エイリーンが彼女を送り込んだ目的が分からないから尚更だ。それでも彼女を抱き締める腕がもう離せずにいる。

（……孤児か……）

昼間に聞いたアメリアの話が事実であれば、彼女の父親は大切にアメリアを守り育てたのだろう。

そして、アメリア自身も懸命に生きて来た。上級神達は仕える主を得やすく、その庇護を受けられるが、彼女のような下級神の多くは納税し、ひっそりと暮らすしかない者が多い。

形だけでも自分の妻でいる事は、彼女にとって大きな意味を持つはずだ。

（行く当てがないなら……お前は、俺の元に居れば良い）

レイはそう思い、深い眠りに落ちて行った。


アメリアの朝は、相変わらず早い。

その日もいつも通りに目が覚めて、起きられるはずだった。だが、またしても男の身体が眼前に飛び込んできて硬直し、顔を上げてみれば、レイが静かに眠っていた。

レイは衣服こそ身に着けていたが、逞しい腕はアメリアの身体に絡みつき、離れる気配が無い。雷雨に怯えたアメリアを気遣って一緒に寝てくれていた朝と体勢は似ていたが、前よりも拘束が強い気がした。

だからと言って抱き締められるままでいたら、自分の動揺はいっそう激しくなるだけで、レイを起こす事を覚悟の上で抜け出そうと、試みるしかなかった。

だが、レイの腕を引き剥がそうとすれば力は増し、身を捩《よじ》ってみれば足を絡めとられる。逃げれば逃げるほど拘束が強くなり、アメリアが四苦八苦している内に、彼が起きてしまった。

「……なに……してる……どこに……行くんだよ」

レイに珍しく、口調がたどたどしい。朦朧とした顔は、完全に寝惚けているのが見て取れる。

アメリアは起こしてしまった事に申し訳なく感じつつも、懸命に訴えた。

「朝、だからっ！」

「……ああ……そうか」

それがどうしたと言わんばかりに、また抱き直して眠りに落ちて行こうとするレイに、アメリアは半泣きになった。

心臓が煩《うるさ》い。絡みつくレイの逞しい腕を何故か妙に意識してしまうのは、彼に抱かれたせいだろうか。頬が勝手に赤く染まっていきそうになるのが分かり、激しく動揺した。レイが目を閉じていてくれて良かったと心から思いつつ、必死で冷静さを取り戻すと更に主張した。

「私、起きるから……離して！」

「…………」

「レイ！」

また眠り始めていた彼の名を呼ぶと、渋々と言った様子でレイは薄目を開けて、アメリアの額に軽く優しいキスを落とした。

「……嫌だ。お前は……俺のものだ……誰が離すか」

レイが寝惚けているのは、アメリアは百も承知だった。だが、普段は全く隙の無い男が、いつになく甘えた声で囁いてくるのは、反則では無いだろうか。

アメリアが固まっているのを同意と受け取ったのか、レイはまたしても眠りに落ちてしまった。

本当に寝起きの悪い男である。

（……どうして……そういう事言うかな……）

女の扱いに長けているレイだ。口説き文句の一つや甘い言葉など、彼には容易い事だろう。そうと分かっていても、抗いがたい魅力がある。適度な距離を保ち、干渉しない夫婦である約束なのに、それを越えたいと思いそうになる自分を、アメリアは叱咤した。

ただ、どんなに自制しても、レイの腕から抜け出すのは不可能という事は明らかで、アメリアは城に来て初めて寝坊をする事になった。

目が覚めたらレイに抗議をしようと決めて、二度寝をしてしまったアメリアだったが、次に起きた時には、その思惑は早々に外れてしまった。

貪るような熱烈な口付けによって、強制的に起こされたからだ。

「ん……！　んん……ぅっ⁉」

アメリアが目を開けた瞬間、一層キスは深くなり、舌を絡めとられる。いつの間にかレイに覆いかぶさられ、自由が無い。アメリアの唇を十分に堪能して、ようやく離したレイはすっかり目を覚ましていて、くすくすと笑ってみせた。

「ああ、もう起きたのか。抱きながら起こしてやろうと思っていたんだが」

「レイ……！　な、何するの！」

「昨夜抱き損ねたから、その分を貰おうと思ってな」

妖艶な笑みを浮かべ、レイはアメリアの細首を我が物顔で撫で、ぺろりと唇を舐めた。

寝惚けていたレイの方が遥かに可愛いものだと、アメリアは思った。

なんだか獣に喰われる寸前の、追い詰められた獲物の気分だ。

「ま、ま、待って！　今、朝だよね⁉」

「それがどうした」

押しのけようとするアメリアの腕を掴んで寝台に縫い付け、レイは首筋に愛撫を落とし始める。

これは不味い。先程とは違う意味で不味い。

「今日も街に連れて行ってくれるって……約束したはずだよ！」

「俺に抱かれた後だ」

「そんなの聞いてな……っぁ！」

首筋を舐め上げられ、身体が反応してびくりと震える。それを見て、レイが目を細めた。

「前よりも敏感になったな」

「言わな……いでっ」

真っ赤になって半泣きで睨んでくるアメリアに、レイは息を呑む。

男を煽るだけだと言うのに、彼女はまるで分かっていない。

一度で済むかなと、彼はアメリアにとって洒落にならない事を考えた。

そんな時である。

寝室の扉が勝手に開かれて、ぬうっと姿を見せたモノがいた。レイがアメリアを押し倒している光景をものともせずに堂々と入って来ると、寝台の上に軽々と飛び乗った。

「……げ」

品の無い声を漏らしたのはレイであり、アメリアもその生き物に気付いて、目を丸くした。

「お、狼……？」

寝台に飛び乗って来たのは、漆黒の艶やかな美しい毛並みと瑠璃色の瞳を持つ、大きな狼だった。

何故こんな所に狼などいるのだとアメリアは驚いたが、狼は襲ってくる様子も無く、粛然としている。高い知性を感じさせる狼は、醒めた目をしてレイを見返し、何か言わんばかりである。

レイは苦い顔をしながら、身体を起こし、

「……分かったよ」

と言って、アメリアの上から退いた。

ようやく起き上がる事が出来たアメリアだが、衣服を整える事も忘れ、狼に釘付けである。

それを見て、レイが服を整えながら言った。

「怯えなくていい。そいつは……賢いから、襲ったりはしない」

「そ、そう……」

一安心すべきなのだろうが、今度はじっと自分を見返してきたから、アメリアは何だか落ち着かない。だが、レイが支度を終えて寝台から降りると、狼はアメリアに興味が失せたのか、後に続くように飛び降りた。

「侍女を呼ぶからここにいろ。支度が終わったら食堂に行くぞ。隣で待ってる」

そう言って隣室へ消えていくレイの後を、狼も当然のように付いて行った。


アメリアが着替えを済ませて、レイに連れられて食堂に行くと、ロウファが待っていた。

レイの傍らをぴったりと付いて歩いていた狼はロウファの姿を見ると、今度は彼の元へと歩み寄って、足元に座った。

「やあ、お帰りなさい」

ロウファは狼にそう声をかけ、近くまでやってきたアメリアとレイに微笑んだ。

「アメリアは早起きだと聞いていたんだが、今日は珍しく寝坊かな？」

「う、うん。まあ……」

アメリアは曖昧に笑って誤魔化すしかないが、レイはやはり平然としたものだ。

「今度は何の用だ。お前、領地に戻ったばかりだろう」

「ええ、またすぐに帰りますよ。兄上の邪魔はしませんから、ご安心ください」

「……別に」

苦い顔をしたレイに、ロウファは苦笑しつつ、狼を見やった。

「彼女を連れて来たんです。しばらく兄上の傍に居たいようですので」

「おい、待て。何の冗談だ」

レイが顔色を変えて弟に抗議すると、狼が顔を上げて唸り声を上げた。レイは一層渋い顔をしたが、そのまま押し黙った。

微妙な空気が流れる三者に、アメリアは目を瞬いた。

「その子、ロウファの狼だったの？」

「え？　あ……ああ、うん。まあその子って言う程の年じゃ無いんだけど……いや、十分お若いです！」

今度はロウファが唸られて、彼は冷や汗を滲ませる。

「えーと……いつもは私の城で一緒に暮らしているんだけど、兄上の事も大好きだから、時々こうして連れてきているんだよ。兄上の傍にしばらく居たいようだから、預かって貰いに来たんだ」

「そうだったんだ。とても賢い狼だって、レイから聞いたよ」

「ああ。悪知恵も良く働……いえ、賢くていらっしゃいます！」

ロウファの挙動が若干おかしい。レイも不貞腐れた顔で黙り込んでいて、どうやら兄弟はこの狼がちょっと苦手らしいと、アメリアは理解した。

そして、驚くべき事に、狼は明らかに兄弟の言葉を理解しているようだった。

「言葉が分かるみたいだね」

「そうなんだよ。少し特殊な狼だけど……頼りになるからね」

ロウファはそう言って微笑み、苦虫を噛み潰した顔をしているレイに告げた。

「では、兄上宜しくお願いします！」

「お前………」

レイは弟を軽く睨んだが、それ以上は何も言わなかった。


ロウファはレイの元に預けていったはずだが、狼が付いて回ったのはアメリアだった。

山で暮らしていたアメリアは狼の狂暴性も知っているので、初めは緊張せざるを得なかったが、レイもロウファも賢いから問題ないと口を揃えていた通り、とても大人しい雌狼だった。

城の者達も狼の事は知っているらしく、誰一人として怯える様子も無く、むしろ気を遣ってさえいて、彼らにとって馴染み深い存在である事が分かる。

出かける支度を整えてレイの元に行ったアメリアに、狼もぴったりと歩調を合わせて付いてくる。

それを見たレイは嘆息した。

「なんだよ、一緒に行く気か」

「ずっと私の後を付いて来てくれるの。賢い子だね」

「………まあな」

「名前は何て言うの？」

「あー……ティディだ」

「そうなんだ。綺麗な名前だね」

アメリアが狼に視線を落とすと、瑠璃色の瞳が自分を見返している事に気付く。ずっと見られていたらしく、何だか気恥ずかしい。身を屈めて狼と視線を合わせると、声をかけた。

「私は、アメリア。宜しくね」

微笑みかけたアメリアに、狼は見つめ返すだけだったが、唸り声を上げる事も無かった。


レイに連れられて、ヴィシャス達と共に昨日と同じ街へと出向いたアメリアだったが、視線は店では無く、道へと向いた。見間違いだと自分に言い聞かせて期待しないようにしながらも、どうしても気になって仕方が無かったからだ。

ヴィシャス達は、アメリアが好奇心旺盛だと知っていたので、彼女がきょろきょろと見回すのも気にしていなかったが、レイはその微妙な違いに気付いた。

「何を探しているんだ？」

「え……っいや、別に……何でもないよ」

アメリアは曖昧に笑って誤魔化した。レイは怪訝そうな顔をしたが、深くは訊ねなかった。

大勢の神々が街へと繰り出して賑わってはいたが、アメリアが探し求めている者の姿は無く、項垂《うなだ》れた。

レイは店が多く出ている大通りを中心に進んでいるから、裏道には足を向けない。もしかしたら、そちらを探した方が良いのかもしれないが、裏道へ行きたいと言う適当な理由も見つからない。

まだ推測の域も出ていないし、空振りである可能性が高いと言うのに、多忙にも関わらず時間を割いてくれているレイを連れ回すのは気が引けた。夫を振り回すなど、良妻にあるまじきことだ。

だから思い切って、アメリアは彼に提案した。

「レイ、私、少し別行動しても良い？」

「どこに行く気だ」

「ちょっと自分で好きに見て回りたいの」

アメリアの自由行動を認めたのはレイ自身であるので、彼も強くは引き留められない。

「……好きにしろ。ヴィシャス達は護衛に連れて行け」

「え……あ、うん」

出来れば付き添いは無い方が良いが、レイが譲らない様子であったので、アメリアは頷いた。

レイは連絡役に数人だけ自分の元に残すと、ヴィシャス達を彼女に同行させ、別れた。

当然のように彼女に付いていく狼の後姿を見送り、レイは忌々し気に言った。

「……何だよ。ロウファは連れ回しただろうが」

レイがアメリアの散策を黙認した結果、彼女は弟と四六時中、行動を共にしていた。それに対し、レイと一緒に行動したのは一日だけで、次の日には彼女は早速、別行動を取りたがったのだ。

アメリアの夫は自分だというのに、またそれさえも忘れているんじゃ無いだろうか。

そう考えると苛立ちが止まらず、レイは懸命に自制するしかなかった。

だが当のアメリアは、護衛どころか狼も眼中にない。裏道へ入ると四方八方を足早に歩き回るので、ヴィシャス達もたまらない。

「ま、待ってください！　何を探しているんですかっ⁉」

「うん、ちょっと」

アメリアの返答は既に上の空だ。狼は音を上げる護衛達を冷ややかに見ながらも、アメリアの傍をぴったりと付いて離れない。そして一時間程、街中を歩き回り、アメリアも疲れて大通りに戻ると汗を拭って立ち止まった。

（……やっぱり……見間違いだよね）

小さく溜め息をつき、そして完全にへばっているヴィシャス達を見返して、申し訳なくなった。

縦横無尽に歩き回ればいい自分とは違い、見失わないように後を追いつつ周囲を警戒しなければならない彼らの疲労度は、相当のものだろう。

「ご、ごめんね。少し休もう」

「そうして頂けると……ありがたいです」

大人しくしてくれと言わんばかりのヴィシャスに、アメリアは頷いて、ふと近くに武器屋があるのが見えたので、足が向いた。

またですかと言わんばかりに身構える彼らに、

「皆はここで休憩していて。あそこの店を見てくるだけだから」

と、店を指さした。

すぐ傍の目に入る範囲であったので、ヴィシャス達も納得して、アメリアを見送った。

アメリアの後に続けたのは、狼だけだった。

店の軒先にずらりと並べられていた武具類は秀逸で、アメリアの沈みがちだった心を慰めた。

しゃがんで剣を見つめていると狼が隣に座ったので、アメリアは微笑みかけた。

「見て。綺麗でしょう？　これを作った人は、とても腕が良いよ。丁寧に作り込んである」

話せなくても、言葉を理解はしているという狼に話しかける。狼は瑠璃色の瞳でアメリアを見返し、そして、剣を見つめた。

やはり言われている事が分かっているらしいと、アメリアが思っていると、店の奥から出てきた青年から声をかけられた。

「やあ、いらっしゃい。君みたいな可愛い子が、武器を熱心に見るなんて珍しいね」

自分は別に可愛くもなんともないのだが、商売人ならば世辞の一つも言うものなのだろうと、アメリアは受け流す。

「あ……ごめんなさい。店先で座り込んでしまって、邪魔でしたか？」

「いやいや。とんでもない。僕の店が華やぐから大歓迎だよ、お嬢さん」

どうやら、この青年は店主らしい。懐っこい男らしく、武器について色々と説明してくれたが、武具の神であるアメリアにとっては、どれも聞き馴染みのある話だった。ただ、気を遣って貰っているのが分かったので、相槌を打ちながら話を聞いた。

一方、それを遠目で見ていたヴィシャス達は、あまり面白くない。

主君の妻に何とも馴れ馴れしいと思う一方で、アメリアも楽しそうに話を聞いているようなので、口出しもし難い。彼女の傍らにいる狼が、醒めた目で店主を見てはいたが、怒りを向ける事も無かったから、彼らも静観する事にした。

だが、店主に続いて店の奥から現れた大男に、アメリアは目を奪われた。

アメリアが大きく見上げる必要がある程の巨漢であり、刈り上げた金茶色の短髪に、黒茶色の瞳だ。顔は角ばっていて、口周りや顎には髭《ひげ》をたくわえている。最も目を引くのは、右の目尻にある大きな傷だった。彼は店先にいる店主やアメリアに注意を払う訳でもなく、店先の陳列台の前に屈むと、抱えていた数本の剣を黙って並べ始めた。

アメリアは最早店主の話など頭に入らなくなった。男を食い入るように見つめ、脇目も振らずに大男へ抱き着きたくなった。

（父様……！）

叫びかけたアメリアだったが、店主が彼女の視線に気付いて男に目を向け、のんびりと言った。

「ああ、ルイズ。気を付けて扱ってくれよ、お前は結構な怪力だからな」

ルイズと呼ばれた男は、顔を上げて「おう」とだけ店主に短く応じると、すぐに仕事に戻ってしまう。アメリアにも気付いているはずだというのに、目もくれない。

アメリアは泣き出したくなるのを懸命に堪え、店主に男の事を訊ねた。

「今の人……ルイズって言うんですか……?」

「え？　ああ、そうだよ。うちの店で働いてくれているんだ。鍛冶の腕も抜群でね、店先に並んでいる品の大半があいつの作品だよ」

アメリアは再び剣に目を落とし、震える手で触れた。そして、とっくに失われたはずの父の神気を感じ、涙を懸命に堪えた。間違いない。あの男は戦死したはずの自分の父親だ。

でも、父はルイズなどという名前ではないし、娘の自分を見ても、何も反応してくれない。哀しくて胸がつぶれるような思いになったが、今は聞く事しか出来ない。

「ずっとここで働いているんですか？」

「そうだね。腕の良い職人だって紹介して貰って、それからずっと住み込みで働いてくれているよ」

「家族は……？」

「さあ？　出自は良く知らないんだよ。紹介してくれた方も教えてくれなかった」

「……それでよく雇い入れましたね」

「まあその方は、うちを贔屓《ひいき》にしてくれているし、断れないよ。それにルイズは記憶を全部失っているみたいだから、聞いても何も分からないしね」

「記憶が……無い？」

「そうなんだ。生活に必要な最低限の事は教わったのか、辛うじて覚えていたのか出来ていたけど、自分がどこの何者かなんて一切覚えていない。身体に傷を残しているくらいだから、危ない事でもしたのかもね」

　神族の身体は修復能力が高く、深手を負っても傷跡を残さない。傷跡が残るという事は、肉体はおろか、神族の生命力の源とも言える魂をよほど傷つけるような事をした時くらいだ。

　そうした時に負った傷は中々治らない。

　アメリアは父親の顔に見覚えの無い傷を見て、胸を痛めた。

　父はエイリーンの軍の一員として戦地に赴いた。その時に戦場で受けた手酷い傷で、記憶を失ったのだろう。ただ、それならばエイリーンの軍の庇護下に置かれるはずであるのに、どうして父がレイの領内にいるのかが分からない。

困惑していると、店主が表情を明るくして訊ねた。

「ルイズが気になるのかい。もしかして知り合い？」

「え……その……」

何と答えたら良いか困っている間に、気の早い店主は弾んだ声で、男を呼んだ。

「ルイズ、ちょっと来いよ！」

呼ばれた男は身体を起こした。そして、迷惑そうな顔をしながらやって来て、ぼそりと言った。

「何の用だ」

「こちらのお嬢さんが、知り合いじゃないかって言ってるんだよ。見覚えがないか？」

ルイズがようやく、アメリアをじろりと見下ろした。アメリアは思い出してくれないかと一心に見つめたが、男の態度は何一つ変わらず、他人を見る目そのものだった。

「知らんな」

あっさりと言い切って、用は済んだとばかりに、さっさと店の中に入って行ってしまう。

店主は落胆した顔をした。

「どうやら違うみたいだね。あ、気を悪くしないでくれよ。あいつは誰にでも不愛想なんだ」

「……そう……ですね」

アメリアの知る父と男は、あまりに違った。

父は剛毅《ごうき》な男であり、酒を愛し、酒席では他者との交流も楽しんでいた。父娘二人で山奥に暮らしてはいたが、街に出れば誰とでも気さくに話をした。巨漢で強面だが口数も多く、毎日が賑やかだったのだ。

性格まで変わってしまった父親の背を見つめ、それでもアメリアは駆け寄りたくなる。

だが、今貴方の娘ですと言ったところで、父の反応は目に見えているし、混乱させてしまうだろう。

俯《うつむ》くアメリアに、店主が慌てた。

「ごめんよ。何だか悪い事をしちゃったみたいだ」

口調は軽いが根は良い男で、心底申し訳なさそうにした店主だったが、痺れを切らしたヴィシャス達がやって来たのを見て、ぎょっとした。

ヴィシャスは、店主をじろりと睨みつけつつ声をかけた。

「アメリア様、そろそろ参りましょう」

その名に店主は目を丸くした。

「え……アメリア様って……あの……？」

「そうだ。レイ様の奥方様だ」

手を出すんじゃないと暗に牽制したヴィシャスに、店主は慌てて何度も頷いたが、アメリアはまだ男が消えた店の奥を見つめて、彼らの会話など耳に入っていない。

ヴィシャスにもう一度声をかけられて、ようやく我に返った。

「あ……うん、行こう。レイを待たせているものね」

「はい。さぞ、お怒りでしょう」

主君は不機嫌どころでは無いだろうと、ヴィシャスは確信している。

「そうだね……あの、また来ても良いですか？」

店主に声をかけると、彼は若干引きつった笑みを浮かべながらも頷いてくれたので、アメリアは安堵して、狼とヴィシャス達と共に立ち去った。

彼らが帰ると、大きく息を吐いた店主は、とっくに店の奥の工房に行ったと思ったルイズが戻って来たのを見て不思議がった。

「なんだ、どうした？」

「……チビ娘は」

「チビ娘？　ああ、今の娘なら連れが迎えに来て帰ったよ。なあ……お前にかかれば、皆チビに見えるんだろうけど、恐ろしい事を言うなよ」

「なにがだ」

「あの娘は、レイ様の新しい花嫁だぞ」

店主は市井の噂も、アメリアの名前も知っていた。

エイリーンが懲りもせずに、レイの元に送り込んで来たという、新しい花嫁だ。

どうせ今までのように、レイにあしらわれるだろうと思われたが、今も彼の元に留まっているという、謎の女である。

それだけではなく、領内の街を散策し、城下町ではレイの実弟であるロウファが彼女の傍に居る姿も、何度か目撃されていた。この街に至っては、驚くべきことにレイが自ら付き添っていて、その噂は昨日一日で、すっかり広がっていた。

ただ、店主もレイが同行していると聞いていたので、まさかその噂の花嫁が一人で店先に座り込んでいるとは思わなかった。しかもレイの姿はなく、一緒にいたのは漆黒の狼だった。狼がエイリーンの手先である花嫁に寄り添うはずがない事を、店主は知っていたので尚更驚いたのだ。

だが、ルイズは寡黙で、街の者達と一緒になって噂話に夢中になるような男でもないし、アメリアの事を知らないのだろうと、忠告がてら言ってやったのだが、彼は黙り込んだままだ。

相変わらず何を考えているか分からないと思いつつ、彼の手にあるものを見て困惑した。

「なんで、林檎《りんご》なんて持ってきたんだよ」

ルイズの居場所にもなっている店の奥の工房に行ったと思いきや、彼は林檎を持ってきていた。

神界では初冬になると林檎が沢山収穫されて、街の露店等によく出回るが、この男は林檎が大好物らしく、一年を通して林檎を買い求めていた。今手にあるのも、秋に採れる林檎で、初冬の物の倍の値段がするものだが、買い置きしてあったらしい。

それにしても巨漢である為か、手中の大きな林檎が小さな玉に見える。

「……別に。何となくだ」

そう答えて、ルイズは林檎を大きく齧り咀嚼しながら、今度こそ工房に入って行った。

彼を見送った店主は唸った。

アメリアはあの男が自分の顔見知りではないかと思っていたようだが、どういう関係だったのかは謎だ。彼女は縋《すが》る様な目でルイズを見上げていたから、近しい関係だったのかもしれない。

昔の恋人か、はたまた知古の仲なのか。

だが、無口で不愛想の癖にやる事は妙に豪快な巨漢と、細身で美しく艶やかな髪を持つ麗人は、似ても似つかない。あの二人に血縁関係は無いだろうな、ありえないと、店主は心から思った。

レイは街の入り口にある茶屋の店先で、長椅子に座り書類に目を落として待っていた。アメリアがヴィシャス達と狼を伴ってやって来るのを見ると、術を唱えて書類を消し、立ち上がった。

「満足したか？」

「あ……うん。ごめんね、お待たせ」

「……気が済んだなら帰るぞ」

まだ昼下がりであるが、レイの機嫌は悪い。長く待たせてしまったのだから、無理も無いとアメリアは思い頷いたが、それでも意を決し告げた。

「明日もここに来て良い？」

「……何か気になるものでもあるのか」

「うん、そうなの。貴方は忙しいだろうし、私一人で良いんだけど」

むしろそちらの方がありがたいと、アメリアは思った。

レイをまた長く待たせてしまうのも申し訳ないし、だからと言って、領主である彼をあの武具店に連れて行ったら、彼の妻だと言うのを知っただけで恐縮していた店主は、更に気を遣ってくるだろう。父の元に行き難くなってしまうのも困る。

明らかに彼女が同行を渋っているのをレイは感じ取り、勝手にしろと言いたくなったが、それもやはり気に食わない。そう告げれば、彼女は言葉通りに受け取るだろう。

この街は転移の術を一度使って移動しているから自分の城と一瞬で行き来が出来ているが、そうでなければ、徒歩で三日はかかる距離にある。もしも、この街を目指してアメリアが旅に出たら、往復する時間を加味すると、一週間は自分の元に帰って来ない。

短い思案の末、レイは決断した。

「送り迎えはしてやるから、後は好きにすればいい。俺は城に戻っている」

「ありがとう、レイ！」

喜色を露にした彼女の笑顔は、相変わらず可愛らしい。

益々渋い顔をしたレイだったが、じっと自分を見上げている狼に気付き、居心地の悪い思いをした。言わんとしている事が大体分かるから、彼は狼と目を合わさず、転移の術を発動させた。


その日の夜、アメリアは手早く食事と入浴を済ませ、寝る準備を整えながら、レイを待っていた。レイは城に戻ったら、やはりすぐに部下達に囲まれて、それ以来、顔を合わせないままだ。

実は昨夜も、アメリアはずっと彼が来るのを待っていた。以前、レイが毎晩抱くと言っていたからだ。そうする事で、抱かれるのを待ち望んでいたとレイに受け取られるのも恥ずかしく、むしろ彼の行為が激し過ぎて、翌日起き上がれなくなりそうなので怯むものがあり悩んだが、妻の務めだと強引に結論付けた。

ただ、レイは深夜になるまで仕事をしていたのか中々姿を見せず、気が付けば待ちきれずに眠ってしまっていた。朝になって目を覚ますとレイが一緒に寝ていたから驚いたのだが、行為に及ばれた形跡はなく、彼は自分を腕に抱いて眠っていただけらしい。

今夜はどうしようかと考えながらも、今、アメリアの心を占めているのは父親の事だった。

一人ぼんやりと窓辺に立ち、溜め息をつく。

記憶が無いと分かっていても知らないと一蹴されてしまったのは、やはり哀しい。剛毅で優しかった父に、一体何が起こったのだろう。

出陣の日、父は普段となんら変わらない様子で、いつものように『覚悟はしておいてくれ』と言い残して出て行った。

戦争に行くのだから、そう言われるのも仕方がない事だと、アメリアは自戒した。戦が終わり、父は生きて帰って来られたとしても、見知らぬ誰かは死んでいるのだ。父が殺した相手が、誰かのかけがえのない存在や家族であるかもしれない。だから、慰労金を貰い父の戦死を使者に淡々と告げられても、アメリアは涙を落とさず粛々と聞いた。

自分と同じ目に遭って来た者がいるだろうと思ったからだ。

そして一人になってから哀しみ、泣き続けて、やっとの事で父の死を受け入れたはずだった。

だが心の奥底では、実は受け止められていなかったのだと言う事を、今、痛感している。

「……どうして……こんな事になったんだろう……」

アメリアはぽつりと漏らし、重い気持ちが身体にのしかかり、その場に蹲《うずくま》った。

すると、また涙が勝手に溢《あふ》れてきて、とめどなく流れた。

父を失ってから、アメリアは懸命に生きて来た。

突然エイリーンの宮殿に放り込まれて、頭ごなしに押さえつけられ、反発しても力でねじ伏せられた。非力な下級神の定めとはいっても、抗いきれない自分が腹立たしく、何とか抜け出したいと思い続けた。

レイの元に嫁ぐ時、彼自身に多くの期待をしていなかった。

噂は真に受けなかったが、宮殿の者達と同じように押さえつけてくる男だったら、耐え難いだろうと、密かに悩んでもいた。

だから、自由を許してくれるレイは、優し過ぎるくらいの男だった。

レイの妻として幸福を感じてしまっているからこそ、父の喪失感が大きい。

昔の自分ならば、父が生きていた事だけでも飛び上がって喜んでいたはずなのに、何と贅沢になってしまったのだろう。

更に涙が零れて止まらなかったが、不意にぺろりと頬を舐めた感触に驚いて顔を上げ、ようやく漆黒の狼が傍らに座っていたのに気が付いた。

城に戻るなりレイに付いて行ったのに、いつの間にか戻って来てくれたらしい。

見返す狼の目は優しく、アメリアは泣き笑いの顔を浮かべて身体を撫でた。

「ありがとう、ティディ。貴女は……優しい子だね」

艶やかな漆黒の毛は触り心地が良く、美しい狼によく映える。瑠璃色の瞳は真っ直ぐに見返してきて、アメリアは涙を拭った。

「もう大丈夫だよ。泣いていても始まらないものね……まずは父様に会いに行って、顔だけでも覚えて貰わないと。そうしたら……いつか私を思い出してくれるかもしれない」

父は記憶を失ってしまったが、思い出す可能性だってあるはずだ。

絶望し、嘆き続けるよりも、前を向こう。

明日は朝から街に入り、許される限り父の傍にいるのだと心に決め、アメリアは寝台に向かった。

狼は黙ってそれを見ていたが、寝台に横たわったアメリアの後に続き、隣に寝転んだ。

「一緒に寝てくれるの？」

返答の代わりに、狼はきゅっと目を閉じてしまう。

アメリアは嬉しくなって微笑んで、狼の背にも毛布をかけてやると、目を閉じた。

アメリアが静かな寝息を立て始めた頃、狼は頭を上げ、寝室にやって来た男を鋭い眼で見返した。

その目は、最早冷たいどころではない。極寒である。

何をやっていると言わんばかりの狼に、レイは苦い顔をして、

「いや、そっちこそ、何を考えてるんだよ……」

と小声で返すと、寝台に座った。

すっかり寝入ってしまっているアメリアに溜め息をついたが、ふと彼女の涙の跡に気付き、息を呑んだ。アメリアは随分と泣いていたらしく、目元が赤くなっている。

「おい……今度は何で泣いた？」

抱いている時こそ、快楽のあまり涙を落としていたし、雷の時は尋常ではない怯え方をして泣いていたが、普段の彼女は明るく活発で、気高かった。

常闇の城の前で従者達に置き去りにされても、警護の兵達に結婚式を滅茶苦茶にされ、たった一人取り残されても、アメリアは凛としていた。自分に剣を向けられても怯える事は無く、冷徹に突き放しても動じなかった。

それ程強い彼女が、涙の痕を残すほど激しく感情を揺さぶられている。間違いなく今日一日で何かあったに違いなく、彼女に同行していたヴィシャス達の報告から思い当たる事があるとしたら、一つだけだ。

アメリアは目移りするはずの街の武具店には全く目もくれず、ずっと何かを探していて、一つの店

で足を止め、店の男と夢中で何か話していたという。

その男はレイも良く知る男だった。城にも出入りを許している、武具店の主だったからだ。

店主は陽気で懐っこい性格であり、口も上手く、当然ながら街の女にも人気がある。堅苦しいものを嫌うアメリアとは気が合うに違いなく、ヴィシャスが彼女にレイの元へ戻るように促すと、かなり渋られたとも聞いた。

挙句に、彼女は自分の同行を拒絶した。少しは心を開いてくれたかと思いきや、また新しい男だ。

アメリアの美貌を考えれば、無理も無い話だとは思ったが、レイは苛立ちが止まらない。

「俺のモノだと思い出させてやるか……」

唸るように呟き、そのまま寝台に乗ろうとしたが、狼がずいと進み出て前を遮り、唸り声を上げた。

「俺の妻だぞ、抱いて何が悪い。出てろよ」

唸り声は止まない。

レイは盛大な舌打ちを漏らした。

ただ、ティディが怒りを露にするのも、分からない訳では無かった。

アメリアにのめり込みそうになっている自分を牽制しているのであろうし、彼女が別の男に容易く心を揺らす様子も見ていたはずだ。そんな女に、ティディの宿敵とも言えるエイリーンの養女などに、何度も触れるなと言いたいのだろう。

「……言われなくても、分かってる……分かってるんだよ……」

レイはそう呟いて狼から視線を外すと、寝台から立ち上がり、そのまま寝室を出て行った。

そして再び室内に静寂が包むと、狼はやれやれとばかりに息を吐き、眠りに落ちているアメリアに寄り添うように、彼女の傍で丸まった。

狼はその日から、毎晩のようにアメリアの傍で眠るようになった。

逆にレイは狼がアメリアの傍から全く離れようとしない上、アメリアも彼を待たずに眠ってしまうので、必然的に彼女の寝室から遠ざかった。

レイは自分の寝室で延々と一人寝だったのだが、毎朝、長衣とズボンというふつもの格好で身支度を整え終わったアメリアがやってきて、叩き起こされた。

「レイ！　レイ、起きて、起きて！」

アメリアがあまりに必死である為、レイは簡単に起きてなどやるものかと、寝たふりを試みた事もあったが、彼女は容赦がない。レイが起き上がるまで何度も何度も彼を揺さぶって、絶対に諦めないのだ。寝たふりであろうが、本当に寝惚けていようが、全く通じなかった。

寝起きの悪いレイにしてみれば、たまったものではない。

夜明け前に叩き起こされた日には、彼も我慢できずに文句を言った。

「お前は……せめて、朝になってから起こせ！　店が開く時間じゃ無いだろうが！」

無論、彼女を送ると言ったのは自分であるから、苛立つのはおかしいと分かっていた。

だが、思わず声を荒げてしまっても尚、アメリアは全く怯まず、レイに申し訳なさそうな顔をしながらも譲らない。

「分かってるけど、お店が開いた時には居たいの！　だから、街で待っていようかと思って！」

朝から晩まで、他所の男と一緒か。

レイは喉元まで出かかった言葉を、必死で呑み込んだ。

神族は性に奔放な種族だ。略奪愛は日常茶飯事で、それが例え、婚姻を司る女神ヘレンに認められて、正式な夫婦となっている者でも同様だ。単なる心移りであれば、いくら伴侶が略奪した者に抗議しても、相手の心を留めておけないお前が悪いと、笑われてしまうのが常である。

レイは結婚を繰り返していたが、ヘレンに認められたものではない。あくまでもエイリーンとの約定に則《のっと》り、形だけの妻を迎えているに過ぎないから、アメリアがどこの誰と恋仲になっていようが、それが彼女の意思ならば、煩く言えないという事もあった。

それに、アメリアを自由にすると言ったのは自分だ。

彼女が自分の弟に夢中になろうが、気さくで明るいと評判の店主に恋い焦がれようが、別れが寂しくて泣こうが、その自由を認めてやらなければならない。

そして、男の元に行きたいと言う事をしきりに主張する彼女の傍らにはやっぱり狼が居て、いつもの如く冷ややかな目で見返してくる。

だから、結局レイはなんとか起き出すと、彼女の為に転移の術を使い、送り迎えをしてやる日々を繰り返すしかなかった。

アメリアはレイに送って貰うと脇目も振らずに店に向かい、一日中入り浸っていた。

何もしないのは迷惑だろうと、店主に無理を言って、店の手伝いもさせて貰っていた。ヴィシャス達は、狭い工房であるので全員入るのは難しいので、周囲に散らばって時間を潰す日々である。

一日を終えると、アメリアはヴィシャスに促されて、街の入り口まで迎えに来たレイと共に城に帰った。

アメリアは何度か父親の事をレイに訊ねてみようと思った事もあった。

ただ、朝は寝起きが悪いせいか、レイの機嫌が悪い。彼を無理矢理に叩き起こしている自覚があるだけに、何も言えなかった。

迎えに来た時など尚更で、レイの機嫌は最悪だった。レイはアメリアに最低限の事しか言わず、転移の術を使って城に一緒に帰って来ると、彼の帰りを待っていましたとばかりに部下達がすぐに彼を囲んで、仕事の話を始めてしまう。

多忙なレイをこれ以上煩わせるのも申し訳なく、また領主という高い地位にある男が、街の小さな武器屋の店員の事など知る由も無いだろうと口を噤《つぐ》んだ。

その為、アメリアは城に戻って必要な事だけ済ませると、翌日に備えて狼と一緒にすぐに寝るという日々を、一週間ほど繰り返した。

レイもまた、初めは沈んでいたアメリアの表情が日々明るくなっていく事に気付いてはいたが、彼女に仔細を聞こうとはしなかった。アメリアに同行しているヴィシャス達から、嫌と言う程、彼女の楽しそうな様子や変化について、報告が上がって来ていたからだ。

レイの妻だと知ってすっかり萎縮していた店主のみならず、不愛想だったもう一人の大男の店員とも、かなり打ち解けたようだと報告された日は、アメリアの表情もひと際良かった。

それで十分だと、彼は思ってしまった。


一方で、日中ずっとアメリアに寄り添い、夜は良き聞き役になっていた狼の彼女を見返す瞳は、日に日に優しくなっていた。

「今日は私に林檎をくれたでしょう？　ルイズさんは理由なんて特に無いって言っていたけど、林檎は私が大好きな果物で、父様は街に出かけると必ず買ってきてくれたんだよ。少しは思い出してくれたのかな」

店主に夢中と思っているのはヴィシャス達だけであり、アメリアが何よりも心を砕いていたのは、無論ルイズだった。

記憶の無いルイズは寡黙だ。工房で黙々と仕事をしている彼の傍にばかり、ずっといるのも迷惑だろうと、アメリアは様子を見ながらルイズの所に行っている。必然的に店先に出る機会もままあり、口数が多い店主と話す事は多いが、アメリアの頭の中は父親の事で一杯である。

「それに、私の事をチビ娘って呼んでくれたでしょう？　父様にかかれば皆チビだけど、私の事はよくチビ娘って呼んでいたんだよ」

狼は言葉を発する事は出来ないが、父の事を色々と話す間は、ずっと優しい眼差しで見つめ返し、耳を傾けてくれるので、アメリアは嬉しくなって心置きなく打ち明けられた。

明日も父の元に行こうと、その日も早くに眠りについた。

自室でアメリアが穏やかな眠りに落ちている頃、同じ城の中でレイの部下達は地獄を見ていた。

そもそも、レイの機嫌が日増しに悪くなり、史上最悪ではないかと噂が立っていた。挙句に、今日に至っては、レイに明日の仕事を全て前倒しして寄越せと命じられたのだ。

深夜の今も、レイが仕事に没頭している執務室の隣の部屋で、部下達は必死で彼に裁可を仰ぎたい案件の書類を作成しては、せっせと運んでいる。

原因は一体何なのだと誰もが嘆くので、見かねたヴィシャスが、仲間達に教えてやった。

「アメリア様がまたレイ様を放って、遊び歩いていらっしゃるからだろうな……」

他の男に心奪われているからではないかとは言えなかったが、彼らにしてみればそれを聞いただけで十分だった。必死で手を動かしながら、

「アメリア様は、エイリーンの手先だろう⁉　それなら、早くレイ様を裏切ってくれ！」

「そうだ、そうだ！　レイ様に嫁いだと言うのに、喜んで遊んでばかりじゃないか！」

「あの御方は、さっさと任務を果たすべきだ！　ここに何をしに来たんだ！」

と、盛大に文句を言い合った。

調子が狂わされているのは自分達も同じだが、別に裏切りを奨励しなくてもいいのではと、ヴィシャスは呆れ半分、失笑した。


翌日もいつものようにアメリアはレイに街へ送って貰い、彼が転移の術を使って帰るのを見送ると、すぐにルイズの店に向かおうとした。

だが、突然アメリアの眼前に現れ、行く手を遮った者がいた。即座にヴィシャスが追い払おうとしたが、女の口の方が早かった。

「お久しぶりね。アメリアと言ったかしら」

「……ええ、そうです。貴女は……」

「私はリーナよ。貴女の先輩にあたるわね。レイ様の寝室でも会ったわね？」

アメリアの胸に苦いものがこみ上げた。

リーナは、レイの寝室で下着姿になっていた三人の女の内の一人だ。尚且つ、彼女もレイの妻だったと言う事は、彼に触れられた事があると言う事でもある。

日の下で改めてよく見れば、胸元まである長い飴色の美しい髪の持ち主で、大きな金の瞳は自信に満ち溢れていた。豊満な身体を包む細かい刺繍がされたドレスもよく似合う美女だった。

「ちょっと話しましょうよ。良いですよね？　ヴィシャス様」

「……レイ様のお許しを得てからにしろ」

「あら、少しくらい良いじゃないですか。私もこの子と同じ立場だったのだし、レイ様に色々と報告が出来るでしょう？」

意味深な笑みを浮かべるリーナにヴィシャスは顔をしかめたが、アメリアが頷いたので、それ以上は何も言わなかった。

一方、再び転移の術を使い城に戻ったレイは、徹夜明けにも関わらず執務室に直行していた。

神族は人よりも遥かに肉体は強靭であり、一晩くらい寝なくても何ともないのは常識である。

ただ、好き勝手に暮らしているとあまりに自堕落になるので、大概の神族は人間と同じように朝起きて、夜眠るという習慣を持っている者も多い。城の者達も同様であり、夜は寝静まっている。

だが、レイは寝起きがとんでもなく悪い為、部下達が口を揃えて出来るだけ寝ない方が良いとさえ言う程だった。それでも、彼が毎夜必ず寝るようにしているのは習慣と言う事もあったが、そうでもしないといつまでも誰かが仕事を持ってきて、一日中解放されないという事も多々あるからだ。

仕事を始めると、レイは終わるまでやってしまうし、手が抜けない。

部下達としては仕事をしてくれる上司で大変ありがたいのだが、今日に限っては、主君の真面目さが恨めしく思えた。徹夜など平気な身体でありながら、部下一同は顔色が悪い。

これ以上無いだろうと思われていたレイの機嫌が更に悪化して、執務室に戻って来たからだ。

直立不動の部下達を一瞥《いちべつ》し、レイは冷ややかに言った。

「それで？　急いで裁可を仰ぎたいとかいう案件は、それだけの価値があるものなんだろうな？」

レイの声はいっそ静かなものであるのだが、その声は酷い苛立ちを滲ませている。

書類を手にした部下の一人が、滂沱《ぼうだ》の汗を流しながら答えた。

「い、いえ……その、今日中に見て頂ければ……結構でして……っ」

「俺は昨夜の内に、今日の分を全部回せと言ったはずだぞ」

「そ、それが、間違って別の所に紛れ込んでいまして……っ」

しどろもどろの部下に向けられる、同僚達の全ての視線が、『お前、死んで来い』と語っていた。

今にも倒れそうな部下を見返し、レイは怒気を消すと、

「見るから、寄越せ」

と言って手を出した。


アメリアがリーナと一緒に入った茶屋には小さな個室があった。周囲とは壁で仕切られた狭い室内に、長机を挟んで椅子が置かれていた。アメリアとリーナは向かい合わせに座り、狼はアメリアの足元で丸くなった。ヴィシャスは暖簾《のれん》が掛けられた入り口の外で控え、部下達も周囲の部屋を全て借り

上げて、待機した。

「相変わらず監視に抜かりは無いわね。まあ……当然だけど」

リーナは苦笑して、アメリアを見据えた。

「それで、貴女はいつまでレイ様の傍に居るつもりなの？　貴女が来てから、レイ様が閨に呼んでくださらなくなって、私達も困っているのよ」

「いつまでって……私はレイに嫁いだので、期限は決まっていませんが」

アメリアが率直にそう答えると、リーナは声を上げて笑った。小ばかにしたような笑みでありながら、それでいて哀れむような目を向けた。

「ありえないわ」

「…………」

「私達が何の為に、レイ様に嫁ぐのか忘れたの？」

「何の為と言われても……嫁げと言われたから、そうしたんです」

それ以上でも以下でも無い。アメリアがきっぱりと言い切ると、リーナの顔から笑みが消えた。

「……他に何も言われていないの？」

「はい。まあ、私は宮殿でも落ちこぼれでしたから、何も期待されていないんだと思いますが」

まじまじとアメリアを見返していたリーナは、急に納得顔で頷いた。

「思い出したわ……貴女、庶民の子猿ね」

「それ、やっぱり私の事だったんですね」

「貴女以外に誰がいるのよ。ドレスが窮屈で嫌だとか言って廊下を走り回って逃げたり、土が触りたいとか言って花壇や畑を作ろうとしたりして、四六時中、侍女頭に怒られていたじゃない。あんな事ばかりしていれば目立つわよ」

近くに立っていたヴィシャスにも二人の会話は当然聞こえていたし、他の部下達も同様だったのだが、密かに全員が頭を抱えていた。やはり、アメリアは規格外だったのだと確信したのだ。

ただ息巻いていたリーナは、気が抜けたような顔をして言った。

「まあ……貴女じゃ納得だわ。母上様は貴女に呆れていたようだったもの」

「そうでしょうね。私もあの方は嫌いです」

「……はっきり言うわね」

リーナは見る見るうちに顔色を変えた。

エイリーンは自分達とは比べ物にならないほど地位が高く、神力《しんりき》の強い『至高神』である。

ここに居ないと分かっていても、リーナはつい身構えてしまう。未だにエイリーンを母上様と呼んでしまうのも、抜けきらない習慣だった。

だが、アメリアは揺るがなかった。

「侍女頭は、毎日のようにエイリーン様を信奉しろと言ってきましたよ。でも、突然宮殿に放り込んでおいて、後は無視ですよ。その上、侍女を使って、自分の言いたい事だけは一方的に伝えて来たり、色々と無理強いしたりしてきたんです。そんな方を慕えというのは、いくら何でも無理です」

そう言い切ったアメリアに、リーナは内心、この娘は今も変わっていないと感心した。

エイリーンの宮殿に入れられた女は厳しい教育を受ける。エイリーンへの絶対的な服従を徹底的に刷り込まれるのだ。所謂《いわゆる》、洗脳状態である。

だが、アメリアは決して染まらなかった。庶民の子猿と陰で馬鹿にしていた女達は、何故あの娘は何も変わらずにいられるのかと苦々しい想いも抱いていた事をリーナは知っている。

自分もまたそうだったからだ。

だからこそ、アメリアの事を未だによく覚えていた。

「向こうも、私が言う事を聞かなかったから、早く追い払いたかっただけじゃ無いでしょうか」

と、アメリアは結論付けたが、リーナは小さく首を振った。

「それこそありえないわ。だったら追い出せば済む話よ。役に立たない女は要らないの」

アメリアは困惑を隠せない。

「でも、別に私は何も言われませんでした。レイも同じような事を言っていたからだ。レイも自由に過ごせばいいと言ってくれたから、嬉しくて仕方がありませんでした」

リーナは宮殿で四六時中アメリアが脱走騒動を起こしていた事も、噂で知っていた。だから、宮殿を出られた今をさぞ謳歌しているであろう事は、簡単に想像が付く。

「でしょうね。レイ様もお優しい方だから、行動を起こさない限りは黙認されるでしょうし……でも、やっぱり異常だわ」

「何がですか」

「レイ様が貴女みたいな子猿を好き勝手させて、一緒に街を散策までして、立て続けに貴女を抱いたり、一緒に寝ていたりされた事もあるそうじゃない。信じられないわ！」

「な、なんで全部知ってるんですか……っ⁉」

真っ赤になるアメリアを、リーナは殺気立った目で睨んだ。

「城の者に吐かせたわよ。隙あらば他の女達がレイ様の閨に入ろうとするし、レイ様も多忙な方だから、遊んで頂くのだって簡単じゃないのよ。だから、あの夜に私と一緒にいた二人と示し合わせて、レイ様の閨に行く順番を決めているくらいなの。それなのに、貴女、一体何なの⁉」

リーナを含めた三人の花嫁達はレイと円満に離縁した後、お互い遊びと割り切った上で関係を続けていた。

長寿である事に加え、妊孕《にんよう》率の低い神族は、性交が娯楽とさえ言われる。複数の恋人を抱える事はままある事で、常に十人以上と豪語する猛者もいる程であり、それが是認《ぜにん》される種族だ。

しかも、レイは領内中の女神達から懸想《けそう》されているのではないかと言われる程、絶大な人気を誇る男で、一度だけでも彼に抱かれたいと切望する女は多い。

だから、遊び相手が三人だけと言うのは、レイの美貌や地位からすると少なすぎる程だったが、三人は他の女を寄せ付けないよう結託していたし、彼も更に増やそうとするほど多情でも、暇でも無かった。

リーナ達三人にも、それぞれレイ以外に遊び相手の男達がいた。一夜限りの関係を楽しむ事もあるし、身体の相性が良ければ、関係を維持したりもした。だが、レイ以上の男はそうおらず、やはり三人からしてみると彼は最高の相手だったから、その均衡を崩す者への目は厳しい。

三人はレイの城の袂《たもと》にある城下町で暮らし、彼の声がかかるのを待っているが、ただじっと待っているわけではない。レイの傍に他の女が寄って来ていないか、城の者達に問いただしていた。

彼らもレイの職務内容などの機密ならば漏らしたりしないが、女絡み程度であれば仕方なく教えてくれる者もいたし、三人の関心はそこしかなかった。そして彼女達は、アメリアがレイを散々振り回しているだけでなく、多忙な彼に毎日送り迎えをさせていると聞き、心底頭に来た。

だが、城に乗り込んで、アメリアに詰め寄る訳にはいかない。レイに窘《たしな》められるだけだからだ。

そこでレイの監督下から外れやすい出先で待ち構える事にした。問いただすのは、三人の中でも唯一転移の術が使えたリーナに白羽の矢が立った。

他の二人の分の怒りもこめたリーナの一喝が物凄い剣幕であったものだから、アメリアは、

「ごめんなさい……⁉」

と、反射的に謝ってしまった。するとリーナは勝ち誇ったように、フンと鼻を鳴らす。

「でも、何も知らされていないなら、そんな気楽な事は無いわ。羨ましい限りよ。だから、さっさとレイ様と別れて頂戴」

「そんな事出来ません！」

「まだレイ様に抱いて貰おうと思ってるの⁉」

また凄まじい怒号を浴びて、アメリアはそんな事を大声で言うなと思ったが、必死である。

「ち、違います」

レイに抱かれて、快楽に溺れ、腰砕けにされた覚えがあるアメリアは、また彼に抱かれるのに怯むものがある。だから思わずそう答えると、リーナは更に目を怒らせた。

「何ですって！　あのお美しいレイ様の、一体どこが気に入らないって言うのよ！」

どっちにしても怒るらしいと、アメリアは思った。

「そ、そうじゃなくて、私はレイに嫁ぐ事を条件に宮殿から出して貰えたんですから、離縁になったら、帰らなくちゃいけません！　またあんな所に戻るのは絶対に嫌です！」

そう訴えかけると、リーナは呆れ果てた顔をした。

「貴女、本当に何も知らないのね。そんな訳ないじゃない。レイ様は何も教えていないのね」

「え……？」

「私は半年前、貴女の前に離縁したの。私と一緒にいた二人も、レイ様に嫁がされた女よ。でも、誰も連れ戻されていないでしょう」

「もしかして、帰って来ずに、消息不明になったっていう方々ですか……？」

「壁の向こうじゃ、そう言われているでしょうね。でも、私達は自分の意思でここに留まっているの。レイ様の領地に居る限り自由だし、強請《ねだ》れば時々遊んでくださるもの。いくら母上様でも、レイ様の領地を侵してまで私達を奪い戻す事は出来ない。そんな事をしたら、戦の発端になるわ」

「……………」

「レイ様は普段はお優しい方よ。でも、あの方は敵と見なせば、容赦なく見限るわ。私達三人はレイ様に従ったけれど、そうではなかった花嫁達もいる。母上様の元に送り帰された二人の女がどうなったか、噂くらいは聞いたでしょう？」

冷然と言い放つリーナの言葉に偽りが無い事は、アメリアも分かった。

「狂乱して……消滅した方もいると噂では聞きました」

「その通りよ。レイ様はそれも出来る御方なの。外の者達に、凶神《きょうしん》と言われるのも頷けるでしょう？」

「……………」

リーナは薄っすらと冷たい笑みを浮かべ、立ち上がった。

「貴女が何も知らないでいるのは、本当はとても幸せな事なの。でも、そろそろ気付きなさいな。貴女は何の役にも立たないのに、レイ様の元にただ図々しく居座っているだけの女だってね」

　吐き捨てるように言うと、リーナは部屋から出て行った。

　ヴィシャスは部下達にアメリアを任せると、リーナの後を追い、店を出た所で彼女に声をかけた。

「リーナ……いくらなんでも言い過ぎだ。アメリア様を城に留めているのは、レイ様のご意思だぞ」

「分かっていますわ。でも、あの子はレイ様に惹かれていますでしょう？」

　そう告げる声は、罵声を浴びせた者とは思えないほど、落ち着いたものだった。

「アメリア様がか⁉」

　これには驚愕するヴィシャスだが、リーナはこれだから男はと言わんばかりの冷たい目である。

　アメリアの突拍子も無い行動を知るからこそ、彼の反応がそうなるのも当然なのだが、リーナは短い間に見抜いていた。

「前に私達をレイ様の閨で見た時は平然としていたくせに、さっき顔を合わせた時には、複雑そうな顔をしていましたもの。レイ様に惹かれている証拠ですわ」

「ははあ……そういうものか」

「今は無自覚かもしれませんけど、だったら今の内に自分の立場を気付かせてあげないと可哀想ですわ。母上様が何を目論んでいるかは分かりませんが、意図も無く送り込んだりはしないはずです。ですが、あの子は明らかに何も知りません。それさえも母上様の計算通りのような気がしてならないのです。母上様は……本当に底意地の悪い、恐ろしい方です。御存じの通り、レイ様を陥れる為なら何でもするでしょう」

「ああ……そうだな」

「ですから、母上様に利用され続けている事に今も気付きもせず、呑気に自由だと喜んでいるあの子が、いっそ哀れですわ。ああいう無垢で世間知らずの子は、多少脅かしてでもレイ様のお傍から離してあげたほうが良いのです。レイ様は……本当に優しい方ですもの」

ヴィシャスは小さく頷いた。

「確かに……お前達も、正気に戻った時は、辛かっただろう」

「……ええ。噂通りの凶神でいらっしゃったら、また違ったのでしょうけれど」

アメリアに言った通り、レイは容赦がない時もある。

だが、それは彼が敵と判断した相手だけだ。普段のレイは温厚で優しい男だった。その優しさに触れ正気に戻った花嫁達は、皆それまでの彼への振る舞いや敵意を恥じたが、レイは『あの女が悪い』と言い切って、責める事はなかった。

リーナを含め、領内に留まる事を許された花嫁達は、彼への恩義を深く感じている。

「抱いて欲しければ、私のように市井で暮らしながら、時々遊んで頂くだけでも十分なはずです。まあ、あの子は何だか逃げ腰でしたけれど。レイ様に何度も抱いて頂いたのに、勿体無いわ」

苦笑するリーナに、主君の情事にまで口を出せないヴィシャスは、視線を泳がせる。

「そうすれば、母上様も諦めて、また次の手を考えるでしょう。駒は沢山いますわ」

「確かに……アメリア様が何かを目論んでいるようには見えないから、お前の言う通りかもしれない。だがなあ……」

「あら、何か問題がありまして？」

「……レイ様は、アメリア様が他の男と関わるのを、たいそう気にされるんだ」

「なんですって？」

「その上、最近とても機嫌が悪い。アメリア様がこの街に一人で入り浸っているせいだろうな。今までの花嫁とはあまりに違うせいなのか、どうもレイ様の様子がなあ……おかしい」

「ああ、そう言う事ですの。庶民の子猿なんて言われる子ですもの。勝手が違うのも仕方ないですわ。レイ様も他の男に絡まれないか心配されるなんて、相変わらずお優しいですわね」

「いや、うん。心配しているんだろうし……優しい方だから、それもあるんだろうが……」

「分かりました。私に任せてください。あの子は早くレイ様と別れて、駒にならないようにしてあげる方が良いに決まっていますもの！　はっきりと現実を見せてあげますわ！」

「え……。いや、待て。そういうつもりで言ったんじゃない。話が拗《こじ》れる気がするから、張り切るな!?　大人しくしていろ!?」

　ヴィシャスは失言に気付いたが、リーナは彼の制止を他所にさっさと転移の術を使って消えてしまったので、立ちつくすしかなかった。

　そこにアメリアが部下達と共にやって来た。

　明らかに沈んだ表情をしている彼女に、ヴィシャスは思わず声をかける。

「大丈夫ですか？」

「うん、怒られちゃった。でも……無理も無いと思うよ。リーナさんはレイが好きみたいだし、レイだって闇に呼ぶくらいだから……。レイとの三人の仲を邪魔しないようにしなきゃね……」

　レイが彼女達に触れるのは嫌だと、考えてしまった自分が恥ずかしい。

私はレイの形だけの妻だ。良妻でいなければならない。無知で自分勝手に遊び回っている自分より、分かり合えている彼女達の方が、レイも良いに決まっている。

「いや、そこを遠慮されますか」

「レイに送り迎えして貰うのも、もう止めようね。泊まれば良いんだし！」

懸命に自分を励ましているアメリアに、ヴィシャス達は顔の色を失った。

止めてくれ。頼むから、止めてくれ。

ただでさえ主君の苛立ちが蓄積されているというのに、そんな暴言を吐かないで欲しい。

だが、アメリアは切り替えたらしく、既に心はルイズのいる店へと向かっており、逆にヴィシャス達が全員沈んだ顔で彼女の後を付いて行く羽目にあった。

そして、そんな彼らを他所に、狼はやはりアメリアの傍を離れなかった。


程無くして、アメリアはルイズがいる店に着いた。

ヴィシャスの部下達もここに来るのにすっかり慣れてしまい、アメリアが店の奥にある工房に入っていくのを見送った。工房は手狭である為、大抵はアメリアと狼、それに男と二人きりにさせない為にヴィシャスが付いて行くくらいだ。

ヴィシャスはと言えば工房の入り口で止まり、リーナの先程の言葉が気にかかって、どうしたものかと頭を悩ませた。

工房ではルイズが一人で鎧の手入れをしていて、アメリアと狼に気付くと、黙って二つ座布団を出した。相変わらず口数は少ないが、傍にいて良いのだと言ってくれているようで、アメリアはいつもそれだけでも嬉しい。

ルイズの傍らに座ると、狼もアメリアの傍の座布団の上に寝転んだ。

寡黙なルイズは、工房でも黙々と仕事をこなす男だった。

アメリアは工房に来ると、彼が許せば手伝ったし、嫌がるようなら傍で仕事を見ていた。長年見てきた父の手つきと全く同じであったから、見ているだけでも嬉しかった。

折角傍に居る事を許されているのだからと、その日もほぼ一日ルイズと工房に居て、普段通りに過ごしたしたつもりだったが、どうしても上の空になった。

夕方にさしかかる頃、アメリアがルイズの手元をぼんやりと見つめていると、不意に彼が口を開いた。

「……どうした。今日は何だかおかしいな」

「え⁉　あ……ごめんなさい」

父であることをさて置いても、工房に居て職人の仕事を見させて貰っているのに、気もそぞろでいるなんて恥ずべき事だと、アメリアは泣きそうになったが、ルイズは咎めなかった。

「何かあったのか。いつもより……随分と哀しそうだ」

記憶が無い上に、更に自分の事などで負担をかけたくないと思っても、父親の声で優しく問われれば、アメリアは堪える事が出来なかった。

ずっと脳裏にこびり付いて離れなくなってしまった、リーナとのやり取りをぽつぽつと漏らし、一通り話すと、アメリアは息を吐いた。

「……私はレイの妻になったとはいっても、本当に何も役に立ってないんだなと思って」

「………………」

「お互い干渉しないで距離を保っていれば、良いと思っていたんですけど……傍に居るだけでも、レイに色々と気を遣わせてしまっています。ここに送り迎えをしてくれているのもそうですし」

「……レイ……あの領主か」

　黙って聞いていたルイズが、やっと口を開いた。

「レイの事を知っているんですか？」

「多少な。街に住んでいれば、色々と見聞きする。確かお前が七番目の妻だ」

「そ、そんなにいたんですね……」

「だが、全員が離縁されたんだから、お前も落ち込む事は無い。その内、お前との関係も終わる」

　ぐっとアメリアは言葉に詰まる。

　父も剛毅な人で、アメリアが些細な事で落ち込んでいても一蹴されていたものだから、やはり相変わらずだと思う。

　でも、その通りだった。レイとの結婚は婚姻の女神に認められた正式なものではなく、エイリーンとの約定による形だけのものだ。だから、例えアメリアが婚姻の継続を望んでも、レイが嫌になれば離縁となる。自分達の関係は、いつ破綻を迎えてもおかしくない脆いものだった。

「……でも、離縁されても、帰らなくていいかもしれない。それは……少し良かったです」

　そう呟きながら、アメリアの心の奥は酷く疼いた。

　レイとの結婚が終わっても、彼の領内に留まれば、リーナや他の花嫁達のように自由を保障されるという。だったら、別に離縁されても構わないはずだというのに、何故か胸が騒めいた。

そんなアメリアの葛藤を他所に、ルイズはあっさりと言った。

「次の男を探せばいい。お前ならいくらでも相手がいる」

「そうですか……？」

「そうだ。おれが言うんだから間違いない」

きっぱりと言い切ったルイズに、アメリアは少しだけ顔を綻ばせた。

やはり昔の父と言う事がそっくりだ。父は根拠がない事を自信たっぷりに言って、アメリアをよく笑わせた。『おれが言うんだから間違いない』というのも、父の口癖だった。

そんなアメリアを見て、ルイズは少し目尻を下げつつも、苦々し気な口調で言った。

「ただ……お前を無知だと言ってきた女は許せんな」

「まあ、事実ですし……でも、本当に何も聞かされていないんです」

それを聞いたルイズは、作業の手を止めてアメリアに向き直った。

いつものようにアメリアに寄り添い、目を閉じたまま静かに話を聞いていた狼の眼が、ゆっくりと開いた。狼はルイズを見据えたが、彼はその視線の意味には気付かなかった。

「一つ、心当たりがある」

「え……？」

「街の者は領主に新しい嫁が来ると、皆一様に警戒する」

「それは……感じました。皆なんだか初めは余所余所しいんです。私が外から来た者だからと思っていたんですが、どの街に行っても、皆そうでした」

「おれが良く聞いたのは、『またエイリーンの手先が、あの剣を狙いに来たのか』だ。どうやら領主の手元にあるものらしいが」

「レイが持っている剣……？　前に持たせてくれて、とても優れた品だとは思いましたけど」

アメリアは困惑した。

レイは双剣使いで、左右に一本ずつ剣を佩《は》いている事が多い。武具を好むアメリアが強請ると、彼は苦笑しつつ持たせてくれた事があった。惚れ惚れとするような秀逸な品で、よく手入れもされていて、レイの武人としての強さも伺い知れたが、特殊な物のようには感じなかった。

実際、閨を共にしている時、彼は双剣を寝台の傍に立てかけていたし、何も警戒していなかった。

「それなら領主も普段は帯剣していないものなんじゃないか？　多分、違う剣だ」

「……違うもの……あ！」

思い出したのは、以前テナスの工房に行った時、レイがどこからともなく呼び寄せた鞘だった。

「前に一度だけ……傷だらけの青い鞘を見せて貰った事があります。どんなに直しても、元に戻ってしまうんだって言っていました。鞘と対であるはずの剣を……失っているからだって」

「…………。だとしたら、その鞘かも知れんな。剣は鞘が無ければ不完全だ」

「エイリーン様が……レイの剣を奪ったという事ですか……？」

「その逆かもしれん。エイリーンが領主に奪われて、必死で取り返そうとしているとも考えられる」

「……………………」

「お前が見た青い鞘は、恐らく『生命の剣』だ」

狼が僅かに身じろぎしたが、アメリアもルイズも話に夢中で気付かない。

「聞いた事がないですけど……それは何ですか？」

「万物に生命を与えると聞く。だから、神族でも避けられない『死』を免れる事の出来る剣だとも」

神族は万単位の長い時間を生きるが、寿命が尽きれば死ぬのは人間と同じだ。あまりに長寿であり、神力と言う異能を持つ為に、人間達から不老不死で、万能の存在と崇められる事もあるが、実際には限界というものが存在する。その最たるものが死なのだ。

「…………」

「そんな物が実在するとしたら、神界中の神族が目の色を変えるはずだ。どちらが剣の所有者であっても奪い合うだろう。間違いなく争い事の種になるはずだ。だから、誰も『剣』としか言わんのかもしれんな」

「父……ルイズさんは、どうしてその名前を知っているんですか？」

問われたルイズも、少し困った顔をした。

「誰かに聞いた気もするし、夢でも見たのかもしれん。はっきりしない。だが、特に青い鞘は、おれの記憶に強く残っている」

「…………」

「この話は誰も知らん。今、お前に初めて言った」

「どうして……教えてくれたんですか？」

「どこまで現実か分からん事だったが、お前の悩みが少しでも解けるなら、良いかと思っただけだ」

あんまり当てにするなよと言って、ルイズは再び仕事に戻った。

だが、アメリアの心は酷く揺れた。

ルイズはアメリアが無知だと侮られた事が許せず口にしただけかもしれないが、それは記憶に強く残っていると言う。エイリーンとレイが、『生命の剣』を巡って争っていたとしたら、エイリーンの戦に出たはずの父が、レイの領内にいたのも理解できる話だった。

　恐らく、父はレイとエイリーンの戦に加わり、剣を見たのだ。

　全ての記憶を失い、娘の事さえも忘れてしまう程の強い衝撃を受けながらも、青い鞘に収まった剣を、どこかで見た。レイにとっては敵方の神族であった父が彼の領内に留まれたのは、記憶がない事が功を奏したのだろう。

　そうだとしたら、生命の剣の事を調べれば父の記憶が戻せるかもしれない。

「ありがとうございます、また来ます！」

「ん……？　ああ、またな。チビ娘」

　狼を伴って急ぎ足で出て行ったアメリアに、ルイズは急に元気になったなと不思議に思いながら、再び作業に戻ろうとしたが、ヴィシャスが入り口に留まっている事に気付き、怪訝に思った。

「一緒に行かないのか？」

　そう訊ねるが、ヴィシャスの返事は無い。だが彼の眼は、凄まじい殺気を帯びていた。

　威圧されたルイズは顔を強張らせつつも、殺気立たれる理由が分からず黙って見返す。

　短い沈黙の後、ヴィシャスは唸るような低い声で問いかけた。

「……思い出したのか？」

「何をだ。今の話なら、夢かもしれんぞ」

　それ以外に心当たりが無いルイズは、そう答えるしかなかったが、ヴィシャスは冷ややかに彼を見返し、やがて踵を返した。そして店を出ると数人の部下達を呼び寄せ、ルイズを監視するように命じ、アメリアの後を追った。

アメリアは希望を見出していた。

父の記憶を戻せるかもしれない。その為には、やはりレイに剣について訊ねるのが一番良いのだろう。大事な剣であるようだから簡単に教えて貰えるとは思っていなかったが、だからといって諦めるという選択肢は無い。もしかしたら、レイは父の事を知っていたかもしれないのだ。

アメリアは、後を追いかけて来たヴィシャスに訊ねた。

「レイに聞いてみたい事があるんだけど、今日も忙しいかな？」

街まで送り迎えをしてくれているレイは、帰りも夕方の決まった時間になると、街の入り口に姿を見せてくれる。だが、迎えに来た時の彼は不機嫌の塊であったし、城に着けば部下達にすぐに囲まれていた。

それが毎日の事だったので、レイはいつも多忙なのだと言う事は分かっていたし、出来るだけ手間を取らせないようにと、話も手短にするようにしていた。

それでも彼は、好きな女性達と閨を共にする暇も無くなってしまっていたようだ。

父に会いたいあまり、彼の好意に甘え過ぎていた事を、アメリアはリーナとの話で痛感している。

だから、次からは送り迎えは断ろうとは思っていたが、そうなると彼に剣の事を聞く機会が無くなってしまう。その前に、と意を決したのだ。

「……大丈夫でしょう。随分前に、この街に来ていらっしゃいますよ」

いつになく硬い表情で答えたヴィシャスに、アメリアは不思議に思いつつも、先に気になったのはレイの事だ。

神族が宿している神力《しんりき》は、常に『神気《しんき》』と言われるものを発している。人間で言う所の気配のようなものだ。

神気は神力が強い程、強力になり、他者を容易に威圧する代物だが、神気を辿る事で相手の所在を明らかにする事も出来る。感知するにも相応の技量が必要であり、下級神に過ぎないアメリアには中々難しいが、ヴィシャスは主君と言う事もあって、気付いていたのだろう。

ただ、多忙であるはずのレイが、迎えの時間より前に街に来ていたというのは驚きだった。レイに何かあったのだろうかと心配になりつつ、ヴィシャスの後に続いた。


この日のヴィシャスの失態をあげるとしたら、アメリアとリーナのやり取りよりも、ルイズが口にした『生命の剣』に対する懸念に注意が傾き過ぎた事だった。

それはレイの腹心という立場上、当然の優先順位だったが、結果的にアメリアとレイの微妙に保たれていた関係を、破綻させることになった。

第四章　すれ違う想いは、破綻を招く

アメリアがヴィシャスに案内されたのは、街の一角にある酒場だった。食事と酒を楽しむ多くの神々で賑わっている。まだ夕方だというのに、既にかなり酒が入って上機嫌になった者達も散見された。

ただ、アメリアは、レイが昼間から酒を飲むような男に見えなかったので驚いた。

彼女の足元にいる狼も不満げに唸《うな》り、案内したヴィシャスを睨んだが、彼は硬い表情のままでその視線にさえも気付かない。

そして、ヴィシャスに案内されるまでもなく、アメリアはレイをすぐに見つけた。

数人とは言え武装した者達が最奥の席に座るレイの傍に立ち、周囲に目を光らせていたからだ。他の客達もレイに遠慮もあるのか少し離れていたから、その場だけ周囲と明らかに違った。

アメリアは中を進み、狼もそれに続いた。レイの警護もいたので、ヴィシャスは部下達を酒場の外で待機させ、自分だけ彼女の後を付いて行ったが、その足取りは重い。

レイの護衛達が左右に分かれて一同に道を開けた事で、アメリアはその光景を目の当たりにする事になった。

広い机には幾つか酒瓶が置かれ、長椅子に座っていたのは、レイだけでは無かった。

彼の左隣にはリーナが座り、反対にも二人の女がいた。彼の両隣の二人は、どちらも豊満な身体が今にも触れそうな程、近い。机を挟んで向かいに置かれた長椅子にも更に三人の女達が座り、うっとりと彼に見惚れて、しきりに何か話しかけていた。

六人もの女を同時に侍らせているレイに、アメリアの胸は騒つき、痛んだ。

（離れて……！）

またしても過ってしまったそんな思いを、アメリアは即座に自制した。

レイに対してそう思うこと自体、間違っていると理解したはずなのに、懲りない自分だ。妻として存在している事だけでもお荷物だと言うのに、これ以上レイの行動を制限する権利などない。

要件だけ済ませたら、すぐに立ち去ろうと決め、声をかけた。

「あの……レイ」

「煩《うるさ》い」

淡々と返された、苛立ちの混じったレイの声に、アメリアは俯《うつむ》く。

やっぱりそうだ。邪魔をするなという事だろう。

レイの気持ちも当然なのだろうが、これには少し不満だった。お荷物だという事は分かってはいるし、彼も何をしようと自由だ。それでも、女達と戯れたいために一言で追い払おうとするのは、いくらなんでも礼儀に欠けていないだろうか。

堪えたはずの哀しみが滲《にじ》み出て来そうになって、アメリアは嫌だった。

向かいの長椅子に座っていた女達はアメリアに気付くのも早かったが、新たな恋敵が来たとしか思わなかったらしく、冷ややかな笑みを浮かべている。

この微妙な空気に、真っ向から凄まじい怒りを露にしたものがいた。

グルルルッと、いつになく鋭い声で唸ったティディにアメリアは目を見張ったが、レイは背後から感じた殺気に即座に反応して振り返った。

「……何だよっ……アメリア？」

レイは驚いた顔をしたが、彼の妻の名を知る周囲の女達が一斉に反応して、騒ぎ立てそうな空気を感じ、一度冷徹な視線を送って全員を黙らせた。

レイは昼過ぎに仕事をやっと終えて、少ない護衛を伴い、街へと戻って来た。

すぐにアメリアの元に向かおうとした彼の元に現れたのが、リーナだった。

リーナや他の女達が住んでいるのは、自分の城の城下町だ。ただ、リーナは上級神であり、レイの気配を察知する事に長けている上、転移の術が使えるので待ち構える事も出来る。

閨を共にする為に、城の者にレイの予定を教えろと迫るのも日常茶飯事だ。自分がこの街に入り浸っている事を、またどこからか聞いてきたのだろうと思った。

レイはそれを黙認してきた。彼女達に自分との距離を近く取る事を許しているのも、泳がせているという側面もあったからだ。彼女達が関心を寄せるのは、あくまで私事であったし、城の者も判断に困ればレイに聞いてくる。

最初の花嫁との結婚が失敗に終わると、宮殿に住む女達へのエイリーンの洗脳は酷くなった。特に三人目の花嫁は一度レイに恭順したにも関わらず、領内に送り込まれていたエイリーンの密偵が接触し、洗脳状態に戻された。その結果、最期に待っていたのは、死だ。

己を裏切った女の自業自得だと割り切る事が、レイには出来なかった。二人目の花嫁は洗脳状態が解けて、好きな男と正式な婚姻まで結び、幸せを手に入れていたからだ。

救えるはずの弱者が救えなかった。しかも領内で招いた事態となれば、それは領主である自分の油断と怠慢の結果だ。

だから四人目以降の花嫁達には、注意を払って来た。三人とも関係を維持しておけば、再び洗脳されたとしても、裏切ろうとしても、対処がしやすい。

ただ、今日の様子では、どうせ先日閨から追い払った事を根に持たれているのだろうと思った。

気分じゃないと断ろうとしたが、リーナはアメリアと話をしたと言う。アメリアの反応が気になって、彼女の話を聞く気が起きた。

リーナに連れて行かれたのは街の酒場で、そこで待っていたのは他の二人の前妻達と、レイに紹介して欲しいと前々から頼み込んでいたとか言う、彼女の三人の友人達だった。

結果、レイは六人の女に囲まれた上、リーナを問いただそうにも女達が延々と騒いで、話にならない。リーナもどうして最近一度も遊んでくれないのかと、恨み節を始めた。

話が大分違う。

それでも、リーナ達には、自領に居る限り庇護すると約束していたし、エイリーンの密偵の事もあるから、何かあれば可能な限り話は聞くと言ってあった手前、彼女達に付き合う事にした。

そんなレイの真面目さと優しさが、この場合、全て裏目に出ることになった。

勿論、レイも延々と愚痴を言い続けられれば、たまったものではない。

アメリアの元に行こうと思って、夜までかかりそうだった今日一日の仕事を終わらせてきたというのに、結局いつもの迎えの時間に近付いて来ていたからだ。

いつまでも解放してくれない上に、同じような事を繰り返す彼女達に流石に苛立ちが増し、とうとう『煩い』と言い放った所で、狼の凄まじい殺気を浴びた。

ティディの気配は嫌と言う程知っていたが、女達の騒ぎに気を取られていた事も不味かった。

ただ、不快感を示しているだけの狼など、彼にはすぐにどうでも良くなった。ティディは言葉を完璧に理解しているが話せないのは、こういう時ありがたい。もし話す事も出来たら、今どれだけ罵声を浴びせられていたか分かったものではないからだ。

それよりも、彼の意識の全てはアメリアに向き、明らかに自分と話すのも嫌そうな彼女に、苦い顔を浮かべた。

アメリアとレイは、ここ一週間程まともな接点がなかった。

レイが朝早くに寝起きの悪い頭を叩き起こして街に送れば、アメリアは丁寧に礼を言って見送ってくれた。だが、見送りを断って様子を見てみれば、彼女は遠慮も無しに『じゃあ行ってきます！』と、弾んだ足取りで一目散に店の方へと走っていく。一緒に行こうと誘ってくる事も無い。

ロウファはあれ程連れ回したくせに、いつだって彼女は自分と距離を取る。形だけの妻としての体裁を取ろうとする。

それが何だか腹立たしくて、日中仕事をしている間も落ち着かず鬱憤《うっぷん》がたまって、書類を書く手が何度も止まり、遅々として進まず夜までずれ込む事も増えた。

夕方に合間を見て迎えに行ってみれば、自分を見返すアメリアはどこか遠慮がちで口数も少ない。どことなく疲れた様子である時もあれば、妙に嬉しそうに浮かれている時もあった。

夜、仕事を早く切り上げて彼女の元に行ってみても、彼女は自分の寝室で狼と共に寝ている。毎晩のように一人で泣いているようだったが、仔細を聞くのは躊躇《ためら》うものがあった。

一つ聞いたら我慢できずに、アメリアが目を丸くする程の勢いで全部問い詰めそうな気がしたからだ。『自由にさせてくれると言ったのに』と抗議する、彼女の怒った顔が目に浮かんだ。

意を決してアメリアを起こして話を聞こうと思っても、彼女に寄り添うようにして寝ている狼に、いつも唸られて、レイも手を引かざるを得なかった。

久しぶりの夫婦の会話は、お互いどうしてもぎこちなくなった。

「なんだ。今日はいつもより早いな。もう良いのか」

「……うん。レイは……仕事じゃなかったの？」

アメリアの心中は複雑だ。彼はいつも自分を送った後は、すぐに城に戻って仕事をしているようだったし、今日も帰るのを見送った。余程多忙なのだろうとずっと思っていたが、本当は女達と遊び回っていたらしい。リーナは遊んで貰えないと嘆いていたが、実際は違う女に手を出していたようだ。

だから、一緒に城に帰って来ると、一日仕事をしていたはずのレイを彼の部下達が必死の形相で迎え入れたのだろう。わざわざ帰った振りをして隠さなくても良いのにと思いながらも、アメリアの胸の奥がキリキリと痛む。

そんな思いでいるアメリアに対して、レイの答えはあっさりとしたものだった。

「もう終わった」

これは事実である。無理やり終わらせたと言って良い。彼の執務室や城の至る所で燃え尽きた部下達が鼾《いびき》をかいて寝転がっていたが、無視して出て来た。

黙って聞いていたヴィシャスはその光景が目に浮かび、つい仲間達の冥福を祈ったものである。

すると、アメリアが眉をひそめたので、レイも顔をしかめて返した。

「何だよ。お前に文句を言われる筋合いは無いぞ」

自分が多忙なせいもあるのだろうが、ロウファに続いて、また新しい男を見つけて夢中になっているのは彼女の方だ。ロウファは鍛冶の神だから仕方が無いかもしれないし、新しい男も武具店の店主だから、好意を寄せるのは分からないでもないが、どうにも割り切れず語調が強くなる。

「……分かってる」

不満そうな顔をしたアメリアの妙に硬い表情に、レイは更に言いかけた苦言を呑み込み、彼女の次の言葉を聞くことにしたが、止めておけば良かったと即座に思う事になった。

「あの……もう送り迎えをしてくれなくて良いからね。ここに泊まれば良いだけだもの」

女達に囲まれているレイを見たアメリアは、まず先にそれを言うべきだと思った。そうしたら、レイは仕事だと嘘をつく必要も無く、彼女達と有意義な時間を過ごせるはずだ。

早々にアメリアが主君に爆弾を落とした光景に、生きた心地がしないのはヴィシャスである。

彼は一瞬にして青くなった。アメリアがそんな事も言っていた事を思い出したからだ。

（し、しまった……！）

彼女がそう考えるに至った事態を説明しようにも、既に主君が殺気立っていて、ヴィシャスが口を挟む余地はない。彼は、これ以上機嫌を損ねないでくれと願うしかなかった。

「……ああ、そうかよ」

「うん、今までありがとう」

アメリアは一つ肩の荷が下りた気分で表情を和らげ、次いで本題を切り出した。

「それで、レイとはしばらく会わなくなると思うから、その前に教えて欲しい事があるの」

「断る」

レイは一蹴する。話も聞かずに門前払いの彼に、アメリアは驚き、そして慌てた。

「な、何で⁉」

「一々俺の気に入らない事ばかりするお前に、何で言う事を聞いてやらないといけないんだ？」

苛立ちも露にするレイに、周囲で聞いていた女達は唖然とした。

彼は遊び相手にはなってくれるが、常にどこか醒めていて、誰に対しても心を寄せる事が無い。

気さくに接してくれても、彼の心中に踏み込もうとすると、さっと引いてしまう。逆に相手に対しても、無理に立ち入ろうとはしない。お互い深入りや執着しない、戯れの関係ならば、彼は最適だ。

ただ、本気の恋愛の相手としては不向きだった。

そんなレイが明らかにアメリアに執着しているので、全員が歯ぎしりせんばかりである。リーナも渋い顔をしていたが、アメリアは戸惑う一方だ。

「そ、それは申し訳ないと思うけど……じゃあ、どうしたら良いの」

行動の自由を約束して貰ったが、妻と言う存在自体が重荷であるのだから、気に入らないと言われても仕方が無いとアメリアは思った。

アメリアもよく考えれば、自由行動を認めているはずのレイの言い分の方がおかしいと気付いたのだろうが、完全に彼の怒気に呑まれている。

「条件がある」

そう切り出したレイに、アメリアは頬を染めた。

今まで彼が自分に求めてきた事など一つである。

「い……一度、なら我慢する」

「まさか。俺が飽きるまで抱かせろ」

レイは冷ややかに笑った。

まさか彼女が先走って行為を言い出すとは思っていなかったが、それならそれでも良い。

アメリアに随分長く触れていない。彼女への男としての欲望もあったが、それよりも自分との時間を作れと言う条件を提示しようとしていたから、願っても無い事だった。

アメリアを抱くのに飽きる気がしないし、そうなれば己の為に、無限に時間を割かせられる。

彼の周囲の女達が色めき立ち、同時に嫉妬と羨望の眼差しが向けられたが、アメリアはいっそ泣きたかった。六人もの美女達に囲まれて、明らかにレイを誘惑しているのに、何で自分なのだ。

第一、飽きるまでなどと言う事が、ただの戯言《ざれごと》などでは無いのも分かってしまう。三日三晩も抱いておいて、足りないと言い放ってきた男だ。

「き、聞きたい事を教えてくれたらね！」

そう言ったのはせめてもの抵抗だったが、レイはあっさりと頷いた。

アメリアが条件をのむのなら、別に何でもいいと、彼は思った。

「何でもどうぞ。ただし手短に言えよ。話が終わったら、すぐに俺の寝室に直行だ」

「え……次に城に帰った時じゃないの？」

「誰が逃がすか」

ほとぼりが冷めるのを待てば、その内気が変わるのではないかと若干せこい事を考えていたアメリアの目論見を、レイは早々に看破した。

アメリアは泣きそうになったが、大切な父親の為だと必死で頭を切り替えた。

そして、手短にと言われた手前、真っ先にその名を口にした。

「貴方に教えて欲しいのは…………『生命の剣』の事なの」


その瞬間、その場が一気に凍り付いた。

存在すら知らない女達は、不思議そうな顔をしただけだった。

その存在を知る、かつてエイリーンの手先だった前妻達は蒼白になった。彼女達がエイリーンの意のままであった頃でさえ、この男にその事を訊ねる時は慎重に、尚且つ、かなり言葉を選ばなければならないと知っていた。エイリーンの養女がこの男にその剣の名を出した時点で、即座に敵と見なされる可能性が高いからだ。

リーナもあまりの事に絶句していた。彼女としては、無知なアメリアを哀れんで、レイには相手が沢山いるという『現実』を思い知らせ、さっさと身を引かせるつもりだった。深い考えはない。

だが、無知のはずのアメリアが、何故それを知っているのかと頭が混乱する。

女達の驚嘆と恐怖を他所に、アメリアは更に続けた。

「あの青い鞘が生命の剣の鞘でしょう？　出来ればどういう物か、詳しく教えて欲しいんだけど」

アメリアがそれを言い出した理由を、唯一知っているヴィシャスも仲裁に入れなかった。

次の瞬間、凄まじい覇気がレイから放たれ、立っているのもやっとになったからだ。

上級神であり、かつ彼の腹心であるヴィシャスだからこそ察して身構え、なんとか耐えられたが、同じ上級神であるリーナには彼のような経験値は無く卒倒した。他の女達など一切抗えずにその場に倒れ込み、酒場にいた全員が泡を吹いて倒れた。

そして、激怒したレイの放った覇気は、それだけでは済まさない。

酒場の外にいた者達でさえ、訳も分からず青ざめて腰を抜かした。彼らが分かったのは、領主であるレイが怒り狂っているという事だけだった。

唯一、アメリアの傍らに立つ狼だけは違った。レイの怒りに怯える事も無く、真っすぐ彼へ視線を向けていたが、口を開いたところで言葉にならず、ただ見つめるしかなかった。

アメリアは気を失う事も、言葉を失う事もなかった。下級神の彼女など真っ先に卒倒したはずだったが、レイがそれさえも許さなかったからだ。ただ、顔の色は蒼白に近かった。

そして、怯えるアメリアを見るレイの目は、まるで鋭い刃のように冷徹だ。

「ああ……そうかよ。鞘を見せても反応しなかったくせに、やっと本性を見せたのか？」

アメリアは意味が分からなかったが、まだ畏怖が先行して声にならない。

レイは返事を期待してはいなかったのか、更に続けた。

「良いだろう。お前の熱意に免じて、見せてやる……来い」

レイに手を取られた瞬間、アメリアの眼前の光景は一気に変わった。


夕方近かったとはいえまだ外は明るく、賑やかだった酒場の中にいたはずなのに、アメリアの眼前に突然広がったのは、闇だった。ひんやりとした空気が頬を撫でる。

目を凝らすと、ようやく薄ぼんやりと、周囲が見えて来た。

そこに立っていたのはレイだけで、傍に居たはずの女達やヴィシャスの姿も無い。レイが転移の術を発動させて、アメリアをここに連れて来たのだ。唯一、狼だけがアメリアの足元に座っていた。

レイは一切の表情が消えた顔でアメリアの手を離すと、彼女と狼を一瞥《いちべつ》しただけで、歩き出した。

「付いてこい」

淡々とした声にも何ら感情が無く、闇の中を躊躇うことなく進んでいく。

だが、アメリアはそうはいかない。暗くて足元が見えないし、少し歩けば瓦礫《がれき》が山積していて、足場も悪い。

アメリアがもたついているのはレイも分かるだろうに、彼は闇の中に消えていく。

まるで嫁入りの時の彼に戻ったかのようだった。

「ま、待って……っ？」

慌てたせいで瓦礫に足を取られ、アメリアが転びそうになると、不意に周囲が仄かに明るくなった。

驚いて光の先を見ると、狼が美しい黄金の光を放ちアメリアの周囲を照らしていた。さっさと先に行こうとするレイを咎めるように吠え、アメリアを気遣うように、ゆっくりと進んでくれた。

「ありがとう」

狼が道を照らし、闇の中に消えようとしていたレイも狼の声に反応したのか待っていてくれたので、アメリアは何とか彼に追い付いた。だが、レイは何も言わず、また再び踵を返し、進む。

暗闇の中だったが、狼の光があるお陰でアメリアは長い廊下を歩いている事が分かる。

そして、進んでいくうちに、ここがどこかを理解した。

かつてレイに嫁いで来た時に通った道を横切ったからだ。

「ここは……常闇《とこやみ》の城？」

日が昇らない場所。永劫の闇に閉ざされ、エイリーンの従者達も恐れていた。実際は、その奥へと進めば、昼夜のある居住区へと繋がっていたから、どこかに境があるのだろうが、少なくともこの区域は、相変わらず闇に閉ざされているらしかった。

「その通りだ。良く分かったな」

「嫁いで来た時に通った道があったから……」

「成る程。覚えが良い」

振り返りもせず、レイは冷笑した。

その口調からして彼が全く褒《ほ》めていないのは分かったから、アメリアは何とも言えない顔になった。別に褒めて欲しい訳ではないが、皮肉の混じった声だった。またレイの気に障ったらしい。

でも、道を覚えるのが早いのは昔からだし、癖のようなものだからどうしようもない。山中を父と共に駆け回っていた為か、地形や道はすぐに覚えるのだ。そうでもなければ遭難してしまう。

「でも、どうしてここはずっと夜なの？」

「光を喰い殺すものがあるからだろうな」

困惑するアメリアだったが、レイは両開きの扉の前で足を止めた。アメリアの身の丈の倍はあろうかという大きな重厚感のある扉の一つを、レイは片手で軽々と押し開いた。

それと同時に室内から光が漏《も》れて、アメリアは一瞬目が眩む。

「入れ。『剣』がある部屋だ」

先行したレイに、今度はアメリアも容易に付いて行く事ができた。室内は昼間とはいかないまでも、全体が青みがかった光を帯びて薄っすらと明るかったので、見渡せたからだ。狼も発光するのを止め、アメリアの傍をいつものように進んだ。

不思議な空間だった。高い天窓があったが、そこには変わらず闇しかない。他に窓は無く、広い室内は静寂が包む。空気は酷く重く、アメリアは何だか息苦しさを覚えた。

レイはその中を平然と進み、中央の一段高くなっている場所へと登った。

アメリアも彼に促され、壇上へと登り息を呑んだ。

あの傷だらけの青い鞘が、鞘尾《さやじり》を下にして小さな台座の上に独立して立っていた。普通であれば、支えも何も無いのだから倒れるはずなのにその場に留まっている。

だが、やはり対と言うべき剣は今も無く、鞘だけだ。

「テナスさんの所で見せてくれたこれが……生命の剣の鞘で良いのかな？」

あの時、レイは直接的に名を口にしていなかったが、アメリアは、父から確証は無いと言われながらも教わっていた。レイは冷笑を浮かべ、答えた。

「そうだ。知っていたんじゃないか。何故今まで黙っていた？」

「………………」

父から聞いたとは、アメリアは素直に言えなかった。この剣の事だけは強烈な記憶に残っているという事は、父が記憶を失った、忌むべき原因かもしれないからだ。

「こういう鞘を持つ剣だという事は聞いた」

「……だろうな」

エイリーンの今の標的は、この鞘では無いから、たいして説明もされて来ないのは、他の花嫁達と同様なのだろうとレイは思う。だから、彼は彼女達に言ってきたように教えてやった。

「生命の剣は、その名の通り、万物に命を与える剣だ」

アメリアは息を呑み、そしてやはり父が言っていたのは、間違っていなかったのだと確信する。

「不死に……なれる剣だというの？」

神族でも不可避である死から逃れる事が出来る代物ではないかと、父は言っていた。

だが、レイはそれを一蹴した。

「まさか。そんなものが存在する訳が無いだろう。神族であれ人間であれ、産まれたものは皆いつか必ず滅びる。歴代の『命神《めいしん》』でも、不死になんてなれない。夢物語だ」

「命神が……代替わりするの？」

アメリアはその名は知っていた。

世に欠かす事のできない神力《しんりき》を持つ『オリンポス十二神』の一人で、その名の通り『命』を司る稀有な神族だ。だが、その存在は神界《しんかい》でも謎に包まれており、名さえ知られていない。

オリンポス十二神と認められるには、彼らにしか使えない術式を使用して見せる事が最も手っ取り早い。同じくオリンポス十二神の一人、『智慧《ちえ》』を司る神族テイトが、歴代の智慧の神の記録を引き継いでおり、照合する事が出来る。

だが、それもあくまで神族自身が、己の力を公にした場合に出来る事だ。

命神は己の力を誇示する事を拒み、名を伏せ、それゆえに生死は勿論、どれ程生きているのかも分からない。不死身なのではないかとさえ噂されていた。

だが、レイはその謎の神族について断言した。

「当たり前だ。命を扱うという力のせいか、迷惑な程、長寿であると言うだけだ。並の神族の倍近く生きるが、命神も必ず死ぬ。誰であっても死は逃れられるものじゃない」

それを理解しようとせず永遠の生に執着し続ける神族が、エイリーンだった。

歴代の命神が長寿であるせいなのかもしれないが、それにしても諦めが悪いとレイは思う。

だが、アメリアもその程度の事は知っているだろうと、彼は更に命神に関して言及はせず、剣に話を戻した。

「生命の剣が出来るのは、生物が外因によって喪った分の命を分け与える事だ。それでも個々に定まっている寿命を、それ以上延ばす事は出来ない。だから、いくら生命の剣で命を戻した所で不死身にはならない。終わりは必ず来る」

「分け与えるって……どこから？」

神族が人間よりも遥かに強靭であるのは、その身に宿る魂によるものだ。身体が何度滅びても、神族の魂はあっという間に復元してしまう。

だから、人間達にしてみると神々は不死身に見えるのだが、実はそうではない。

身体は復元できても、魂は無二のものであり、魂が破壊されれば消滅する。それが所謂《いわゆる》神の真の『死』である。ただ、それだけの力を持つ魂なので、宿している生命力も非常に強い。一本の剣が命を持っていて、簡単に分け与えて補いきれるようなものではないはずだ。

当惑するアメリアにレイは冷笑し、生命の剣が持っている最悪の性質を教えた。

「決まっているだろう。他の神族から命を吸って、奪い取るんだ」

神族の命を吸い、奪う。そんな事を聞かされたアメリアは息を呑むが、レイは淡々と続けた。

「ごたいそうな名前のせいで誤解が多いから、生命の剣は質が悪い。別に剣自体に命がある訳じゃない。本質を理解しないで引き抜けば、さぞ楽しい悪夢を見るだろう」

「……悪夢……」

「良くて気が狂う。少し不味ければ、身体と魂にある生命力を全て吸われて即死だ。それは『死の剣』の方だと勝手に思われているようだが、容赦なく死を与える点に関しては、どちらも同じだ」

アメリアは彼の視線の先にある剣に目を向けた。

台座には剣を失った鞘とは別に、もう一本剣が並び立つようにして同じく立っていたが、こちらは鞘に剣が納まっている。

紅色の柄を持つ剣であり、対となる朱色の鞘には金の装飾が施されていた。

アメリアはそれが何と言われる前に、無意識に距離を取っていた。本能的に畏怖を覚え、近づきたくないと思った代物だったからだ。だから、あえて見ないようにしていたが、一度視線を向けてしまうと目を離す事さえ許されないような畏怖を覚え、食い入るように見つめてしまった。

剣に魅入られるアメリアにレイは苛立った。無理も無い事だと分かっていても心が騒めく。

「そこにある『死の剣』の性質は、その名に違わない。万物を死に至らしめる道具だ。上級神であっても容易く消滅させる。至高神《しこうしん》でもかなりの脅威になるだろうな」

「そんな高位神族を消滅させるなんて……余程力のある神族じゃなきゃ無理なはずだ」

神の魂は強靭であり、破壊が極めて難しく、上級神や至高神の魂など尚更だ。

アメリアの困惑を他所に、レイは淡々と続けた。

「だから、神力の弱い下級神や神族の抹殺を目論む人間達は、よくこの剣を欲しがったそうだ。『神殺しの剣』があると、噂になったりもした」

「…………………」

「だが、遥かに神力の強い上級神や至高神も手中に収めたがる」

「どうして？」

アメリアは率直に訊ねたが、レイは苦い思いを抱いた。

（お前もか）

彼は心中でそう呟いた。

死の剣を奪ってこいと命じられた花嫁達は、死の剣の危険性を多少は知らされていたが、その真髄までは教わっていない事が多いからだ。エイリーンは彼女達を手駒としか見ていないから、怯えられて役に立たなくなっても困ると判断されたのだろう。

困惑しているアメリアに、レイは更に続けた。

「剣と鞘が互いを対とするように、生命の剣と死の剣は永劫の相棒のようなものだ。『誓約の双剣』が正式な名になる。つまり今の死の剣は、愛すべき相棒がいない状態だ」

「……生命の剣は、死の剣が無いと意味が無いという事……？」

「ああ。こいつらを欲しがる神族が、どれ程正確に理解しているかは、かなり怪しいな」

そう語るレイは、明らかに意味を知っているようだとアメリアは思った。

死の剣を管理しているから、そうでなければ無理なのだろう。だが、レイもそれほど重要な剣ならば、普段から帯剣していてしかるべきなのに、まるで敬遠するように廃墟に近いこの城の一角に置き去りだ。本来の持ち主なら、制御も出来なければおかしくないだろうか。

「……エイリーン様と貴方が争ったのは、この誓約の双剣のせいなの？」

更に問いかけたが、レイは一笑して、冷ややかに返した。

「争ったどころじゃない。俺達とあの女は一度大戦を起こしている。お前のような養女を俺が娶り、形式上の夫婦となることで、仲裁役に休戦が維持されていると見なされている」

「………っ⁉」

「だが、戦の勝敗はまだついていない。あくまで休戦しているだけだ。無論、一方的に押し付けられるのも、それを全面降伏と受け取られるのもたまったものじゃない。だから、俺が気に入らなければ離縁しても構わないという条件を付けさせたし、初めの女は早々に離縁して送り返した」

最初の花嫁がエイリーンの元に戻って間もなく狂死した事を、アメリアは噂で知っていた。

だがレイが花嫁を語る口調は、極めて冷淡だった。

「でも……その後も、花嫁は続いた……」

「ああ。休戦を維持する為だ。俺も異議はなかった。まともな花嫁を送って来ないあの女が悪い」

「………………」

「やっと理解したか？　お前の養母と俺は今でも敵同士だ。あの女の持つ『生命の剣』と、俺の持つ『死の剣』の争奪戦だと言われている」

父はそれに巻き込まれたのだと、アメリアは確信した。

だからこそ父は、生命の剣に対する記憶を残していたのだ。

「どうして……そんな大事な物を、こんな所に置いてあるの？」

そう問うと、レイは苦い顔をした。

「……気軽に持ち歩けるような代物じゃない。扱い難くて仕方がないしな。それに、俺は使いたくても使えない」

彼の何の気なしの返答は、アメリアの不信感を強めた。

本来の剣の持ち主ならば、そんな事があるはずがないからだ。

「誓約の双剣は……本来、誰のものなの？」

震える声で訊ねたが、レイはあっさりと答えた。

「こいつらは、別に誰のものでもない」

誓約の双剣は、歴代の命神と共にある。

誰か一人の固有のものではない。強いて言えば、当代の命神が使うから、その時は一時的に主人と言えるのだろう。その命神が消滅したら双剣も諸共に消え失せ、次代の誕生と共に戻って来る。

命神は産まれてすぐに、その傍らに誓約の双剣が現れる為、それが証とされていた。智慧の神テイトにいちいち聞くまでもない。剣は代々の命神が共有しているものであり、己のものだと固執しても仕方がないと言うレイの認識は正しい。

だが、アメリアはそうは受け取らなかった。

誰のものでもないとしたら、レイのものでも無いと言う事でもある。レイが双剣を扱い、紋章もそれが象られたものであっても、持ち主の証にはならない。宮殿で見たエイリーンの紋章も、同様に二本の剣が描かれていたからだ。そもそも父はエイリーンに雇われていたから、彼女の味方であったはずだ。

そしてエイリーンが所有しているという生命の剣の鞘が、今はレイの元にある。ならば、父がエイリーンから奪うのに関与したのだろう。そうでなければ、敵方の者であった父が彼の領内で暮らせるはずなどが無い。記憶が無かったから、大目に見られていた訳ではなかったのだ。

　レイがエイリーンよりも恩賞金を高く積んだせいなのか、それとも別に何か理由があったのかは分からない。あの剛毅《ごうき》で実直であった父が、他者の剣を盗むような行為をした事を信じたくもない。

　ただ、生命の剣の鞘を見れば、アメリアの現実逃避を許さないように、剣を失ったままその場に佇《たたず》んでいる。そして、隣にある死の剣の畏怖を覚えさせる気配は、アメリアを責めているような気がした。

　剣から目を離せないでいるアメリアに、レイの焦燥と怒りは限界に達していた。

　これだけ双剣の危うさを伝えているのに、彼女はまだ心を奪われている。死の剣を狙うエイリーンの手先であれば当然なのかもしれないが、居ても立ってもいられなかった。

　だから、彼は悪手と分かっていても、最も分かりやすいであろう男の存在を口にした。

　彼女があの店の店主に夢中になっていた事が、思考の邪魔をした。彼女が必然的に接していたであろう男の末路を教えてやれば、強い戒めになるだろうとも思った。

「お前が最近贔屓《ひいき》にしていたあの店に、ルイズという大男がいただろう」

　それが、アメリアの心を何よりも傷つけるという事を、レイは知る由も無かった。

「え……？」

「生命の剣の鞘を盗んできて、俺に差し出したのは奴だ。まあ、あの男はそのせいで、一時廃人同然になったが当然の結果だ。話す言葉さえ忘れ、食事の仕方も忘れて獣のように食い散らかし、夜になれば狂ったように吠えた。今でこそ多少ましになったが、過去の記憶は全て失ったままだ」

「…………………」

「奴は、家族の事も己の出自も、自分の名前さえ忘れて、俺に便宜上付けられた『ルイズ』と言う名で生きていくしかなくなった哀れな男だ。使い捨てだったから、今はもう気にもされない」

「…………」

「お前も、あの男のようになりたいか？」

狂い死にたいのなら、別に止めはしない。好きにしてみろ。ただし、お前達は所詮エイリーンの捨て駒だと言うことを忘れるな。

　エイリーンの手先として任を全うしようとしたり、少しでも誓約の双剣について探りを入れてきたりした花嫁達に対して、レイはいつも誓約の双剣の危険性を説き、最後にそう警告してきた。

　だが、アメリアには、この言葉が言えなかった。

　そう言ったら、自分の中で彼女がエイリーンの手先だと決定付ける事になる。彼女がいずれ自分の元を去る者だという事を認めなければならなくなる。それが酷く辛い事のように思えた。

　実際、エイリーンに絶対的な忠誠を誓い、行動に移した最初の花嫁は、死の剣に手をかけて引き抜こうとしただけで死の恐怖に苛《さいな》まれ気が狂った。そういった点においては、生命の剣と共通する凶悪さである。鞘ごと持ち歩けばまだ己を保てる可能性もあったが、それも出来なかった。

　鞘は剣を守るものであるからだ。

　主人である命神以外の者はまず認めず、応えない。盗もうとすれば、必然的に剣だけ引き抜くしかなかった。

　気が狂った最初の花嫁を、レイは無駄だと言う意味を込めて、エイリーンの元に送り返した。部下の報告から、その後エイリーンが口封じの為に消滅させたと聞いたが、敵方の女であったし警告までしたから、一切同情しなかった。

死の剣とはそう言うものだと丁寧に教えてやったのに、行動に移す方が悪いと思ったのだ。

だが、二人目の花嫁がすぐに送られてきて、それ以降、彼は同様の振る舞いが出来なくなった。彼女は明らかに己の意思を失っていたからだ。その時になって、最初の花嫁を含め、『花園』に住む女達が洗脳されている事に気付いた。

レイは手管で堕とし、説き伏せて、彼女が己を取り戻すよう取り計らった。彼女は理性を取り戻しレイの領内に留まったが、続けて失敗した事で、エイリーンは新たな手を打って来た。

三人目の花嫁は一度洗脳を解いたにも関わらず、領内に潜む間者が接触し、再び洗脳状態に戻されたのだ。死の剣について改めて強く警告すると、怯えて何もせずにエイリーンの元に逃げ帰ったが、結局は口封じに消されてしまった。

花園を出た花嫁達の哀れな結末は、レイに酷く苦い思いを与えた。

だから、四人目の花嫁から、リーナに至るまでの三人の花嫁達は洗脳が解けた後も彼女達の動向に注意を払うようにした。領内で暮らす事を認め、戯れの関係を維持する事にも応じた。

三人は今の所、レイを最上の遊び相手として他の男達との戯れも楽しんでいるが、二人目の花嫁のように添い遂げたいと思う男を見つければ、離れていくだろう。

アメリアもエイリーンの事など忘れて、自由になればいい。そして、自由を十分に楽しめば、いつか自分の腕の中にいても良いと思ってくれるだろうかと、レイはぼんやりと考えた。

だが、アメリアは何も言わなかった。哀しみと怒りと、そして絶望をまじえた瞳でレイを見返す。

レイはアメリアからそんな眼で見られたことなど無かったし、彼女が全身で己を拒否してきているのは分かった。

それがレイには耐え難かった。彼女が自由を愛している事は承知していたし、そうさせてやりたいとも思ったが、彼女のその瞳を見ると、今捕らえておかなければ手の届かない場所に行ってしまいそうな気がした。

酷い焦燥感に駆られたレイは、思わずアメリアの細腕を掴んだ。

「嫌！」

振り払おうとしたアメリアだが、レイの手はびくともしなかった。

むしろ鋭さを増したレイの瞳に息を呑み、身体が硬直する。

「……約束だ。抱かせて貰うぞ」

狼が非難するように唸ったが、彼は一切聞く耳を持たず、冷酷な目で狼を見据えた。

「俺の邪魔をするな。今回は許さない」

凄まじい殺気に、どんな時も動じなかった狼が一瞬怯んだ隙を見逃さず、レイはアメリアだけを連れて転移の術を唱え姿を消してしまった。

残された狼はしばらくその場を動かなかったが、やがて重い足取りで部屋から出て行った。


レイが転移した先は、城の一角にある彼の寝室だった。

まだ夕方であった為、侍女達が寝台を整えて部屋の掃除をしていたので、突然現れたレイとアメリアに一様に驚いた顔をしたが、彼はすぐに全員を追い出した。

そして、扉が閉まるのと同時に、嫌がるアメリアを寝台に押し倒した。アメリアは必死で暴れて抵抗したが、下級神に過ぎない彼女にその間が与えられたのは僅かなものだった。

レイが何事か神術を唱えた瞬間、アメリアの身体は指一本動かなくなったからだ。

（どう……して⁉）

声も出ず、表情も固まったままであるアメリアを見下ろして、レイは冷ややかに笑った。

「手間をかけさせるな。それとも前のように、俺に服を切り裂かれたいのか？」

くつくつと喉を鳴らしながら、レイはアメリアの服を剥ぎ、下着も取り去って全裸にしてしまう。

羞恥に泣きたいアメリアだが、涙さえ流せない。

レイも悠々と自分の服を脱ぎ捨てて裸体を晒すと、アメリアに身体を絡め、彼女の動きを完全に封じ込めた上で術式を解いた。ようやくアメリアは身動きできるようになったし、声も出るようになったが、逃げ場はない。それでも必死で訴えた。

「レイ……っこんなの、嫌だ！」

「お前に選択権は無い」

レイは既に昂ぶっている雄の先端を、彼女の乾いた秘部に押し付けた。

思わず、ひっと息を呑むアメリアに、レイは冷笑した。

「初めに一晩かけて愛撫してやったのに、お前、気に入らなかったんだよな……だったら、突っ込まれながら濡らすか？」

「な……っ⁉」

レイは我が物顔でアメリアの下腹部に触れ、するりと指先で撫でる。

「言っておくが、破瓜《はか》よりも痛むぞ」

アメリアはそんな乱暴な行為をされた事がなかったし、想像も付かない。泣きそうになったが、それでもいい気がした。妻としての責務を果たすと言うレイとの約束を忘れた訳ではない。だったら早く終わる方が良い。

むしろ、レイに痛みを与えて貰った方が良いようにさえ思えた。

この男は父を狂わせた張本人であったのだから、僅かでも快楽なんて感じたくなはい。

アメリアもエイリーンが善良な神族とは思ってはいない。直接対面したのは二度だけだが、彼女の命を受けた侍女達は頭ごなしに押さえつける者ばかりで、口癖のようにエイリーンへの忠誠を求めてきた。良い印象であるはずがない。

だからと言ってレイがエイリーンの兵だった父を裏切らせ、彼女のものだという剣を奪わせて良いとも思わない。その結果、父は三年もの間、苦汁を舐めさせられた。

「それでいい！　好きにしたらいいじゃない！　だから、早く終わりにして！」

こんな辱めを受けるのはこれで最後だ。

アメリアは彼を睨みつけたが、緋色の瞳が冷徹に光ったので、思わず怯む。

「止めた」

「え⁉」

「お前の言う通りにするのが気に入らない。俺を欲しがるまで、堕とす」

アメリアはまたしてもこの男の逆鱗に触れた事に気が付いたが、もう遅かった。

レイはぺろりと唇を舐め、アメリアの肩口を撫でた。

「お前は……俺のものだ」

噛み付かれたのではないかと思う程の強さで肩を吸われ、アメリアは戦慄《わなな》いた。

数時間後、アメリアは意識を朦朧とさせていた。身体中が汗ばんで、震えが止まらない。

「……っん……あぅううっ！」

すっかり蕩《とろ》けてしまった膣口に舌を入れられて、アメリアは戦慄いた。はっはっと息が乱れ、涙で目が霞《かす》む。腰は半ば浮き上がり、だが達する直前に引き抜かれて、泣きじゃくった。

「相変わらず強情だな……ここはもう俺の指や舌じゃ、足りないだろうに」

顔を上げたレイの指が触れてきて、アメリアはもう彼が何をしようとしているか分かる。

「やめ……っ！　……ぁああっ」

その声は何の妨げにもならず、レイの長い指が二本同時に差し入れられる。それを易々と受け入れてしまう程に、アメリアの膣内は蕩けている。ぐちゅぐちゅと音を奏でてかき回され、過敏な場所を擦り上げられた。全身が粟立ち、アメリアは喘《あえ》ぐしかない。

「ああ……なんだ。また漏らすのか？」

レイが喉を鳴らし、再び顔を埋める。アメリアは唇を噛んだが、止められる方がもう辛くて、止めてと言えない。

促されるように膣内を擦られて、アメリアは達しながら、彼の口内に吹いてしまう。足がびくびくと跳ね、彼の指が差し入れられた膣口から愛液が流れ落ちていく。そうやって、既に何度も彼の手によって達してしまっていたアメリアは、太腿やその傍のシーツに至るまで、零《こぼ》した蜜でぐっしょりと濡らしていた。

だが、レイは一度も身体を繋げようとしなかった。指と舌で散々にアメリアを翻弄し、啼かせはするが、時々堪え切れなくなると、アメリアの秘所に屹立《きつりつ》を擦り付け、欲望を吐き出していた。

またしても達してしまい、羞恥にすすり泣くアメリアを、レイは黙って見返した。

そして、彼女の泣き腫れた瞼《まぶた》を見つめ、忌々し気に告げた。

「……分かった。もう良い」

諦めたように呟く声に、アメリアは安堵した。

レイもようやく自分に飽きたのだ。これで解放される。喜ぶべき事であるはずなのに、身体が悲鳴を上げるように疼く。かつて彼に何度も抱かれて、最高の快楽を与えてくれるものを知っている分、終わるのが辛いと訴えてくる。

身体の欲望は理性で抑え込めるはずだった。だが、自分の心は安堵と共に寂しさを覚えている。

アメリアはそれも懸命に無視して、のろのろと身体を起こそうとしたが、レイに腕を掴まれて、うつ伏せに倒された。

「……っなにす……あ!?」

後ろから乗りかぶさって来たレイは、己の身体で再び彼女の自由を奪った。既に蕩けているアメリアは身体に力が入らず、いつの間にか再び屹立していた雄を易々と秘裂に押し当てられた。

これから何をされるのか、分かる。レイに嫌と言う程、教えられてきたからだ。

「もう……しないって……っ」

「一言も言ってない」

レイは冷然と言い切ると、アメリアの中に一気に突き入れた。

「……っぁあああっ」

十二分に緩んでいた秘所は待ち焦がれたものが来たのを喜ぶように、彼を中心へと導いていく。

何の障りも無く最奥へと雄を埋めたレイは間髪入れずに腰を揺さぶり、アメリアを後ろから突き上げ始めた。

「そう言えば、この体勢で俺に抱かれた事は無かったな。……覚えろ」

「……っ……っあぅ……っ」

腰を掴まれて容赦なく雄を叩き付けられ、アメリアは強い衝撃に泣いた。

悔しくて、哀しくて、だが与えられる快楽に逆らえない。レイが悦楽の源を執拗《しつよう》に擦り上げてくるからだ。意図的である事は明らかで、アメリアは唇を噛む。

身体も心もとうに男の手中に堕ちていて、唯一出来たのは言葉での反抗だけだった。

「なんでも……いいから、さっさと……出して！」

レイは執拗に後ろから激しく突き上げながら、笑った。

「そうしてやりたいのは山々だが、その前にお前がイくばかりだな」

反論を封じ込めるように、レイは交合を激しくする。アメリアは目を見開き、悲鳴を上げた。

「……もう……しないで……あ……っ！」

「何もしないで、男が出せる訳が無いだろうが」

レイは楔で中をかき回し、アメリアの過敏な秘所を攻める。

「あ……ああ……っ」

目の前が真っ白になり、またしても軽く達してしまったアメリアは、細かい痙攣を繰り返し、寝台の上に倒れ込んですすり泣いた。びくびくと震える濡れた体に、レイは軽くキスを落とした。

そして泣きながら快楽に打ち震えるアメリアを、更に求めた。

「あ……っ⁉」

アメリアは目を見開き、己がされようとしている事を理解する。

そして、突き上げられた衝撃が確信へと変わった。

「……も……止め……ああっ」

「聞き飽きた。それより、可愛い声で啼け」

腰を激しく揺さ振りながら、レイはアメリアの身体を犯す。華奢な身体によく映える白い素肌を撫で、鬱血の痕を愛でた。

「お前は閨で俺に逆らわないほうが良い……加減する気はないからな」

頬に軽く口付けると、レイは胸の頂を摘み、弄り回し、もう一方の手で尖った足の付け根の花芽も、同時に擦り上げた。

「ひ、あ……あああっ」

アメリアはシーツを掴み、絶叫した。気が狂うかと思うほどの快楽が、身体を襲う。

「は……、んあっ……うっ」

汗が滲み、下肢も蕩けるように熱い。レイの手の内に堕ちていきたくなる弱い自分を、アメリアはもう何度叱咤したか分からない。

だが、アメリアが堕ちきれないのは、レイが時々、突き放した言葉や態度を取るからだ。

「………お前は、俺の子を孕め」

「え……っ⁉」

「その為に、抱いてるんだからな」

思い知らせるように、レイの指がアメリアの子宮の上を撫で上げる。

「い、や……そんなの……やだっ」

嫁ぐ前、レイはエイリーンの宮で凶神《きょうしん》とまで言われて忌み嫌われていたが、アメリアは所詮噂だと一蹴した。よもや自分の父親が、彼の冷酷さの犠牲者になっているとは思わなかったからだ。

恨まなくてはいけない。憎まなくてはいけない。そうされて当然の男であるはずだ。

でも、身体が蕩けていく中で、レイを恨まなければならない現実に戻りたくないと思ってしまう、愚かな自分がいた。

アメリアは山暮らしから一転して、エイリーンの宮に放り込まれた三年間、あまりに窮屈で居心地が悪く、何度も脱走を試みたが、容赦なく連れ戻された。侍女達は皆、上級神のかなり力の強い者達ばかりで、格下のアメリアは容易く押さえつけられた。

下級神が上級神に容赦なくなぶられたり、時に非道の限りを尽くされたりする事も、神界では珍しくはない。神界では神力の強さが物を言うから、弱い者が悪いのだと言う理論がまかり通るからだ。

神力がもたらす格差と理不尽な現実を、何度も思い知らされた。

だが、レイは違った。

レイの城下町や領内には驚くほど下級神が溢《あふ》れていた。彼と出歩いた時に立ち寄った店の者達も、下級神だった。それでも、レイは気さくに話をしていたし、彼らもまた彼に畏敬の念を抱きつつも、怯えた様子など微塵《みじん》も無かった。街の子供達は彼に遊んで欲しいと強請《ねだ》ったし、以前、出会った気の優しそうな下級神の子供にも、『レイ様を傷つけないで』と訴えられた事もあった。

彼は善良な領主で、神族の末端である下級神や、その子供達にも優しい男なのだろう。

レイは自由も認めてくれた。

父とずっと山籠もりをしていたから、宮殿でいくら礼儀作法を叩きこまれたとは言っても、ぎこちない振る舞いだっただろうに、馬鹿にしたりはしなかった。

出かけるのにドレスを嫌がれば、好きな格好で良いと言ってくれた。そんなレイの意向が以前からあったから、遊び歩いている時も男装に近い恰好をさせて貰えたのだろう。

レイに触れられるのは、これで三度目だった。初夜は身体を繋がなかったが、それでも快楽に溺れた。二度目は三日三晩抱かれたが、痛みがあったのは破瓜の時だけだった。

レイはいつも激しく貪るように抱いてくるくせに、決して一方的な行為にはしない。

だから、今も分かってしまう。

レイは今も自分を犯しているのに、痛みを与えないように、ずっと細心の注意を払ってくれている。

暴れれば押さえ込んではきたが、力加減を調整して、決して乱暴に抱いたりしなかった。乾いた秘所を貫くと脅しながら、自分の身体が彼に堕ち、蕩けるのを、彼はずっと待っていた。

そんな優しさが嫌だった。

乱暴に犯してくれれば良い。そうしたらレイを嫌いになれる。

レイに抱かれてこんなに哀しいのは、彼に惹かれていたからだと、アメリアは思い知っている。

神族は妊孕《にんよう》率が極度に低いが、稀に子が出来る事もあった。だが、もしも今、彼の子を孕んでしまったら、自分はどうしたら良いか分からなくなってしまうだろう。

泣きじゃくるアメリアを、レイは激しく腰を揺さぶって黙らせた。

何を言っても彼女が拒絶するだろうと分かっていても、こみ上げる怒りは収まらない。

子を孕んでも己のものにならないと、あくまで彼女が拒絶するならば、更にもっともらしい理由を付けてやろうとさえ思った。

「……嫌だと言われてもな。お前が俺の妻である以上、子を産んで貰わないと困るんだよ。俺は父から引き継いだ領地を守る責務がある。俺が倒れた場合、後を継ぐ子供が要る。俺は戦場に出るし、いつ死ぬか分からないからな」

ヴィシャスら古参の部下達が聞いたら目を剥きそうな理由を、レイは平然と口にした。

部下達は、昔から戯れの関係しか持たないレイに、伴侶を探して後継者となる子供を作るように努力して欲しいと、口を酸っぱくして言っていたからだ。

レイは、その全てを聞き流してきた。後継ならロウファがいるだろうと言い切った。

ロウファはそれを聞いて『勘弁してください』と嫌がっていたが、自分が倒れれば、必然的に弟が継ぐだろう。その先は弟が悩めば良いし、領民達を守れるだけの技量があれば、別に自分達の血縁者でなくても良いのだから構わない。

だが、それをアメリアに言ってやる気は更々なかった。

それが少しでも彼女を傍に置く理由になるのなら、いつまででも言ってやる。

「そんなの……っ私じゃ……なくても……あぁっ」

最奥まで一気に深く突き入れられて、アメリアの背が仰け反った。軽く達してしまった彼女の背を撫で、レイは笑った。

「………お前以外に、誰がいるんだよ」

沢山いるじゃないか。

喉元まで出かかった言葉を、アメリアは必死で呑みこんだ。

レイは領主として戦場に立つ。後継者となる子供にも、当然同じ事が求められるだろう。情のある女に産ませた子供を、そんな目にあわせたい訳が無い。

敵方の女だから、彼にはきっと都合が良いのだ。

アメリアは零れ落ちた涙を拭う気力も無く、レイに貫かれるままになった。

「………アメリア」

時々自分の名を呼ぶレイの声に、アメリアはとうとう反応しなくなった。

それがレイにも分かったが、行為は止められなかった。

いっそ、このままずっと腕に閉じ込めておこうか。自由になどさせず、他の男と話す事も触れる事も許さずに、城の奥深くに閉じ込めて捕らえてしまえばいい。そうすれば己の独占欲は満たされる。アメリアの事で苛立たなくなるかもしれない。

そんな暗い考えが頭を過ぎったが、すぐに自分勝手な思いを霧散させた。

もしも、そんな強硬手段を取れば、アメリアは二度と笑ってくれないだろう。好きな事を嬉しそうに話してもくれない。そう思うと、とても出来そうになかった。

自嘲まじりの笑みを浮かべ、レイは現実から逃れるように彼女を貪った。

抱けば抱く程、アメリアを傷つけると分かっていても、止められなかった。

レイが己の寝室にアメリアを連れ込んでから二日が経ったが、城の者は誰一人としてアメリアの姿を見る事は出来なかった。レイだけは時々身を整えて室外に出てきて、指示を仰ぎに来た部下達に手短に仕事の話をした。彼の機嫌が酷く悪い事を部下達も察していたし、何度か主君を諌めようと試みたが、彼は仕事以外の話をされるのを嫌がり、聞く耳を持たなかった。

僅かな時間でさえも惜しいと言わんばかりのレイに、部下達も何も言えなくなった。

また、レイは明らかに行為の後の気だるさを残しており、侍女達が持参した新しいリネン類を受け取り、使用済みの物と交換すると、また寝室に戻って行ってしまう事も多かった。使われたシーツは明らかに激しい情事の痕跡を残し、何も知らない侍女達などは頬を赤らめて、余程アメリアが気に入っているのだと噂をした。

全てを知る狼は、寝室の隣にある書斎のソファーでずっと丸まって、目を閉じていた。

狼はレイがアメリアを昼夜を問わずに抱いているのを、漏れ聞こえる音で理解していた。

アメリアが抱き潰されて眠りに落ち目を覚ますまでの間だけ、レイが部屋を出ているのも知っていた。

レイは周囲の者の声に耳を貸さないし、そもそも言葉が話せない狼に彼を諌められる訳が無い。

何より、レイはアメリアに逃げ出される事を危惧してか寝室には外部と遮断し出入りを禁じる強力な結界を張り巡らせていて、それは狼に破れる類のものではなかった。

だから、狼は時を待っていた。

明らかに冷静さを欠いているレイが焦燥と苛立ちを重ねているのを、狼は当然気付いていた。

そして彼が寝室に出入りする時は、結界を一度解かなければならず、改めて張り直していたが、その際に上の空になっている事も把握していた。

そして三日目の夜、全てが動いた。

意識を失い、そのまま眠りに落ちたアメリアの身体に、レイは毛布をかけると、浴室へ一人赴いて汗を流し着替えを終えると、再び寝室に戻った。そして、出て行く前と変わらず、彼女がそこに眠っている姿を見て安堵した息を漏らし、次いで苦い顔を浮かべた。

「……いい加減、諦めろよ」

アメリアに生命の剣の事を問われた時、レイは激高した。

自分でも何故ここまで腹が立つのか分からないほどに、怒りが湧いた。エイリーンが送り込んでくる花嫁達はこういうもので、実際問われた事もあったから、珍しい話ではなかったはずなのに、アメリアには口にされただけで苦しかった。

彼女がまた不在がちで、自分の同行を拒絶し、他の男の元に入り浸っている毎日も腹立たしかったし、夜毎一人で泣いていたのも気に入らなかった。

怒りのままに手酷く抱いて、彼女を傷つけ続ける事を激しく後悔をしているというのに、何を言っても、それこそ脅してみても、拒絶するアメリアに、同じ過ちを繰り返してしまっている。

止められない。自分でも驚くほど、アメリアに対しては抑制が効かなかった。

時々アメリアが眠りに落ちている時に部屋を出るようにしているのは、頭を冷やしたいという思いもあったが、結局戻って来ればまた同じ事をしてしまう。

溜め息をつき、レイは立ち上がると、溜まり始めている仕事を片付ける為、寝室を出た。

そして、いつものように神術を唱えて張った結界が、不十分になっている事に気付かず、そのまま執務室へと向かってしまった。

三日間、隣室に居てもレイの行動をずっと黙認していた狼が、よもやそれを狙っていて、更に即座に行動に移すとは、彼も思ってもいなかった。


レイが立ち去って間もなく、狼は結界の綻びを見定めると、彼に気付かれないようにゆっくりとそれを広げた。そして己の身を滑り込ませて、寝室に入り、寝台に飛び乗る。

深い眠りに落ちているアメリアの額に鼻先を押し当てると、彼女の身体は光に包まれた。

やがて目を開けたアメリアは一瞬警戒し、眼前にいるのがレイでは無く、狼だと分かると、ほっと胸を撫で下ろした。周囲を見回して、レイが居ない事に初めて気付き、驚いた。

連日連夜抱かれ続け、意識を飛ばしても目が覚めたら必ずレイがいたから、まさか居ない時があるとは思ってもみなかったのだ。

狼はアメリアが身体を起こしたのを見て、すぐに寝台から飛び降りると、隣室のクローゼットから引っ張り出した服を咥えて、戻って来た。困惑していたアメリアだが、服を押し付けられて、言わんとする事が分かり、頷いた。

レイと身体を重ねる事は、生命の剣の仔細を聞く為の交換条件だった。三日も抱いていれば、彼も自分に飽きて出て行ったのだろう。行為はやっと終わったのだ。

これでいい。父親の敵にもう触れられなくて済む。

安堵しなければならないのに、レイに抱かれて惚けきってしまっていた自分が恥ずかしい。

そう自分を叱咤したが、着替えの服を広げてみて、息を呑んだ。

レイと初めて街を遊びに出掛けた時に着たワンピースだった。狼がそれを選んだのは偶然だったのだろうが、当時が楽しくて仕方がなかった分、アメリアは着替えをしながらも、堪え切れずに涙を零した。ただ、疲労困憊だったはずの身体は、何事も無かったかのように力を取り戻していて、労せずに着替えを終えて、寝台から降りる事が出来た。

狼もまたアメリアの傍に降り立つと、涙が止まらない彼女を見上げて、一声慰めるようにして吠えた。その声に、アメリアは唇を震わせながらも小さく笑ったが、すぐに嗚咽に変わった。

今にもその場に座り込んでしまいそうになったアメリアだったが、不意に眼前の光景が変わり、息を呑んだ。

立っていたのは、一つの小さな店の前だった。

レイの転移の術が無ければ、一瞬で場所を変える事など出来ないはずだと言うのに、アメリアは今、それさえも、どうでも良かった。

すっかり夜が更けて店も閉まっていたが、工房の窓から明かりが漏れていた。

ふらふらと歩み寄り、僅かに開いていた窓からルイズが一人作業をしているのが見えた。

彼は背を向けていたが、その広い背も、黙々と剣を叩く手の動きも、すべてアメリアの記憶にある父親の姿だった。

「……父……様……」

記憶を失った父に酷だろうと、思い出してくれるまでは決して言うまいと思っていた言葉が、喉の奥から零れてしまった。小さな声だったというのに、ルイズの手が止まって振り返り、窓越しにアメリアを驚いたように見返した。

目に涙を浮かべ途方に暮れた顔をしているアメリアに、彼は俄《にわ》かに顔色を変えて立ち上がった。店の裏口から転がるように出て来た彼は、ぼろぼろと大粒の涙を落とし始めたアメリアの元にわき目もふらずに駆け寄ると、躊躇う事も無く抱き締めた。

「……っアメリア⁉　なんだ、どうしたんだっ！　誰がおれの可愛い娘を泣かせたっ！　言え！　斧で叩き斬ってやる！」

激怒を露に叫んだ男に、アメリアは目を見開いた。驚いて涙も少しだけ引っ込む。

「むす……め……？」

「何を驚いて………」

彼は怪訝そうに返し、見る見るうちに表情を険しくして、より強くアメリアを抱き締めた。

そして、一言、腹の底から苦しい思いを吐露するように呟いた。

「……すまなかった」

それだけでアメリアには十分だった。再び溢れ出た涙を拭いもせずに、父にしがみついて泣きじゃくった。

その姿を、狼は静かに見つめていた。

狼は、夜毎己に語るアメリアの言葉の端々から、ルイズが彼女の父親である事を知っていた。

そして、アメリアが彼女に会いに行く度に、彼女の好きな食べ物を出したり呼び名が変わったりと、記憶が戻ってきている様子である事にも気付いていた。

ならば、レイが深く傷つけた彼女を託せる者など、父親しかいない。

よもや、娘の涙が記憶を戻す引き金になるとまでは予想していなかったが、心底安心しきった顔をしているアメリアを見て一先ず狼も安堵し、レイへの激怒を胸に秘めた。

その頃、ロウファが久々にレイの城に姿を見せていた。兄の元に狼を置き去りにして去った負い目があり、どうしているだろうと気になったからだ。

だが、来なければよかったと、彼は心から思った。

ロウファの眼前で、今、何故か城中の者が真っ青になって、右往左往している。

何が起こったか聞くまでも無かった。殺気立ったレイが自分の神気に気付いたのか、凄まじい怒気を滲ませてやって来るのが見えたからだ。

「お前の所か……」

唸るように言う兄の怒りに、だがロウファは心当たりが全く無いので戸惑うしかない。

「なにがです？」

「アメリアをどこに連れて行った！　俺の妻だぞ！」

「いや、知ってますよ……」

突然訳の分からない怒りを露にする兄に、ロウファは閉口した。

一体どうした事だ。兄は沈着冷静な男であるし、声を荒げる事も滅多に無いのだが、アメリアが来てからどうも怒りっぽい。

他の花嫁達同様にアメリアがエイリーンの手先である事は、兄は承知しているはずだ。彼女達の洗脳は根深いもので、大人しくしていてもいきなり豹変する事もままある。決して油断をしてはいけないのだ。

特にアメリアは今までの女達と明らかに違った。

そのせいで兄は調子を狂わされているのだろうが、だったら尚更、気を許してはいけない事など、自分が言わずとも分かるはずなのに、どうも様子が変だった。

だから、ティディを連れて行ったのだが、兄の傍に居ない。城の者達から聞くところによると、アメリアの傍から離れなかったと言う。彼女も意味が分からない。今までであれば、兄の元にエイリーンの養女が嫁いでくると、姿を見るなり唸っていたくせに。

そもそも、兄はその美貌と権力で昔から女達に非常に人気があったが、一度たりとも恋仲になった事がない。深入りもさせなかったし、女が己に夢中になって本気になる前に綺麗に別れていた。

だから、兄と関係を持つ女達は、全員が遊びだと割り切っていた。

兄は誰かを深く愛する事が出来ない男だと言う事も、ロウファは知っている。

兄がアメリアに夢中になるなどありえないし、様子がおかしいのも何か考えがあるのだろう。

それでも、こうあからさまに独占欲を口にする事自体、エイリーンの付け入る隙になり、危うい事だと分かっているはずである。

苛立ちを露にし顔色もおかしい兄を前に、ロウファは怪訝にしか思わなかったが、ふと閃いた。

城内でエイリーンの手先ではないかと、前々から疑われていた男がいた。その男は、きっと兄がアメリアをどう思っているか知りたがっているに違いない。上級神であり抜け目のない男で、中々尻尾を掴ませず、レイの部下達を苛立たせていたものだ。

今もきっとどこかで様子を伺っているに違いない。成る程。常に冷静な兄がかつてない程動揺し、焦燥感に駆られ、激情を露にしている理由が分かった。

　これは密偵への演技だ。ならば是非兄の作戦に付き合うべきだろう。

「騒がないでください。兄上が彼女を溺愛しているのは知っていますがね」

「な……っ⁉」

　意表を突かれたように、目を見張って黙り込んだレイに、ロウファは宥《なだ》めるように言った。

「一体何があったんですか。彼女が出て行く理由に、何か思い当たる事でも？」

「……十中八九、誓約の双剣を見せてやったからだろうな」

「はい⁉」

　これには目を剥くロウファだが、レイは苦々し気な顔をした。

「あれの危険性を教えてやりたかっただけだ。そうすれば……諦めると思った」

「兄上……何故見せてやる必要があるんです。お忘れですか。彼女はエイリーンの手先ですよ」

「……それならそれでも構わない。あの女の元に帰さなければ良いだけの話だ。手元に置いて可愛がってやれば、いつかは……」

「いやいや……いつ寝首を掻かれてもおかしくない状況を、自ら作り出さないでくれますか……」

　レイはアメリアがいなくなって相当焦っていると誰でも分かる程、苛立ちを露にしている。大した名演技だ。

　そこにヴィシャスが困惑した顔で駆けてきて、レイの機嫌の悪さを即座に感じたらしく、顔を引きつらせた。また嫌な所にかち合ったと言わんばかりである。

　ヴィシャスは部下共々、ルイズの住む街に置き去りにされていたのだが、戻るのにも日数がかかり、ルイズの事が気にかかっていた彼は部下達と共に留まって、周囲を探っていた。レイは仕事を再開した際に、転移の術を使える部下を派遣して連絡を取らせた。その際にルイズの記憶が戻りつつあるという報告を聞いたレイは、そのままヴィシャスを街に留まらせ、調査を続けさせていた。

その結果、レイとヴィシャスが対面するのは、レイがアメリアを連れ去った以来となるのだが、明らかに機嫌が最悪の主君にヴィシャスは冷や汗が止まらない。

「あの……レイ様……ご報告が」

「何だ」

じろりと一瞥《いちべつ》されただけで、ヴィシャスほどの側近でも顔色を変えた。周囲にいた城の者など、当然のように既に逃げ散っている。ただ、ロウファが居た事もあり、多少冷静に戻ったレイは、視線でヴィシャスに報告を促した。

「は……ご命令通り、ルイズの周囲を探っておりましたが……」

「記憶は全部戻ったか？」

「定かではありません。監視は強めましたが、普段と何ら変わる様子がありませんでした。ただ、その……ティディ様が、アメリア様を突然店までお連れになったのですが……」

「な…………っ！」

「我々もティディ様に睨まれて追い払われてしまったので、その後の仔細は分かりませんが、ルイズが店に招き入れたのは見えました」

どうしたものかと思っている所に、レイがまた連絡を取る為に転移の術を使える部下を派遣してくれたので、ヴィシャスは久しぶりに城に戻って来た。

でも戻って来なければ良かったと、ロウファと同じような事を思う彼も、顔色が悪い。

一方、レイは素早く頭を巡らせていた。

確かに、下級神に過ぎないアメリアが城から一人忽然と行方を晦ませるはずがないが、あの狼ならば転移の術が使えるからそれが出来る。随分アメリアを気に入っていたようだし、自分の行いにも気付いていたはずだから、引き離す事くらいするだろう。

抱き潰して動きが取れないはずのアメリアに、力を多少分けてやったに違いない。

狼が自分に遠慮などするはずが無い事を、レイは良く知っている。

「つまり、アメリアはあの店にまた行ったんだな……分かった。連れ帰る」

殺気立つレイに、ヴィシャスは躊躇った末に、言い難そうに言った。

「アメリア様が憔悴《しょうすい》して泣きじゃくっていましたが……喧嘩でもされましたか？」

「…………っ！」

即座に転移の術を発動しかけたレイは、足を止めざるを得なかった。そこまで彼女を傷つけたのが自分だという自覚があるからだ。

ただ、ヴィシャスには、二人が喧嘩になりそうな理由に心当たりがあった。それは誤解だと伝えようとする前に、ロウファが口を挟んだ。

「少しそっとしておいてあげたらいかがですか。兄上はそこまで嫉妬深い方でしたかね」

「誰がだ」

「アメリアは私の鍛冶の神力にしか眼中にないと申し上げているのに、何度も威圧してきたではありませんか。ルイズがいるのも武具を扱っている店だったでしょう。彼女の神力を鑑みれば、行きたがるのは無理も無い事ですよ。一々怒らないでください。その内、アメリアに関わる全ての男神に嫉妬するんじゃないですか？」

　無論、ルイズがエイリーンの部下であった事を知るロウファは、エイリーンの養女であるアメリアが彼のいる店に足繁く通うのは危惧する所である。ただ、疑いを持っている事を口外して、密偵に警戒されても困るから、ここではあくまで『溺愛』設定を貫く事にした。

「……そこまでじゃない」

「そうですか？」

　疑いの眼差しを向けたのは、ロウファだけではない。ヴィシャスでさえも、しきりに頷いている。黙り込んだレイに、ロウファは更に告げた。

「私が様子を見に行ってみます。そのまま連れて帰って来ましょうか？」

「…………。分かった、任せる」

「まあ、彼女がアメリアと一緒ですから、大丈夫かとは思いますが……そもそもアメリアがいなくなったのなら、こんな所で騒いでいないで神気を辿れば良かったのではないですか？」

「アメリアの神気は弱すぎて、距離を開けられると分からない」

　下級神に過ぎない彼女は神気が脆弱であり、気配が読み解けない。

　それはロウファも当然分かっていたが、それでも困惑した。

「ですが、兄上が彼女に贈った結婚指輪があるでしょう。ご自分の力を辿るなり、ティディの神気を辿るなりすれば良かったのでは？　ここの所ずっとアメリアと一緒だったようですし」

「………………」

「あ、もしや冷静な兄上がそれすらも頭に浮かばない程、動揺しているんですか?」

ロウファは更なる兄の名演技を期待した。

ここで更にむきになって怒ったり、頬の一つでも染めて見せたりすれば、完璧な演者だ。

だが、レイの反応は真逆だった。

アメリアに惹かれているのではないかと煽れば煽る程、レイは蒼白になっていた。

今にもその場に倒れそうになっている、ただならぬ様子の兄に、ロウファは絶句する。

「あ、兄上……?」

「…………。何でもない」

そんなレイの様子に、ヴィシャスも唖然としつつも口を挟んだ。

「レイ様、先程仲間から言伝を頼まれたのですが、バルドはアメリア様の様子を聞き回った後、城を抜け出したそうです。後を追っていますが、始末はいかがしますか」

「……証拠を掴み次第、捕らえろ。抵抗するなら斬り捨てて構わない。お前達も手伝え」

「分かりました。それでですね、あの……」

非常に言い難い事を報告しようとしたヴィシャスを、レイは怪訝そうに見返したが、それよりも愕然とした顔をしたロウファが自分を見ていたものだから、そちらに注意が向いた。

「お前も、なんだ」

「いえ……私は、密偵に兄上がアメリアに夢中だと思わせようとしていたのかと……」

「何を言っている。今、ヴィシャスが言っただろう、奴は城を出た」

「え。じゃあ、今までの態度は全て素ですか」

「…………………」

黙り込んだレイに、ロウファは呻《うめ》いた。

「勘弁してくださいよ……演技じゃ無かったんですか⁉」

「だから、何の事だ。さっさと行け！」

酷い顔色のままレイは言い捨てると、足早に立ち去って行った。

その背を見つめ絶句していたロウファは、心底苦々し気な表情を浮かべた。

「やあ……これは大分、かなり不味いな」

レイの機嫌の悪さに加え、ロウファが口を挟んだものだから、とうとう仔細を言いそびれたヴィシャスは、嫌な予感しかしないまま訊ねた。

「ロウファ様……レイ様は……アメリア様と何かありましたか」

「私も今来たばかりで良く分からないが、とにかくかなり不味い事態になっている事は確かだな」

「やっぱりそうですか。あの……」

「目が届かない中で、アメリアに妙な行動をされても困る。お前は仕事に戻れ。彼女は私に任せろ」

そう言い捨てると、慌てるヴィシャスを他所に、ロウファは姿を消してしまった。

またしても取り残されたヴィシャスは、全く余裕が無い兄弟に完全に言いそびれ、頭を抱えた。


激しい動揺をしていたのは、レイだけでは無かった。ロウファは城の入り口で待機していた部下達の元まで転移し、出立の準備をさせながらも、兄の事で頭が一杯だった。

信じられない。

兄は、温厚で善良な神族として知られた父を、母の眼前で殺し、消滅させた。

そんな男が、誰かを愛しいと思えるはずが無い。

幼い頃から誰かを深く愛する事が出来なかったから、父を手にかけた時、それは決定的になったはずだった。それでも兄はアメリアを愛してしまったのだろうか。

仮にそうだったとしたら、嬉しいはずが無い。

兄は今、絶望の底に落ちただろう。

第五章　あなたに言いたい

レイに、ルイズと名を与えられた者の本当の名は、カルロスと言った。

アメリアを男手一つで育てた彼は、巨漢の体躯に似合う剛毅《ごうき》な性格で、酒を愛し、大切な一人娘を愛していた。アメリアには、亡き妻の分までと親の愛情を注ぐ事を厭わず、それでも戦場に立つ己がいつ倒れても困らないようにと厳しく、心血を注いで大切に育てて来た。

何事にも挫けず常に前向きだったはずの娘が、工房に招き入れても自分にしがみついて離れず、泣き続けている理由が己だけでは無い事を、カルロスは薄々察していた。

だが、無理に泣き止ませるような事はしなかった。ただ黙って抱き締めて優しく背中を擦り、落ち着くのを待った。店主は既に自宅に帰っていたし、店の二階を間借りして暮らしているのはカルロスだけだったので、見咎める者もいない。外は雨が降り始めて、アメリアの泣く声も響かないだろう。

工房は一段高くなっており、靴を脱いで上がり、直に床に座る造りになっていた。その為、カルロスは床に胡坐《あぐら》をかき、アメリアを膝の上に乗せて慰めていたが、ずっと入り口でアメリアを哀し気に見つめていた狼にも、座布団を傍に引っ張りつつ気さくに声をかけた。

「ワン公、お前も入れよ。まあ座れ」

すると何故か思いっきり狼に睨まれたが、それでも狼は大人しく促された座布団の上に乗ると、寝転がった。

「随分小綺麗なワン公だな……」

しげしげと見てしまうカルロスに、それを聞いたアメリアは、ようやく笑うだけの気力が出た。

「父様……狼だよ……」

「狼って、犬の仲間だろ？　気にするなよ」

大雑把な所も相変わらずで、アメリアは嬉しくなった。

「優しい子だよ。とても賢いの。言葉もよく分かっているみたい。ずっと一緒にいてくれるの」

「賢いねえ……これ、本当に狼か？」

「他に何に見えるの？」

「……良く分からんが、猫の気配もするし、とにかく恐ろしい生き物にも見える。こんな狂暴そうな奴は、山でも見た事が無いぞ」

「ティディのどこが狂暴なの。こんなに大人しくて良い子なのに」

「人界の格言に『猫を被る』という言葉があるそうだぞ。本性を隠すという意味だそうだ。ぴったりだな」

「だから、狼だよ？」

思わず鋭く突っ込んでしまうアメリアである。

この父娘はこれが普通だった。当の狼は呆れたような顔をして二人を見ていたが、気に障った様子も無く、前足に頭を乗せて目を閉じた。

カルロスも、正体不明の狼にかまけるよりも、娘の涙である。ようやく泣くのを止めたアメリアに安堵して、抱き締める腕を解き、娘にも座布団を差し出して座らせると、早速訊ねた。

「お前に一体何があったんだ。しかも、何故お前が、領主の妻なんてやっているんだ？」

「あ……ルイズだった頃の記憶も残っているんだね」

「勿論だ。だから尚更分からん。おれが戦場に行った後、一体お前の身に何があったんだ」

真剣な眼差しで問いかける父に、アメリアは宮殿に放り込まれた三年間や、レイに嫁ぐ事になった経緯を包み隠さず話した。

黙って聞いてくれている父親の額に次第に青筋が浮き出し、激怒を堪えているのは分かったが、それが誰に対してのものなのかアメリアには判断が付かないので、まず一通り話すしかなかった。

そして、エイリーンの養女としてレイに嫁いできた事まで話し終えた時、カルロスはいつになく重い溜め息をついた。

「孤児を引き取って、贅沢な暮らしをさせているという話は聞いた事があるが、お前じゃなあ」

一切性に合わなかった事は察するものがあるらしく、アメリアも小さく笑った。

「エイリーン様とは、宮殿に入る最初と出る前の二回しか会わなかったけど……怖い方だね」

「無理も無い。至高神《しこうしん》である上に『オリンポス十二神』で、その中でも最古参だ。神力《しんりき》も群を抜く実力者だとも聞く。俺達が敵う相手じゃない。多分、あの領主でも無理だ。経験値が違い過ぎる」

神界《しんかい》で大きな権力を持つのは、『至高神』と言う神族の最上位にいる神々であり、彼らの領地は広大だ。当然ながら力のある者同士、諍《いさか》いも起きる。その際は、格下である上級神や下級神も巻き込まれ、特に脆弱な下級神が犠牲になった。神界を支える神族が数多く失われ、また神力のぶつかり合いによって神界自体が崩落の危機に陥りかねない事態が、問題視されるようになった。

そこで、神界の安定を図る事を主目的として創設されたのが、『四柱《しちゅう》』と呼ばれる制度だ。

至高神達の中から神力の強い、優秀な四人が選ばれて『四柱』となり、神界の大事となると真っ先に対応する。

『四柱』は至高神達からも一目置かれる存在だが、それと同じく畏敬《いけい》の念を抱かれるのが『オリンポス十二神』と呼ばれる、この世に唯一無二の力を持つ神々だった。いずれにしても、下級神である父娘にとってはそれこそ雲の上のような存在で、どんなに力を振り絞っても抗えるものではない。

「エイリーン様が至高神とは聞いていたけれど……オリンポス十二神だったんだね」

「ああ。ただあまり公言はしていないな。自分の手の内を見せたがらない」

カルロスは苦々しい顔をしながら答え、更に言った。

「お前は奔放だったから放っておかれたんだろうが……何故、領主に嫁がせたんだろうな？」

「私にも全く分からない。レイに嫁げば宮殿を出られて、自由になれるとしか思わなかったから」

「…………。それでお前は自由になれたか？　領主の妻なんぞ、窮屈だったんじゃないのか」

カルロスは、アメリアがエイリーンの命令に抗えない事は、十分承知していた。拒否権などない。脱走を試みて、手酷い折檻《せっかん》を受けた事も話の中で聞いていた。そもそも、自分がアメリアを一人にしてしまったから起こった事であるだけに、嫁ごうと決めた事を責めるつもりは無い。

だが、相手が高い地位にあり、部下も大勢抱えるレイだったから、彼は聞かざるをえなかった。

心配するカルロスに、アメリアは哀し気に微笑んだ。

「……私の好きにしたらいいって、レイは初めから言ってくれたよ」

「そうか……中々言える事じゃないな」

「うん。結婚式で、私の列席者がレイの命を狙ったの。私も疑われて当然なのに、レイは私を受け入れてくれた。自由になりたいって言ったら、警護を付けて、色んな街を好きに散策させてくれたよ。警護は監視も兼ねていたかもしれないけど、ヴィシャスはとても親切だったよ」

「あの男をお前に付けていたのか？」

「知っているの？」

「ああ。ここにいる間に知ったが、領主の部下の中でも最古参の上級神で、剣の腕も随一だという話だ。領主の手足同然の男だぞ」

「そうだったんだ……凄い方だったんだね。でも、悪いけど、あまりそう見えない。なんでだろう？親切すぎるからかな。気弱な所もありそうだけど」

　思わずそう呟くと、傍らで聞いていたらしい狼が吹き出すように鼻を鳴らした。

「あ、やっぱり言われるの？」

と、アメリアは苦笑して、呆れ顔のカルロスに更に言った。

「嫁いだ後、私は殆ど出歩いていたよ。街は色々な物で溢《あふ》れていたから、ずっと居ても楽しかったし、ロウファも鍛冶屋を案内してくれた。ヴィシャス達と一緒に、他の街にも行ったり……」

「お前……まさかとは思うが、その間、領主を放っておいたのか？」

　一応新婚であるはずだ。大人しい娘では無い事は良く分かっていたが、何だかレイに同情したくなってきたカルロスである。アメリアも、恥じ入るように頬を染めたから嫌な予感がした。

「……うん。たまに城に帰って会った時に、侍女が気付かせてくれたから、挨拶くらいはしたかな」

「待て、待て。気付かせてくれたって……」

「あんまりにも会わなかったから……一回顔を忘れちゃったんだよね」

　カルロスは額に手を当てて呻《うめ》き、狼はぶるぶると震えている。狼は言葉を発しないが、必死で笑いを堪えているようだという事は、アメリアも何となく分かり、また頬を赤くした。

「それでレイに、夫の顔も忘れたのかって、怒られた」

「……だろうな。お前はたまに信じられない事をするからなぁ……」

領主は恐ろしいまでの美貌を持つ事で有名な男だが、アメリアには通用しなかったらしい。

「でも……私はとても出来の良い妻じゃないはずなのに、レイは優しかったよ」

「………………」

「少しずつ一緒に過ごす時間が増えてから、もっとそう感じた。この街に連れて来てくれたのも、レイなの。武具を取り扱う店が多いからって、忙しいはずなのに、散策にも一日付き合ってくれた」

「ああ……領主が新しい花嫁を連れて来たって、大騒ぎになっていたな」

ルイズとしての記憶もあるカルロスは頷く。アメリアは微笑んだ。

「でも、あんまり騒がれたり、気を遣われたりするのは嫌いみたいだね。食事をする時も特別扱いされたくないみたいだった。私の他愛のない話も聞いてくれて……気遣ってくれたよ。レイと一緒に居た時、窮屈だと思った事が無かった」

言葉にしてしまったから、更にアメリアは、自分がどれ程レイに魅せられていたか気付く。

レイの城もエイリーンの宮殿のように壮麗だったが、アメリアは比べ物にならない程、居心地が良かった。彼のお陰だったのだ。

黙って聞いていたカルロスは、ほろ苦い笑みを零《こぼ》した。

子供だと思っていた娘がすっかり一人前の女になっている事に、彼はとうに気付いていた。

「アメリア。お前、あの領主に惚れたな?」

「それ、は……っ」

見る見るうちに真っ赤になり、やがて唇を噛み締めて涙を堪えたアメリアに、カルロスは目を見張る。違わないであろうことは、レイを語る口調からして明らかだと言うのに、彼女は酷い罪悪感を滲《にじ》ませているからだ。

「なんだ、どうした。別に困りはしないだろう。政略結婚に近かったんだろうが、お前が領主の妻である事に変わりはない。後から恋心が付いたなら、それはそれで構わないはずだぞ」

無論、レイに遊び相手がいる事も噂で知っていたから、父親としてはかなり心配だが、多情な神族が恋人を多く抱えるのはよくあることなので致し方ない話である。

あまり酷ければ、斧で切りたくはなるが。

だが、沈痛な面差しを浮かべるアメリアは、小さく首を振った。

「ごめん……父様。違うの……私は、レイが好きじゃない。好きになったら、いけない」

まるで自分に言い聞かせるように言うアメリアを、カルロスは静かに諭した。

「嘘をつくな。正直に言っていいんだぞ」

「…………っ」

小刻みに震えていたアメリアの目から、再び涙が落ちるのを、カルロスは見つめた。

「好きなら好きで構わん。それはお前の心が決める事だ」

「…………」

「お前の心はお前だけのものだ。誰にも、それを歪ませる事はできない。前を向いていろ、アメリア。お前が生きたいように生きれば良い」

そう言って笑うカルロスに、アメリアも涙を拭った。いつものように父が励ましてくれた事が嬉しくて、小さく頷いた。

「でも……もうここには居られないね。父様の記憶が戻ったなら、尚更だ」

エイリーンの元には、生命の剣がある。レイも父の記憶が戻ったと知れば、『鞘を奪えたのだから今度は剣を持って来い』と要求するかもしれない。レイの元から去る時が来たのだろう。

「…………。すまん、アメリア」

「……いいの。また山に戻ろうよ、父様」

そう言ったが、返事もせずに黙り込んだカルロスに、アメリアは困惑する。

カルロスは苦渋の表情を滲ませて、もう一度繰り返した。

「すまん。おれは……記憶が戻った以上、命をかけてでも、やらねばならん事がある」

アメリアの顔から見る見るうちに血の気が引いた。

「止めて、父様！　いくらレイの命令だからって……っ」

「領主の命令？　何を言っているんだ、お前は」

困惑した顔をしたカルロスに、アメリアは目を見開き、混乱した。

「違う……の？」

「あの領主がおれに何か命じた事など一度も無いぞ。それどころか、気が狂ったおれの面倒を辛抱強く見て、まともな生活を送れるように、一番心を砕いてくれた恩人だ」

カルロスは気が狂った時の事も、よく覚えていた。

自身の制御が全く出来ず、昼夜を問わず吠え、暴れ、近づく者には殴りかかるか、噛みついた。攻撃する相手がいないと、己を齧《かじ》った。腕や手足など、口が届く範囲であれば全てだ。酷い自傷行為は、レイが神術で身動きを封じなければ、己の血肉が無くなるまで繰り返していただろう。

だが、いつまでもそうしているだけでは何も変わらない。それを理解していたレイは、カルロスの様子を見ながら、拘束の術を解いた。そして、狂乱するカルロスに向き合い、彼の身体を抑えた。たとえ吠えられて唾を飛ばされても、手足に噛みつかれても、レイは揺るがなかった。

「お前は獣じゃない、子の親だろう。しっかりしろ」

何度となく繰り返されたレイの言葉が、カルロスの頭にはしっかりと残っている。

カルロスが暴れるのを止めると、レイは一つ一つ丁寧に物事を教えた。途中でまた暴れようが、道具を叩き壊そうが、眉一つ動かさず、新しい物を部下に持って来させて、また学ばせた。

レイの部下達が、多忙な彼の手を煩わせまいとカルロスの面倒を見ようとしたが、こぞって音を上げる程、酷かったというのに、レイは仕事の合間を縫ってやって来た。

「レイ様。この男もいつものように、エイリーンに使い捨てにされたんでしょうが、我々でも限度がありますよ。救いたいと言うお気持ちは分かりますが、この男はもう無理です。諦めましょう」

そう部下達がレイに言った事もあったが、レイの答えはいつも同じだった。

「この男には子供がいると聞いた。死を覚悟させていると言っていたが……それでも、子供は待っているだろう。だから、帰してやりたいんだよ」

と、部下を宥《なだ》め、カルロスを見返すと、静かに告げた。

「あの女と俺の剣のせいで親を失うのは、俺達だけで十分だ。だから、お前に俺の自慢の父の名を貸したんだ。必ず、戻って来い」

そう言い聞かせてくるレイの顔が、酷く寂しそうだった事をカルロスはよく覚えていた。

「ようやく身の回りの事を覚えて働けるくらいにまでなった時、ここの店主に直々に口利きしてくれたのも領主だ。この領内の者は、外から来た者を特に警戒するからな。紹介者が領主だったから、店主も引き受けてくれたんだろう。そうでなければ記憶が無いおれなど、その辺で獣の真似事でもしていたはずだ」

絶句するアメリアに、カルロスは言い切った。

「あの領主におれは頭があがらん。まだ百年程度しか生きていない若い神族だというが、四柱がその才を絶賛したとも聞く。どうやら、かなり情の深い男のようだな」

アメリアは混乱寸前の頭を必死で叱咤して、何とか言葉を続けた。

「父様はレイの命令で、エイリーン様の元から生命の剣を奪ったのではないの……？」

「だから、何故そうなるんだ」

「レイが……父様は、自分の元に生命の剣の鞘を持って来たって言っていた。父様はエイリーン様の配下として戦に行ったけど、レイの命令でエイリーン様から剣を奪い取ったんじゃ……」

真っ青になっているアメリアに、カルロスは沈痛な面差しを向け、娘の誤解を悟った。

そして、レイに惹かれているからこそ辛い思いをしたであろう娘に、真実を話さなければならないと誓い、口を開いた。

「確かに、俺は領主の元に鞘を届けたが、それは領主の命令じゃない。俺はあの領主から、『生命の剣』を盗み出した側だったからだ」

「え……っ⁉」

「生命の剣と死の剣……『誓約の双剣』は、元はと言えば、あの領主のものだからな」

最早返す言葉を失ったアメリアに、カルロスは最初から丁寧に語り始めた。アメリアの傍らに寄り添う狼の耳はそれを全て捉《とら》えていたが、親子を見返す瞳は優しかった。


三年前、至高神エイリーンの使者が来て参陣を求められた時、カルロスはそれに応じるしかなかった。父娘がひっそりと暮らしていた山は、エイリーンの領内にあったからだ。

領主として君臨する至高神は、自身の権力を強化する為に、優秀な上級神を部下に従えるのが常識だ。だが、神族の大半は下級神で占められており、直属の部下として働ける者は少ない。

だから多くの下級神は、領主である至高神に住民として認められ、庇護して貰う代わりに、漁業や農業など手に職を付けて金を稼ぎ、金品などの上納品を納めるのが常だった。その額は領主のさじ加減一つで決まる。低額で良いと言う者もいれば、高額に設定する者もいた。

エイリーンはそのどちらでもなかった。

彼女は低額である事を謳《うた》って、下級神を集めて多くの住人を得たが、長く暮らすほど、その金額が徐々に上がっていく仕組みを作り上げていた。住人がそれに気付いても、逃げ出す事は出来なかった。

エイリーンは領内を厳格に管理しており、部下達を領地の境に配して領民の脱走を許さず、もしも試みた者が彼らに捕まれば、容赦なく消された。

カルロスは運悪くエイリーンの領内で生まれ育った男で、逃げる選択肢は早々に潰えていた。

そして、幼い頃からその仕組みを知っていたし、両親が苦心していた事も目の当たりにしてきた。

ただ、下級神では珍しいとされる事ながら、彼は司る神力を持っていた。エイリーンは自身の権力を高める事に常に貪欲な神族で、司る力があれば部下として召し上げられる可能性もあったが、周囲の者達の苦労を知る彼は反発し、両親と共に上納品を納め、ひっそりと生きる道を選んだ。彼の両親も寿命を迎えて消滅するまで、彼の力の事を口外する事は無かった。

やがて妻を迎えてアメリアが産まれたが、既に寿命が近かった妻の産後の肥立ちは悪く、間もなく失った。その後は男手一つでアメリアを育てたが、成長に伴い、娘が武具を司る神族である可能性に気付くと、二人で山に入った。戦に最適であろう娘の力を、エイリーンに知られない為である。

だが、いくら山奥で隠れ住んでいても、領内にくまなく散らされ住人の監視を怠らないエイリーンの部下達の目は逃れられない。上納品を滞らせようものなら、間違いなく押しかけて来る。

年を重ねるごとに税も増額される為、カルロスはその支払いに四苦八苦するようになり、傭兵として戦場に出るしかなくなった。エイリーンの部下として働くのは苦渋の決断だったが、山で採れるものを売るのも限度があり、他に稼ぐ手立ても無い。

名指しで招集されたのは、そうして戦に何度か出るうちに、目についたからだろうと彼は思った。そして、至高神の命令が直に下された以上、断る事は出来なかった。

ただ、派遣された戦場は、今までのような単なる領地争いとは明らかに様子が違った。エイリーンは自領を拡大する為、四六時中周囲の領主達と諍《いさか》いを起こしていたが、その戦で攻めていたのはエイリーンの領地の一つだったからだ。

その地は広大であったが、実りの少ない痩せた土地だった。死の森と呼ばれる広い森もあったが、獣も少なく、限られた植物しか育たない為、どこもかしこも同じような風景が続き、それがいっそう不気味だった。

それでも、かつては神々が暮らしていたし、エイリーンの部下が城を建てて治めてもいた。

街も幾つかあったが収益をあげにくい地だった為に、神々は次々に別の地へ移り住み、廃墟と化していた。

そんな寂れた地に、追いやられた神々がいた。

かつてはエイリーンの領内で暮らしてはいたが上納品を払えなくなり、尚且つ神力も弱く、役立たずと判断された下級神達だ。彼らは終生その地を離れる事を許されず、またいざ戦ともなれば強制的に招集され、無茶な突撃もさせられていた。

その界隈《かいわい》はエイリーンの駒として使われるのを待つ者がいるだけの場所で、『流刑地』とさえ言われた。唯一、その地に行く事を免れたのは親を失った美しい女達であり、彼女達はエイリーンの手元に置かれ、贅沢な生活を送る事が出来た。流刑地に比べてあまりに恵まれていた為、『花園』と揶揄《やゆ》される程だった。

カルロスが三年前に加わったのは、エイリーンに反旗を翻した流刑地の下級神達を討伐する為の戦だった。


それを聞いたアメリアは、愕然とした。

「下級神が……至高神に逆らった所で、結果は見えているのに……」

束になっても敵わないから、下級神は苦しみに耐えながら、至高神に従うしかないのだ。

娘の疑問ももっともであり、カルロスは頷いた。

「おれもそう思った。それなのに、戦はもう半年も続いていると聞いたから驚いた。一方的に叩き潰されて終わるはずなのに、そうさせなかったのが、あの領主とその家族だった」

直接反乱を起こしたのは、その地を任されていたルイズと言う下級神だった。

温厚な性格の男で、神々によく慕われていた事を知ったエイリーンは、流刑地に追放した者達の不満を逸らせようと、彼を領主に据えていた。レイとロウファはルイズの息子だったが、兄弟は他の神々のような下級神では無かった。それがエイリーンの大誤算に繋がった。

「ルイズの女房と下の息子のロウファ殿は上級神だ。しかも、ロウファ殿は『鍛冶』を司る神だった。戦を方々で起こしていたエイリーンが、間違いなく部下に欲しがる神力の持ち主だ。それが長年隠されてきた上、ロウファ殿が出鼻を挫いたものだから、エイリーンは激怒したらしい。ただ、所詮従っているのは下級神だと侮って、強引に攻めさせたそうだ」

エイリーンは当然のようにロウファを欲しがった。当初は、流刑地にいる無能相手だからと軽く見て、同じ下級神の兵で攻めさせていた。だが、それを一蹴したロウファの存在に気付くと俄然やる気を出し、直属の上級神達を呼び寄せて、一気に攻めさせたという。

それを聞いたアメリアは、察するものがあった。

「……もしかして、おびき寄せた？」

「ああ。エイリーンの直属の部下達が戦場に出ると、今度はあの領主が現れて、皆殺しにしたと聞く」

戦力としては、下級神ばかりのルイズ達の方が遥かに劣る。だから、レイはロウファを囮にして、エイリーンの主力である上級神達を誘い出し、彼らがまだ油断している内に一気に叩いたのだ。

「あの領主が振るった『死の剣』は、戦場で絶大な力を誇ったそうだ。エイリーンは、部下を悉く蹴散らされて主力を失ったせいで、その後も攻め手に欠いて、膠着《こうちゃく》状態に陥った」

「父様は、そんな時に行ったんだね」

「ああ。しかも、エイリーンが感情的になって喚《わめ》き散らしていたものだから、軍内にもあの領主の事が噂で広がっていた。おれはそこで何者かを知ったんだ」

当時の衝撃を思い起こすように、カルロスは一度言葉を切り、一つ息を吐いて、告げた。

「あの領主は、オリンポス十二神の一人、『命神《めいしん》』だ」

「レイ、が………」

話を聞きながらアメリアが思い起こしたのは、かつて常闇《とこやみ》の城でレイとした話だった。

生命の剣の話の中で、彼は不死身とさえ噂される命神を、代替わりしているとだけ言った。

ただ、剣と命神との因果関係に関しては口にせず、すぐに剣の話に戻してしまったから、命神が結局どういうものなのか、誰であるのか、アメリアは知らずにいた。

「ああ。誓約の双剣と言われる『生命の剣』と『死の剣』を操っているから間違いないと、エイリーンが喚いていた。あの女はオリンポス十二神の中でも最高齢だからな。他の神力の事も良く知っていたんだろう。領主が命神と分かった瞬間、エイリーンは領主を執拗《しつよう》に狙うようになった。後で気付いた事だが、実際には領主の剣が目的だったようだ」

参軍したカルロスは一小隊に組み入れられ、戦場へと赴いた。反乱を起こしたルイズ達は、死の森を越えた先にあった、廃墟同然の城を防衛の要として徹底抗戦していた為、必然的にその城壁の周囲での戦いとなった。

　戦闘は激しく、数々の戦場を渡り歩いてきたカルロスでも何度も死を覚悟する程、ルイズ達の軍は小勢ながら粘り強く戦った。神力に圧倒的な差があると言うのに押し切れなかったのは、部隊を指揮するエイリーンの直属の部下達が、悉《ことごと》くレイに屠《ほふ》られて、指揮系統が麻痺していたからだ。

　レイやロウファは、味方が苦戦しているのに気づくと、即座にやって来て、強敵を次々に潰していた。

　兄弟は休む事なく半年続く戦に出続け、駆け回っていたのだ。彼らに従う下級神達も、反乱を起こした以上、勝たねばエイリーンに皆殺しにされると誰もが必死だった。

　カルロスが参陣した後も、戦いは果てしなく続くかのように思われた。

　そんなある日、カルロスは上官に呼ばれ、エイリーンの元に荷駄を運ぶから警護をするように命じられた。言われた場所に行ってみれば、上級神が百人近く集まっていた。全員エイリーンの直属の部下で、下級神はカルロス一人だった。

「家に使者まで寄越して、下級神のおれを参陣させたのは、剣を運ばせるためだったんだろうな」

「……もしかして、『山』を司る事を知られていた？」

「ああ。荷駄を運ぶのに、軍単位で動けば目立つ。少数精鋭で死の森や山をいち早く抜けて、エイリーンの元に持ち帰る考えだったんだろう」

「転移の術を使った方が早いのに？」

「誓約の双剣は持った瞬間に、命を吸い始める代物だ。転移の術を使うだけの神力も奪う」

それならば『山』の神力の効果は絶大だと、アメリアは納得した。山での父は抜群の移動速度を誇る。険しい山道も瞬時に最善の道を見出し、障害物の把握も早い。道案内役としては最適だ。

「エイリーンの元に届ける荷物だとしか聞かされていなかったが、詮索すれば逆に殺されそうな空気だったんでな。そのまま待てと言われたから、大人しくしていた」

部隊が駐屯している場所に現れたのは一人の男だった。エイリーンの副将を務めるほどの男だったが、カルロスは目を疑った。全身から血を噴き出し、息も絶え絶えに、両手に抱えていた布に包まれたものを仲間に手渡して、その場に倒れ込んで力尽きたからだ。

それだけではなく、男の身体は砂と化した。魂が消滅し、真の死を迎えた証である。

エイリーンの腹心たちも息を呑み、恐怖のあまり騒いだが、指揮官の男が怒号を浴びせて黙らせ、更に殺気立った顔でカルロスに道案内をしろと喚いた。

カルロスは先頭に立って、森を進み、山道を抜けた。その後ろから百人近い兵が付いて来たが、数は徐々に減っていった。包みを持つ兵が悉く血を噴いて倒れ、砂と化して消えたからだ。別の者がまた包みを持ち、しばらく運んで、また死んだ。その繰り返しである。

山を越え、エイリーンの本陣まで間もなくという時、カルロスが振り返ってみれば、兵は数名に減っていた。そして包みを持っていた兵が断末魔の悲鳴を上げ、耐え切れないと言った様子でそれを放り出したが、時すでに遅く、その兵もあっという間に消滅した。

だが、兵が放り投げたものを誰も受け止めなかったせいで、包みが解けた。

中から転がり出てきたのは、青い鞘を持つ美しい一本の剣だった。

カルロスは秀逸な剣に魅入られたが、エイリーンの部下達は違った。剣が露わになった事で、よりいっそう恐怖が増したように悲鳴を上げて腰を抜かし、その場に居ない主君に慈悲を請い始めた。

「お、お許しください！　エイリーン様っ！　この恐ろしい剣は、最早運べませぬ！」

「諦めるな！　届けねば、エイリーン様に殺されるのだぞ！」

「どの道死ぬではないかっ！　我らでさえ所詮は使い捨てだ！」

内輪揉めを始めた彼らにカルロスは初め呆れていたが、話を聞く内に顔色を失った。

エイリーンの部下達が盗み出したのは、レイの剣だった。

ようやく自分がその片棒を担がされたと言う事に気付き青ざめたが、続けて聞こえてきた話には、更に絶句した。

「いいから、急げ！　エイリーン様がレイに父親を殺させたのは、全てこの時のためだぞ！」

「くそっ！　あれ程激怒するなら、生命の剣も母親になど守らせず、早く差し出せば良かったのだ。あの女も抗っていないで、さっさと剣を封じれば良いものを……夫共々、エイリーン様の手を煩わせおって！」

カルロスは、エイリーンの事を領民から税を搾取し、苦しめる性悪女だと思っていた。

だが、エイリーンはそんな程度の者ではなかった。

「……戦で、レイは両親を失った……」

母親はエイリーンの手にかかり、父親に至っては己の手で殺したという。

だが、レイに一体何があったのか、カルロスはそれ以上知らなかった。街の者達も三年前の戦を多少は話題にしても、すぐに口が重くなり、哀しみをこらえる顔をして話すのを止めてしまった。

「ああ。おれも戦場で、領主と父親の間に何が起こったのかは分からん。だが、エイリーンは随分と無謀な突撃をさせていた。領主兄弟の目をそちらに向けて、剣を盗む為だったんだろう。あの女にとって、周りの者は皆、使い捨てだ」

「…………………」

アメリアは唇を噛み締めた。

レイは、カルロスの話をする時に『所詮使い捨てだから、今はもう気にもされない』と言った。だが、父や、更に言うなら数多の神々をそうやって見下していたのは、エイリーンだったのだ。

自分は、どれ程彼の言葉を誤解していたのだろう。もっと仔細を聞こうとしなかったのだろう。

「領主は戦で『死の剣』を使い、『生命の剣』は母親に預けていたようだな」

「一緒にあるべきものなのに、レイはどうして分けていたの……?」

「理由は分からん。だが領主の母親は、奴らに剣の力を封じさせられたようだ。母親なら息子の剣の事も良く知っていただろうし、上級神だったとも聞く。無論、オリンポス十二神の剣だ。力は劣るから永劫は難しいだろうが、運び出す時間くらいは稼げるはずだと思われたのかもしれないな」

「剣を託されていたのに、敵に渡さなきゃいけなかったなんて……レイの母様も辛かったね」

「仕方ない。母親の事は、エイリーンの部下達が話していたから多少聞いたが……深手を負って尚封印を拒み続けた彼女の眼前で、あの女の部下達は捕虜を次々に殺して見せたと言う」

「そんな……」

レイの父親は、数多の下級神達を守る為にエイリーンに抗った。ならば、彼の妻であるレイの母親もまた、同じ志を持って戦っていただろう。

大切な仲間を眼前で殺され続けて、耐えられるはずがない。

ただ、それを知った当時のカルロスは義憤に駆られ、立場も忘れて指揮官の胸倉を掴んで怒鳴った。

「貴様ら何という卑怯な真似をした！　捕虜に手をかけた上、母親まで……っそれでも兵士か！」

「煩《うるさ》い！　やらねば我らがエイリーン様に殺されるのだ！」

血走った目で怒鳴り返した指揮官はカルロスよりもずっと力の強い神であったが、完全に腰が引けていた。周囲の兵も真っ青になって、もう次の犠牲者になるのは御免だとばかりに、転がっている剣から距離を取っている。

だが、カルロスは次の瞬間凄まじい覇気を感じて、胸倉を掴んでいた手を離した。

先に戦場から去り安全な本陣へと引き上げていたエイリーンが、陣に部下達が近づいてきた事に気付き、待ちきれずに自ら現れたのだ。

ただ、彼女自身も無傷では無かった。戦場で一戦したのか、自慢の身体には無数に傷がついていたし、衣服は血で汚れ、顔色も酷く悪かった。完全に臆病風に吹かれている部下達を冷ややかに見据え、殺意を滲ませたが、彼女が真っ先に向かったのは、地面に転がっていた生命の剣だった。

レイの母親が封印をしたお陰で、エイリーンは剣に触れる事が出来ただけだったのだが、己ならば操れるだろうという傲慢《ごうまん》さも持ち合わせていた。

「おお……これが生命の剣か。万物に生を与える奇跡……これで妾も命神のように、長い生が約束されるに違いない」

誰もが凍り付いて動けなかった。カルロスでさえ、圧倒的なエイリーンの覇気に身体が動かなかった。そんな神々を見返して、エイリーンは愉悦《ゆえつ》の笑みを零した。

誰もが恐怖で動けない中、己だけが生命の剣を持ち、立つ事が出来ている。そうした自負が、彼女の過ちを招いた。

レイの母親が封じ込めたのは、鞘と剣が一体となって初めて功をなすものだった。だが、エイリーンが引き抜いた事で、その封は解かれてしまった。

見る見るうちにエイリーンの顔色が変わり、全身から血を噴き出して、悲鳴を上げた。咄嗟《とっさ》に振り払った事で鞘は捨てられたが、剣は盗人への罰を与えるかのように、エイリーンの手に張り付いて離れなかった。

慌てふためく部下達は、誰も転がり落ちた鞘になど目もくれなかった。

だから、カルロスが鞘を拾い上げて山道を駆けだした時、反応が遅れた。

「ま、待て！　貴様っ」

彼らが慌てて追おうにも、主君は瀕死である。大混乱に陥った彼らの傍で、エイリーンは腕ごと引き千切って剣を放り投げると、山を駆け下りるカルロスを睨みつけ、部下に怒号を浴びせた。

「追え！　鞘を取り返せ！」

剣を抜いたからこそ、エイリーンはようやく鞘の意味を知ったが、カルロスは違った。

蒼白になりながらも黙って聞いていたアメリアに、カルロスは穏やかに微笑んだ。

「お前のお陰だ」

「わた……し？」

「常々おれに言っていただろう。鞘と剣は一体のもので、どちらが欠けても良いものでは無いと」

頷いたアメリアに、カルロスは笑みを深める。

「あの時、お前の言葉が頭を過った。剣はエイリーンの手に張り付いていたし、おれもとても触れられるようなものとは思えなかった。だが器の方の鞘なら、もしかしたら領主の元に届けられるかもしれんと思ったんだ」

「……ごめんなさい」

「おいおい、そう後ろ向きになるな。どうせあそこに留まっていても、おれは殺されていただろう。口封じか、エイリーンの居城まで生命の剣を運ぶ手段にされたかは知らんがな」

「……鞘は剣を失って、とても哀しそうだった。剣もきっと同じなはずだ。でも、エイリーンは自分の身体さえ傷つけるような制御不能の剣を、その後どうやって維持したんだろう」

「分からん。だが、エイリーンの領内の一部が突然、荒廃の地と化したと聞く。恐らく生命の剣が暴走したんだろう。エイリーンが封印を図ったらしいが、止まらなかったそうだ。ただ、ある時を境にぱたりと止んだというから、何か封じる手立てを見つけたんだろう」

「……エイリーンは自業自得だけど、その領内に住んでいた領民はいい迷惑だね」

「ああ。エイリーンが中々抑えられなかった事で、あの女の力に抑圧されていた領民も不穏な動きを見せるようにもなったと、街の噂で聞いた。相当焦っているはずだ」

「制御できないなら、諦めてレイに返せばいいのに」

「しないだろうな。強欲そうな女に見えた」

「父様は、鞘を持って逃げたの……？」

「ああ。だが、後にも先にも、あんな悪夢は見たことが無い。もう見たくない」

鞘にとってカルロスは、対である剣を奪った敵であることに変わりはない。剣程の力は無いが、鞘もまた彼を蝕《むしば》んだ。

エイリーンの追手がかかり、カルロスは必死で応戦したが、身体中に無数の傷を負い、鞘に精神を蝕まれ、その中で駆け続けるのには限度があった。足は何度も止まりかけ、意識が遠のきそうにもなった。エイリーンの部下達も逃せば死が待っていると必死だったが、カルロスの眼が朽ちた城壁を捉えた時、彼を追っていた部下達の首は空に跳ね飛んだ。

一振りで斬り捨てた男の前に、カルロスはとうとう足がもつれて転がった。

男は凄まじい覇気をまとい、全身が怒りで満ちていた。傍らに立つもう一人の男が、カルロスを見下ろして、

「兄上、これは……」

と言葉を漏《も》らした。兄と呼ばれた男はカルロスの前に屈むと、鋭い声で訊ねた。

「剣を抜いたか」

「……それは、エイリーンだ……あの女が剣を抜いた瞬間……鞘を放り出した」

それに苦々し気な顔をしたのは弟の方だった。

「どうしようもない馬鹿女ですね。誰であろうと、兄上の剣を扱えるはずがないでしょうに」

「だが、手中に落ちた事は確かなようだな」

兄弟が揃って押し黙るのを見て、カルロスは己の息があるうちにと、血塗れの手で鞘を持ち主であ

る男に差し出した。男は黙って受け取ったが、直に触れても顔色一つ変えなかった。

「お前が……領主の息子のレイだろう。そっちは、弟の……ロウファか」

「……ああ。何故知っている」

カルロスは口元を緩めた。

「おれは……エイリーンに強引に招集されて、あの戦場にいた……だから、お前達の姿を見た」

「…………」

「兄弟揃って最前線で戦うなんて……良い度胸だと思った」

威勢よく、『あれがレイとロウファだ、捕らえろ！』と叫んだ指揮官達の振るった剣が、まるで児戯に見えるほど、敵ながら二人の剣技は秀逸だった。カルロスは兄弟の戦いぶりに惚れ、そして戦場を穢すような真似をさせた女が許せなかった。それに加担した自分が、もっと許せなかった。

「あの女は……あんたの母親を殺して剣を奪ったと聞いた……戦場では、どんな卑怯な手でも使うのが常だが……おれは、我が子に恥じる事だけはしない」

「子供がいるのか」

「ああ……チビで……元気一杯で……やんちゃで……もう見られないのは無念だ」

チビというのは子供と言う意味ではなく、身の丈の事だ。もっとも、巨漢のカルロスから見れば大抵の者はチビになるし、アメリアのこともチビ娘と時々言ってしまう。

だが、そんな渾名《あだな》で呼んでしまうアメリアも、街に連れて行けば、多くの男達が見惚れる程、美しく成長していた。親の欲目かもしれないが着飾ればどこの美女にも劣らないと思っていた。

ただ如何せん、山育ちで、大雑把な自分に育てられた事もあり、娘の性格はいっそ大人しくない。

男装のような恰好をして木に登って実を採ったり、狩りをしたりする。狩猟で捕らえた獲物を捌《さば》いて焼いて、直に丸かじりして喜んでいるような、逞《たくま》しい息子のように育っていた。

カルロスは多少惜しい気もしたが、心底楽しそうに過ごす娘を是認《ぜにん》してきた。どうしても可愛い娘を語る時は、やんちゃだの元気だのと言う表現になってしまうから、よく小さな息子がいると勘違いされたが、別にどちらでもよかった。可愛い我が子である事に変わりはない。

「…………。名と居場所を言え。エイリーンに消される前に、庇護してやる」

カルロスは遠く離れた娘を思い、微笑んだ。目がかすみ、痛みも無い。最期に愛しい娘を思い出そうとしても、精神は蝕まれつつあり、顔はおろか名さえも出て来なかった。

だが、敵である己の身内話を聞いて情をかけてきたレイの優しさに、カルロスは忠告した。

「いや……大丈夫だ。いつも戦場に出向く前には、死を覚悟しておけと……言い聞かせてある」

「………………」

「それに、お前が気にかければ……おれの子もきっと利用される。だから……良いんだ……だが、その優しさは気を付けろ……エイリーンは、それを突くのを躊躇《ためら》わないだろう」

「……まさか敵に忠告されるとはな」

小さく呟いたレイに、カルロスは笑って、最後に告げた。

「確かに、返したぞ」

カルロスが精神を保てたのは、そこまでだった。

長い話を終えて、カルロスは一つ息を吐き、重い口調で更に言った。

「あの女は、やはりお前を見逃すはずが無かったな。宮殿になんぞ放り込みやがって……」

「でも、逃げようとさえしなければ、そこまで酷い目にはあわなかったよ？」

本来なら鞘を奪ったカルロスの娘なのだから、エイリーンは殺しても飽き足らなかったはずだ。

実際、アメリアは初めて会った時には凄まじい殺気を浴び、理由こそ分からなかったが、自分は消されるのだと覚悟したほどだった。だが、何故か突然エイリーンの機嫌が直り、今度は満面の笑みを浮かべられたので、戸惑った覚えがあった。

「だが、何の考えも無しに、あの女がお前を領主の元に送りこむはずが無いんだ。何も無いならそれはそれで良いんだが……本当に心当たりが無いのか」

「皆にも何度か聞かれたけど、全く無い」

きっぱりとアメリアに言い切られ、同じ返答を受けた神々同様に、カルロスも呻いた。

「まあ……お前は、エイリーンの言いなりになるような娘じゃないからな……」

「そうそう。美人でもないし、大人しくも無いし、礼儀正しくも無いし……」

指折り数えるアメリアに、カルロスは顔をしかめた。

「宮殿に入れられた弊害《へいがい》だな。いつからそんなに後ろ向きになったんだ」

「そりゃあ父様、あんな煌びやかに着飾って、楚々《そそ》としている女性達に囲まれてみなよ。大暴れしていた私なんて、物笑いの種でも仕方ないと思うから」

「お前が大人しくないのは美点だ！　礼儀など要らん。お前以上の美女がそういるものか！」

親の欲目だろうと思いつつも、アメリアはつい嬉しくて顔を綻ばせたが、やがて笑みを消した。

「……でも、レイは生命の剣と死の剣は、相棒だって言っていた。引き離して良いものじゃないんだよ。それをエイリーンも分かったんだ。だから養女を送り込んで、死の剣の事を探らせたり、奪おうとしたりしているんじゃないかな」

「だが、生命の剣が触れただけで死ぬような代物だぞ、死の剣など尚更だろう。簡単な事じゃない」

「生命の剣をレイの母様が一時でも封じられたから、死の剣も何か手立てがあると考えると思う」

「なるほど……」

頷くカルロスに、アメリアは意を決し、まっすぐに見返して言った。

「父様。知らなかった事とは言っても、父様がレイの剣を盗む片棒を担いでしまったのなら、エイリーンから取り返さないといけないと思う。父様がやらなければならない事って、それでしょう？」

「……ああ。だが、おれはたかだか下級神に過ぎない。領主も戦後ただ手をこまねいていたはずも無いし、部下に探させてもいるはずだ。エイリーンもやっとの思いで手に入れた代物だから、奪い返されない為に秘めているだろう。まずは所在から探らなければならん」

「そうだね」

「おれはエイリーンを裏切ったが、後悔は無い。贖罪《しょくざい》の為にも、領主の元に剣を戻したい。その為に再び命を賭しても、気が狂っても構わん。だがお前は違う。おれの罪まで背負う必要は無い」

「違わないよ、父様」

アメリアは父を宥めるように微笑むしかなかった。涙が滲みそうになるのを懸命に堪えた。

「私は、父様の娘で、レイの妻だから」

「アメリア……」

父を励ます為に、アメリアはわざと砕けた口調で更に返した。

「夫の役に立つのは、妻として当然の務めでしょう？」

言い出したら頑として聞かない娘である。カルロスもまた大声で笑った。

「お前のような最高の嫁を貰って、領主は幸せものだな」

「……そうかな」

父のその軽口を聞いても、アメリアはいつものように気軽に返す事が出来なかった。

常闇の城で剣について彼と話す中でも、既に自分は冷静ではなかったのだと、アメリアは今なら分かる。それが、彼の周囲に居た女達を見たせいだと言う事もだ。

『レイに触らないで』

浮気をしても良いとレイに言った手前、呑み込んだ言葉だ。でも口にしていたら、彼も少し気にかけてくれたかもしれない。言わなかったら、伝わるはずが無い。

レイともっと沢山の事を話せば良かったのだ。

そうしたら、レイに関わる事や、彼がどれ程のものを背負って日々を過ごしていたのかを、こうして誰かの口からではなく、私は彼から聞く事が出来ていただろう。

父の話からでは当然分からない、レイ自身の想いを多少なりとも知れたはずだ。

勿論、レイとてエイリーンと敵対し、父母を傷つけた女の養女などに、心を開けるはずが無かったかもしれない。

だったら、私は自分の事をもっと彼に知って貰えば良かったのだ。

彼に煩いと言われても良いから、もっと自分の想いを話せば良かったのだ。

父の事だって、多忙だからと遠慮しなければ、きっと最初からこんな事にはならなかった。

父の仇だと勝手に勘違いして、恩人である男に対して散々な態度を取った挙句、何も言わずに逃げ出してきた。レイが犯すように抱いてきたのだって、そもそも生命の剣について教わる事の代償として、彼が事前に提示してきていた事で、自分もそれを受け入れていた。

それにも関わらず、全部レイのせいにして泣いて逃げて来て、何が良妻だろう。

自分勝手にも程がある。私は、ただ自分が可愛いだけだったのだ。そして、傷つくのも怖かったのだろう。彼と向き合う事から、そして自分の心と向き合う事から、ずっと逃げていた。

そちらの方が、遥かに楽だ。

レイにとっては、既に最低の花嫁だろうし、戻った所で激怒されるかもしれない。

それでも彼ともう一度話をしたい。想いを知りたい。自分の心を知って欲しい。

レイが好きだから、もう彼から逃げたくない。

そして、何としても生命の剣を取り戻したいと思った。父が盗みに加担していたと知ったから、尚更だ。対を失い寂しげだった鞘と、相棒のいない死の剣の悲嘆を、武具の神だからこそ感じていた。見て見ぬ振りなど出来るはずがない。

「父様、レイに全部事情を話して、取り返す為の策を練ろう」

「親を失う事になった上、剣を盗まれたあの領主には、その剣の名を口にする事さえ禁句だと聞いたが……良いのか？」

カルロスは、レイの不興を買う事を恐れている訳ではない。娘の思慕を知っているから、辛いものになるはずだと思ったのだ。アメリアは強い眼差しで父を見返し、頷いた。

「それでも良い。レイの気持ちが少しでも分かるなら、何を言われても良い。話がしたいの。それに元はと言えばレイの剣だから、どうやったら生命の剣を持ち出せるか分かるかもしれない」

「……確かに」

奪還の為には、確実な手段を取った方が良い。カルロスは頷き、立ち上がった。

「領主に会いに行くとするか。急げば数日で着くはずだ」

アメリアも異論はなく、席を立ち、傍らで寝そべっていた狼も二人に続いた。

意気込む親子の背を見つめる狼は、安堵したような柔らかな目を向けていた。


二人の後に続いて狼が外へと出ると、カルロスは店に鍵をかけた。雨は止んで、雲間から月が見えていた。足場の悪い山歩きに慣れている事もあって、雨でぬかるんだ地面でも二人の足は速い。

それでもカルロスは、アメリアを気にかけた。

「アメリア、おれが持ってやるぞ？」

巨躯の彼であれば、娘が工房を出る際に持ち出してきた物を脇で抱えてやる事など、訳も無かった。

だが、アメリアは細い両腕でそれを大切に抱えたまま、駆けていた。

アメリアは足繁く店に通い、工房でカルロスの仕事を手伝っていたが、仕事の合間を縫って熱心にそれを作り上げていた。彼は今ならそれが誰の為だったか聞かずとも理解していたし、微笑んだアメリアの返答が全てを物語っていた。

「良いの。自分で持っていたいから」

「……ふむ」

　カルロスにとって、アメリアは最愛の妻が遺してくれた可愛い一人娘だ。それこそ本気で目の中に入れても痛くない。だが、娘の心は彼女のもので、父親が色々と口を出すものではないとも思っていた。

　領主に惹かれているなら、それでも良い。自分のせいで苦しい思いをさせてしまっていただろうが、娘の初恋は応援してやりたい。

　レイにも、何としても恩返しをしたいとも思う。だが、詳しい理由は分からないが、アメリアを泣かせるのは絶対に余計だ。それだけは話が別だ。

　だから、もしも無事に生命の剣を取り返し、領主への贖罪を済ませて許されたなら、街の女達が絶賛していた美貌の顔を一発くらい殴っていいだろうか。

　娘以外に手を出すのも多情な神族であれば仕方がないかもしれないが、その結果として娘を思い悩ませたら、一度切り落としてやって良いだろうか。父親として、それくらいの権利はある気がする。

　真剣に思い悩むカルロスに、アメリアは不思議そうな顔をした。

「父様、どうかした？」

「いや、何でもない」

　カルロスは雑念を振り払うように頭を振り、駆けた。

　二人の後を付いて行った狼は、アメリアを送り届けた時のように、城に戻してやることは出来なかった。狼には、己ともう一人くらいしか転移させる力がなく、一度が限度だったからだ。再び術を使うのに休息もいる。

ただ、カルロスを監視していたヴィシャスの部下達が立ち去って間もなく、狼だけが感じ取った異変があった。それが何なのか、狼は工房にいる間もずっと注意を払ってきたが、ヴィシャスの部下達が戻って来るのを警戒してか、店には中々近づいて来なかった。

離れた場所で様子を伺っていたその者は、二人が店を出るのを見ると後をついてきた。二人は気付いていなかったが、徐々に距離を詰めてくるそれに、狼は鋭い唸《うな》り声を上げた。

二人を転移の術で逃がしてやりたかったが、カルロスかアメリア、そのどちらか一人を残す訳にもいかない。

アメリアとカルロスは、狼の唸り声に驚いて足を止め、周囲を警戒し始めた。

そんな二人の前に現れたのは、一人の若い男だった。黒いローブをまとった男の顔が、月光で晒される。真っ先に何者か気付いたのは、カルロスだった。

中肉中背の体躯の男は、酷い猫背でもあり、それが印象に残っていたからだ。

「お前は……領主の城で下働きをしていた奴じゃないか」

城にいた時の男は、灰色の伸ばしっ放しのような長めの髪で、小さな褐色の目はどこか暗かった。黙々と働いており、城では決して目立つ容貌では無かったが、それで娘には通じると思った。だが、彼の愛娘は興味が無いと、夫の顔さえ一時忘れてしまう妻である。

「そうなの？」

困惑したアメリアに、カルロスは頭痛を覚えつつ、良く見ろと促した。アメリアはまじまじと見つめ、やはり散々悩んだ末にようやく思い出した。

「そう言えば、見かけた……気がする」

「名は確かバルドとか言ったか……店主と品物を届けに行った時、見かけた事がある」

バルドはアメリアを嘲笑しながら、言った。

「お前は四六時中遊び歩いていたから、覚えがないのも無理は無いだろう。そうなるだろうとエイリーン様も仰っていたが、それにしても呆れた女だな」

バルドの口から崇拝するような口調でエイリーンの名が出た瞬間、カルロスとアメリアの顔から血の気が引いた。この男が下働きなどではない事を察する。

アメリアはバルドを見据えた。

「お前は……エイリーンの部下なの!?」

「その通りだ。だが勘違いするな。俺はお前達のような駒ではないぞ」

「なにを……っ」

「レイに嫁として駒を送り付けるだけでは、心許ないからな。奴の庇護を求めて逃げ込んで来る連中に紛れ込み、街に身を潜めて駒が機能するかどうか見定めている。ただ、レイの部下達も当然目を光らせているからな。奴らの目を掻い潜るのは中々骨が折れる。レイに足を開いていれば良いお前達とは違うんだよ」

冷ややかに侮蔑するバルドに、アメリアは怒りが湧きあがる。政争に巻き込まれた今までの花嫁達を、男は明らかに軽視していた。

「だが、今では散々討ち滅らされて、潜む仲間も数少ない。だから、そこの男を使おうと思っていたものを……気が狂った上に、記憶を失っているとは誤算だった」

カルロスは顔をしかめた。

「おれが城に行った時に、随分熱心に話しかけてくると思ったが、探っていたのか」

「貴様は瀕死の身でも、生命の剣の鞘をレイに届けたからな。エイリーン様はその力を見込み、裏切った罪は万死に値するが、一度だけ挽回の機会を与えてやれとの事だった。ありがたく思え」

「ふざけるなよ。誰があんな卑怯な女の言う事など聞くか」

エイリーンへの明らかな侮辱に、バルドは殺気をみなぎらせたが、やがて高笑いした。

「どうやら、記憶は完全に戻っているようだな。ならば話は早い。エイリーン様の命令があるぞ」

「なに……？」

「お前達親子で、レイの持つ死の剣を奪い取り、エイリーン様の元にお届けしろ」

これにはカルロスだけでなく、アメリアも呆れた。

「だから、何故私達が命令を聞かなければならないの」

「聞きたくなると思うがな」

バルドはにやついた顔でカルロスを見返した。

「生命の剣が抜かれた場に立ち会ったお前ならば、よく分かるはずだ。鞘を失った剣は暴走して、エイリーン様をも傷つけた」

「……ああ、確かに見た。何とか領地に持ち帰ったようだが、周囲の命を吸い上げて悲惨な事になったらしいな」

「貴様は逃げたが、勇猛なる同志達がエイリーン様の領地まで運び入れたのだ」

「どうせ脅されたんだろう。結局は剣に命を吸われて、消滅したんじゃないのか」

辛うじて生き残っていた者がいたとしても、口封じに殺されたであろうことは、カルロスも想像に容易かったし、バルドもそれを否定しなかった。

「それ程の力を持つ剣が、何故暴走を止めたと思う」

「なに？」

カルロスは困惑したが、武具の神であるアメリアは理解した。

「貴方達は……神魂《しんこん》を犠牲にしたんだね」

神力と生命力の源であり、それらを宿す神族の魂は、通称『神魂』と呼ばれている。

肉体が傷つき死んでも、魂が破壊されて消滅を迎えない限り、何度でも身体を蘇らせる。それ故に、非常に強靭だった。命を吸う生命の剣を抑えるのに最も手っ取り早いのは、命を与え続ける事だ。

「その通りだ。理解が早いな。流石、武具の神だ。褒《ほ》めてやる」

「ふざけないで！」

「エイリーン様は鞘の代わりになる器が必要だと、色々と試された。宮殿に集めた孤児はなにかと便利なものだな。死んだところで誰も騒がん」

その言葉を聞いたアメリアは青ざめた。

「宮殿を出た方は……皆嫁いだんじゃ……なかったの？」

「そんな者は一握りだ。試しに宮に入れて育ててみても、手駒にさえなりそうにない女は、さっさと始末されていた。だが喜べ。鞘の一件で、エイリーン様は下等生物でも役に立つことがあると、お気付きになったのだ。確かに、何人かしばらく良い器になった」

アメリアは戦慄《わなな》いた。

宮殿には大勢の美女達がいて、エイリーンに心酔し、将来に大きな希望を抱いていた。

だが、彼女達を待っているのは、決して幸せなどでは無かったのだ。

「今も、生命の剣は新たに捧げられた宮殿の女の魂から、命を吸い取り続けている。レイを脅すのにも、丁度良い話だろう」

「レイを……脅す……？」

絶句するアメリアに、バルドは嘲笑した。

「なんだ、小娘。お前は今まで嫁いだ女の中で最も長く奴の傍に居ながら、何も聞かされていないのか。弱者や女子供に甘い男だが、警戒はしていたようだな」

「………………」

「まあ、無理も無い。母親の神魂の半分が奪われ、エイリーン様の手中にあるのだからな。いつでも、生命の剣に力を吸わせる事など容易い。奴の父親は『死の剣』が殺し、消滅させた。ならば、母親を『生命の剣』が殺すと言うのも一興だと、エイリーン様は笑っておられた」

「そんな事を……よくも」

怒りと悲しみで、身体が震えそうになる。エイリーンは、それをレイに伝えたに違いない。

彼にとっては強烈な脅しとなるはずだ。

「奴の母親は上級神だが、身体が深手を負い衰弱すれば、神魂を封じる機がある。生命の剣に先んじて、あの男の母親の魂はエイリーン様の手に落ちた。母親の命を盾にでもされなければ、レイが己の妻として、いつまでも女達を受け入れ続けるはずがないだろう？」

「……っお前達は、どこまで卑怯であれば気が済む！」

アメリアは激怒した。エイリーンはレイの剣を奪っただけでなく、母親の身体を殺し、更にその魂を奪い取って恐喝していたのだ。

　バルドは、非難の声にぴくりとも感情を動かさなかった。

「すべてはエイリーン様の永遠の命のためだ。生命の剣では不完全だった。ならば、死の剣を揃えれば、今度こそ長年の宿願が叶うとの思し召しだ」

「無理だよ。永遠の命なんて無い」

　命を司る神であるレイが断言した事でもあったが、バルドは冷たくあしらった。

「それは死の剣を得て確かめれば良い事だ。レイが母親の命を盾にされても、未だに差し出そうとしない剣だ。試すだけの価値がある。幸い、お前は何故かレイに気に入られた。無能な下級神を抱え込んで庇護する馬鹿な男の相手は、お前のような頭の軽い女の方が良かったのかもしれないな」

「レイを愚弄しないで！　お前達とは比べ物にならない、心優しい神だ……っ！」

　自分への侮蔑よりもレイを侮辱された事が、アメリアには哀しく、怒りがこみ上げた。

　だが、バルドにはやはり通じない。

「ならば手っ取り早いだろう。そのお優しい男に頼み込むなり強請《ねだ》るなりして、死の剣を奪え」

「そんな事を私がすると思う？」

「ああ、お前はレイの母親を殺す気か。お前はすっかり奴に懐いているようだが、さぞ奴の恨みを買うだろう」

「なっ⁉」

「エイリーン様は、お前が死の剣を持って来なければ、レイの母親を殺すとおっしゃった。母親の魂を理由に何度脅しても、いつまでも動こうとしない臆病者にしびれを切らされたのだろう。周りを使った方が早い。それに、お前は武具の神だからな」

「それがなに……？」

「お前が神力を使えば一から武具を作り出せる事を、エイリーン様が知らぬと思ったか。剣や鞘を生める便利な身体をしているだろう。お前ならば、間違いなく死の剣を抑え込める」

　バルドはそう断言した。下級神に過ぎないアメリアが、死の剣を封じる程の力があるはずが無いと言うのに、バルドは聞く耳を持たない様子だ。

　アメリアは唇を噛んだ。そして、己がレイの花嫁に選ばれた理由をようやく察した。

　バルドの言う通り、一から武具を生み出す事ができたからだ。

　非常に神力を使う事もあって滅多にやらなかったが、エイリーンの宮殿で一度だけ、あまりに武具に触れていない日々が辛過ぎて、短剣を生み出した事があった。恐らくそれを誰かに見られていたのだろう。剣を納める鞘も生み出せると言うのは、間違っていない。

　だからといって、自分よりも遥かに上の力を持つ剣を封じられるはずが無いのだが、どうやらおかまいなしのようだ。自分が失敗して死んでも痛くも痒くも無いからだろう。

「だから……私をレイの花嫁に選んだ……」

「その通りだ。至高神同士の大戦となった事で、三年前の戦は『四柱《しちゅう》』の仲裁が入った。エイリーン様が軍を退く形で終わったが、その休戦の条件が、レイがエイリーン様の養女を娶《めと》る事だ。奴は花嫁が誰であろうが断れない。母親を失う訳にはいかないだろうからな」

　四柱は神界の最高実力者であり、特に至高神同士などの大戦で神界が騒乱に巻き込まれる危険性があると、仲裁に入る事がある。エイリーンは生命の剣で負傷した身であったし、レイも両親を失った打撃もあって、講和に応じたのだろう。

エイリーンの手先同然の養女を妻として迎え入れ休戦の状態を維持するのが、彼にとっては母親を守る唯一の道だったのだ。だから、何度送り込まれても、拒む事が出来なかったに違いない。

アメリアを妻として迎えたのも同様だ。

レイに出来た唯一の抵抗は、気に入らなければ送り帰す程度の事だった。自分に触れる時、彼はどれ程苦痛だっただろう。それでも優しい男だから寛大でいてくれたかもしれないと言うのに、酷い言葉まで投げつけた。

アメリアは激しい後悔と哀しみを覚えたが、それを口にするのはバルドに付け入る隙を与える事になるから、懸命に堪えた。

だが、先に怒りが頂点に達したのは狼だった。

唸り声をあげ、バルドを睨みつけていたティディが地を蹴り、襲いかかったのだ。アメリアの眼が追い付けない程の凄まじい速さであったにも関わらず、バルドは易々と避け、更に強烈な蹴りをティディの腹に叩き込んだ。

「ティディ……っ！」

跳ね飛ばされた狼の元にアメリアが駆け寄ると、狼は何とか立ち上がったが、その口内から血を吐き捨てた。まさに一瞬の事である。だがバルドは余裕の笑みすら浮かべていた。

バルドがティディよりも格上だと言う事は、明らかだった。

「まだ断ると言うのなら、お前の父親を殺す。お前を嫁がせたのは、それも計算の内だったからな」

アメリアは息を呑み、カルロスも血相を変え怒号を上げた。

「おれに構うな、アメリ……っぐぅ⁉」

突然カルロスの身体が浮き上がり、アメリアの傍の地面に叩きつけられる。

「父様……っ！」

蒼白になるアメリアに、カルロスは荒い息を整えながら大丈夫だと答えて立ち上がったが、その顔は苦痛に歪んでいた。バルドは、レイの部下達の監視の目を潜り抜けて来ただけあって、かなり力の強い神族だ。この男ならば、いつでも父を殺せるだろう。

「今日一日、猶予を与えてやる。俺を追っている連中が、その内ここに来るだろう。連中にレイの元まで連れて行って貰え。そして、明日の夜明けまでに常闇の城から死の剣を持ち出して、北門まで来い。逃げようとしても無駄だ。お前の薄弱な神気は辿れないが、この男の神気は覚えた。父親を隠した所で無駄だ。探し出して、必ず殺す」

「…………っ」

「無論、この事は一切誰にも口外するな。邪魔をされたら困るからな」

「……私にだって出来るはずはない。あの剣は、触れたら命を絶つようなものだよ」

「お前なら出来ると言っている。レイはお前を溺愛していると言うし、油断しているだろう」

誰だ、そんないい加減な事を言ったのは。

アメリアは絶句したが、バルドは真剣にそう思い込んでいるらしく、耳を貸す様子が無い。

「レイがそこまで夢中になった女は、お前が初めてだ。余程お前が可愛いと見える。せいぜい上手くやる事だな……」

そう言い残して、バルドは姿を消した。カルロスを人質にとっていかなかったのは、自信の表れだ。

アメリアは唇を強く噛み締めた。

夜明けまでにレイから死の剣を奪わなければ、父は殺される。そして、レイの母親までもが同じ目に遭わされてしまう。レイに訴えたくても、それさえも許されない。

レイに全て打ち明けようと思ったのに、また何も伝えられない事が、哀しくて仕方がなかった。

カルロスもまた顔の色を失い、立ち尽くすしかない。

そんな二人を心配そうに見上げ鼻を鳴らした狼に、彼は頷いて見せたが、それでも重い溜め息をついた。

「……どうするか。あの領主を頼る道は閉ざされたな。おれは殺されようが構わんが、あの領主の母親まで巻き添えになるのは見過ごせん」

「父様の命だって、大切だよ！」

「アメリア……すまん」

悲痛な声にカルロスは俯《うつむ》いたが、アメリアは首を横に振った。

父のせいじゃない。感情的になっている場合でも無い。

刻限は明日の朝までと限られてしまった。

それまでに何か手立てを考えなければ、全員が大切なものを失う。

茜色の空

アメリアが初めてレイと街を出歩く事になった一日は、あっという間に午後にさしかかった。

昼食を終えて食堂を後にしたアメリアは、再び街中の散策を楽しんだが、度々足が向くのは、やはり武具の店だ。

またしても店先に並ぶ武具に目を輝かせ、触る許可を店主に貰うと、嬉々とした顔をして手を清め、気に入った剣を手に取り、鞘から引き抜いた。ヴィシャスは辟易《へきえき》とした顔をして、レイに言った。

「本当に……よく飽きませんね」

「ああ…………」

上の空で返事をした主君の緋色の瞳も、午前中から飽きる事無くアメリアを見つめているものだから、ヴィシャスは呻《うめ》いた。

「そしてレイ様は、あっという間に、アメリア様の虜になられましたか。釘付けですね」

「……なんでそうなる。俺は、ただ様子を見ているだけだ」

我に返って即座に否定してきたレイに、ヴィシャスは半眼になった。彼女に不審な点が無いか確認しているのだと暗に言いたいのだろうが、鵜呑みになど出来るはずがない。

「アメリア様を閨から中々出さなかった御方が、おっしゃる言葉とは思えませんが」

「………………。俺じゃない。アメリアが強請《ねだ》ってきたからだ」

「本当ですか？」

腹心の疑い深い視線に、レイの緋色の瞳が落ち着きを無くしたが、アメリアが振り返ったので、話が中断した。話が聞こえていたのだろうとヴィシャスは思い、主君の咄嗟《とっさ》の小嘘を暴く事にした。

「アメリア様も、すっかり夢中になられましたか？」

「え？　あ、うん！　色々目移りしちゃったんだけど、やっぱり今、一番は……」

アメリアはそう言って、ちらりとレイに視線を向け、彼が驚いたように軽く目を見張ると、頬を薄っすらと赤く染めて、慌ててヴィシャスに戻した。

　ヴィシャスもあまりに素直な返答に驚きつつ、更に問い詰める。

「そうですか。具体的には、どこが良いと思われたのですか？」

「凄く恰好良い所かな。大好きになったの」

　堂々と惚気《のろけ》られたものだから、ヴィシャスも返答に困る。レイも意表を突かれたらしく、

「……何だよ、急に……」

　と、更に視線が泳がせた。アメリアは微笑んで、更に言った。

「言ったでしょう。私、浮気はしないよ。こんなに素敵なのに、無視できるはずなんて無いもの」

「……そうか」

「だから拗《す》ねないでね？　今の一番は、貴方だよ」

　アメリアは、また少し恥ずかしくなったのか視線を落としたが、真摯《しんし》にそう訴えかけた。

　ヴィシャスは、公衆の面前で主君に愛の告白をしたアメリアに、目をまん丸にした。そして、レイが満更でも無いような顔をしていたかと思えば、不意に何かに気付いたように急に顔を引きつらせたものだから、これも不思議で仕方がない。

　恐ろしいまでの美貌を持つ主君は、それこそ女神達の求愛など引っ切り無しであったし、女の愛の

告白などで一々動じる男では無い。百歩譲って、アメリアが突然そんな事を言い出して困惑したとしても、あからさまに不機嫌にならなくても良いだろうと思ったのだ。

さっきだって、弓の腕前を褒《ほ》めて貰えなくて、若干拗ねていたではないか。

ヴィシャスの困惑を他所に、レイは嘆息して、顔を上げたアメリアに更に言った。

「……お前、そう思うようになったのは、いつからだ」

「今まで街を出歩いていたから、自分の気持ちに気付かなかったんだけど……ゆ、昨夜まで、レイとずっと一緒だったでしょう？」

「ああ……その時に俺のモノも、良く見たのか。気に入ったようだな」

納得顔のレイは冷静だが、ヴィシャスは怪しげな話になって来た気がして、非常に気まずい。

どうやらアメリアは、主君の外見よりも、身体の方がお気に召したらしい。うっとりとした顔をして、何故か不満そうな主君を見返しているのが、その証だ。

「うん。とても立派だったし、見るからに強そうで、硬そうで……もう夢中だよ。だから、実は午前中から、触りたいなとか、撫でたいなとかつい思って、我慢していたんだ」

「分かった。今夜二人きりになったら、全部させてやる」

「え、待てないよ！　今見たい！　抜かせて貰えるだけでも嬉しいの。ここでも良いでしょう⁉」

大暴走を始めたアメリアに、ヴィシャスは冷や汗すら滲《にじ》んできて、口を挟まざるをえなかった。

「アメリア様！　言っていい事と、悪い事がありますからね⁉」

「大丈夫、分かってる。手はちゃんと清めてあるよ。大事なものだものね！」

「確かにそうですが、手が綺麗であれば良いというものでもありませんよ⁉」

額に玉のような汗が出てきたヴィシャスの横に立つレイは、小さく溜め息をついて、なんと腰に手を伸ばした。

「仕方ないな。そんなに言うなら、抜かせてやる。片手じゃ大きくて大変だろうから、両手で持て」

「レイ様も何をおっしゃっているんですか⁉」

主君もご乱心では困る。白昼堂々、この新婚夫婦は往来でナニを始めるつもりだ。

性交が最大の娯楽などと言われる程、性に奔放な者が多い神族でも、往来のど真ん中で行為を始める者はいない。しかも、レイは領主という高い地位にある男だから、名誉に関わる。

うろたえる部下を他所に、レイは腰の剣帯から自分の剣を一本引き抜くと、嬉しそうに手を伸ばして、おねだりをしていたアメリアの両手の上に柄を置いた。

「あああ……本当に想像通り！　素敵！　今まで見た『剣』の中で、この子が一番恰好良い！」

「…………。俺の剣を見ながら、俺と話す女は、お前が初めてだ」

「そうなの？　こんな格好良いものが目の前にあるのに、勿体無い。見る目が無いね」

きっぱりと言い切ったアメリアに、レイは顔を引きつらせ、ヴィシャスは呻いた。

主君の妻は、神界《しんかい》中の女神達から、同じ台詞をそっくりそのまま返されるに違いないと思った。

アメリアがレイの剣に、惚れ惚れとしていると、レイはふと往来へと視線を向けた。

「……ここにいてくれ」

「え？　あ、うん」

レイが部下達の間をすり抜けて去って行くのを、何気なく見ていたアメリアは、彼の向かう先に数人の子供達がいる事に気付いた。

　まだ十歳程度の子供達は、軒並み怯えた顔をしていて、警戒心が剥き出しだった。

凶神《きょうしん》と言う彼の異名が頭を掠めたが、子供達の前に立ったレイはその場で屈み、視線を合わせた。

レイはアメリアに背を向けていたから、その表情は読み解けなかったが、彼の背越しに見える子供達は、自分とレイを交互に見て、様子を伺うような視線も向けて来たので、ようやく、また自分が警戒されていたのだと気付いた。

　強張っていた子供の表情は、レイが声をかけていると次第に緩み、今度は彼に笑顔を向けて、何事か強請り始めた。レイは子供達を宥《なだ》めていたようだったが、やがて立ち上がり、戻って来た。

「もう一本の剣もヴィシャスに預けておくから、それでも見て、ちょっと待っていてくれるか」

「見せて貰えるなら、勿論嬉しいけれど、どうしたの？」

「玉蹴りに付き合えだと。最近忙しくて、遊んでやってなかったからな。少しだけだ」

　そう言って、レイは剣帯ごとヴィシャスに預けると、また子供達の元に戻っていった。

　レイがやって来ると、子供達は歓声をあげて持っていた球を彼の足元に放った。それをレイは慣れた様子で蹴り、子供達は追いかけて、球に追い付いた子供がまたレイに蹴り返す。

　楽しそうに遊ぶ彼らを見たアメリアは、驚きを隠せない。レイは城の執務室に籠っている事が多い印象だったから、こんな姿は意外でしか無かった。

「レイは……街の子供達と良く遊ぶの？」

「ええ。レイ様が領内を巡察されると、どこに行っても、必ず子供達に囲まれます」

　彼らを見返すヴィシャスや他の部下達は、苦笑しつつも、穏やかな笑みを浮かべていた。

アメリアが再びレイに視線を戻すと、子供の一人が躓《つまづ》いて派手に転んだ。大きな声で泣き出した子供を見て、レイは直ぐに歩み寄ると、転んで薄汚れてしまった子供を軽々と抱き上げた。

「気を付けろ。怪我はないか？」

子供が頷くと、レイの目が和らぎ、そっと降ろすと、子供の服の土汚れを手で払って落とした。

「ありがとう、レイ様。早く、続きしようよ！」

「もう少しだけだぞ」

無邪気に纏《まと》わりつく子供達に、レイは苦笑して応じ、また一緒に遊び始めた。

アメリアは、その姿から目が離せないでいた。

子供は正直だ。領主という高位の立場にある男に、無邪気に慕って近づいて来られるのは、彼がそれを許してくれているという事でもある。以前、街で出会った綺麗な翡翠色の瞳をした子供も、レイを随分と慕っているようだった。下級神などには見向きもしない領主も多いし、それが神力《しんりき》の安定しない子供ともなれば尚更だというのに、彼は違うようだ。

「レイって……優しいね」

アメリアは以前もそう感じた事があるとふと思い、あの雷の夜が脳裏に過り、頬が勝手に赤らんだ。慌てて周囲を見たが、幸いにしてレイは子供達と遊んでいて、ヴィシャス達も主君に視線を向けていたので、誰にも気付かれずに済み、密かに胸を撫で下ろした。


レイは、しばらく子供達と遊んだ後、彼らを帰すと、アメリアの元に戻って来た。ヴィシャスから剣帯を受け取り身に着けて、双剣も戻す。

「待たせたな。行くか」

そう言いながら、アメリアの腰に腕を回して抱き寄せ、頭の上に軽くキスを落として来たものだから、アメリアの足は止まった。当然のようにキスをしてきた夫を見上げて、軽く睨んだ。

「一言、言うだけで十分だし、別にする状況じゃないよね？」

「夫の権利だ。もっとされたいか」

「いいえ！」

権利を行使されたらどうなるか、嫌と言う程知っているアメリアは慌てて否定する。それに対してレイは、いっそ冷静なものだから、動揺したアメリアは項垂《うなだ》れた。

「……レイって、キスが好きなんだね……」

「俺が？」

「うん。だって、閨の中でも、何度も……してきたし」

初めてキスをされた後は、しばらく遊び歩いていたせいか、どこにも触れられる事はなかった。

その反動なのかどうかは不明だが、レイと身体を重ねた時には、行為の最中に数え切れない程、キスをされた記憶がある。

思い出して真っ赤になったアメリアに、レイはくすりと笑った。

「俺の嗜好じゃない。それは、お前が強請ってきたからだ」

レイは、多くの神族と同じく、性行為は楽しむ方だが、キスが好きだと思った事は一度もない。

結婚式での誓いの口付けも、誰ともしてこなかった。

そもそもキスが好きだったら、それ以前にしていたはずだ。だが、今まで誰ともする気が起きなかったから、嫌いだったのだろうと思う。

そんな自分がキスをする羽目になったのも、間違いなくアメリアのせいだ。

彼女が自由奔放で、自分の妻としての自覚を全く持とうとしなかったからだ。

レイはそう確信していたが、アメリアは目をまん丸にして否定した。

「え⁉　そんなこと無いよ！」

「止めたら嫌だ、もっとしろと言ったのは誰だ」

「言ってない！　絶対に言ってない！　……はず」

若干怪しいのは、立て続けに抱かれて疲労困憊になり、途中から記憶があやふやな時もあるからだ。

語尾が弱くなるアメリアに、レイは冷笑した。

「認めろ」

「私じゃない！」

「俺じゃないからな」

フンと鼻で笑うレイに、アメリアは軽く睨んだ。


それから、また街中を巡り歩いていたが、アメリアはふと道の色が変わっていた事に気付き、足を止めて、空を見上げた。露店や鍛冶屋などの店が軒《のき》を連ねているせいで遠くまでは見渡せないが、夕方の空は、薄っすらと赤く変わりつつあった。日中は真っ青な空で、翼を生やして飛んでいた者達も多く見かけたが、暗くなりつつある空を嫌ってか、もう誰もいない。

アメリアの視線を追って空を見上げたレイは、何もない空に不思議に思って、声をかけた。

「どうした？」

「貴方に嫁いでから、街を出歩く事に夢中になっちゃって、ゆっくり景色や空を見る事をしなかったなあと思って。宮殿を出られたら、最初にしたいと思っていたはずなのにね。魅力的なお店が多過ぎたのかな」

「…………。景色や空なんてわざわざ見て、どうするんだよ。どこにでもあるだろ」

怪訝そうなレイに、アメリアは微笑んだ。

「確かに山で暮らしていた時は、見えるのが当たり前だったね。日の光も、草花の香りも、爽やかな風も、何もかも。でも宮殿に入ったら、四方に高い壁があって、景色なんて楽しむどころじゃ無かった。広い庭はあったけど、植栽や芝生は不自然に思えるくらい、いつも完璧に整えられていて、何だかつまらなかったな――」

エイリーンの宮殿は総二階の大きな建物だったが、壁は赤茶色を基調とした地味な外観で、窓は常に固く閉ざされ、中は静寂に包まれていた。

庭は手入れが行き届いており、大きな噴水もあった。噴水の中央には高い台座の上に、金で作られたエイリーンの銅像が光り輝いていたが、周囲が地味である分、まるで誇示しているようにしか見えなかったものだ。整然とした建物や庭はどこを見ても美しいし、宮殿内には多くの女達が暮らしていたというのに、まるで生気を感じず、何だか不気味だった。

その違和感は、宮殿で暮らす中で日々強くなっていった。

「――暮らし始めてみれば、やれ礼儀作法の勉強だの、言葉遣いの練習だの、延々とやらされていたから、ゆっくり窓から景色を見て、楽しむ事なんて出来なかったもの」

「…………」

「だから、何気なく暮らしていた日常は、実はとても恵まれたものだったんだって気付かされた。今こうしてまた自由でいられるのは、本当に幸せな事だね。ありがとう、レイ」

穏やかに微笑むアメリアにレイは視線を落とし、しばらく黙っていたが、不意に上着を脱ぐとヴィシャスに放った。そして、突然アメリアを抱き上げた。

「え、なに?」

戸惑うアメリアを他所に、レイは目を見張っているヴィシャス達に『ここで待っていろ』とだけ言い残すと、転移の術を発動して姿を消した。


次の瞬間、アメリアは浮遊感を覚え、尚且つ眼前に飛び込んで来たのは、遥か下に望む地面だった。いきなりレイが空中に転移したと分かり、慌てて翼を生やそうとしたが、レイに強く抱き締められて思い止まる。

「おい、その服だと破けるぞ?」

苦笑する声と共に羽音が響き、視線を向けると、レイの背に大きな翼が広がった。

純白の翼は、雄々しく、美しい。

神族は翼を体内に収める事も、具現化する事も自在だが、服はそうはいかない。翼を使うと分かっている時には、上衣の背側に切れ込みが入り、更に肌が直接見えないよう、その上に覆いが付いた服を着るのが一般的だ。

レイはどうやら着て来ていたらしいが、アメリアは普通のワンピースなので、翼を開くと破ける。

「いきなり、転移の術なんて使うからでしょう！」

「そうだな。たとえ翼を出せたとしても、スカートの中が丸見えになるから、止めておけ」

くすくすと笑ったレイに、アメリアは頬を染めた。

「こ、こんな服、着るんじゃ無かった！」

「俺が抱き上げてやれば良いだけだ、別に困らないだろう」

「…………」

いや、困る。誰も見ていないとは言っても、何だかとても気恥ずかしくて困る。

落ち着かなさげにアメリアの視線が泳ぐと、レイは苦笑して更に言った。

「それより、前を見ろ」

「え……？」

促されて視線を向ければ、目の前に広がっていたのは、美しい赤だった。

遠くには高い山が連なり、眼下には広い森が広がっていて、どちらも秋と言う事もあって、木々が色づき始めている。連なる山間に沈みゆく太陽が、空を茜色に染めていた。

「俺の領内の森だが、この辺りなら見やすいだろう」

建物が混在する街中では見えなかった光景に、アメリアは一瞬にして魅入った。

「綺麗な赤だね……」

宮殿の侍女達には、自分の赤い髪は、落ち目という意味を掛けて『斜陽』の色だと嘲られたものだ。

でも、こんなに美しい夕日と重ねられるなら、それでも良いとも思えた。

アメリアの視線は光に向いていたが、レイの視線は間近に落ちた。

夕暮れの色のような、鮮やかで深みのある茜色の髪を見つめ、彼はぽつりと呟いた。

「……そうだな。こんな良い色は、あまり見た事が無い。本当に……綺麗だ」

アメリアは目を細め頷いて、夕日を見つめたまま、のんびりと言った。

「日の光って不思議だよね。時間によって、色合いが変わるんだもの」

「……ああ。確かに見る時々によって、変わる」

昼間は天真爛漫で溌溂《はつらつ》とした姿を見せ、夕暮れ時には日の光も霞《かす》むような美しさだ。そして夜、白いシーツに広がった茜色の髪は、まるで花開いたかのように見え、艶やかだった。

その時々で、アメリアの色もまた変わる。

「レイはどんな時が一番良い？」

「………夜だな。待ち遠しくなった」

「え、それって見えないんじゃ……」

戸惑ったアメリアが無防備にレイを見上げると、その隙を見逃さなかった彼に、唇を奪われた。

一瞬の事にアメリアの目が点になり、次いで見る見るうちに頬を染めたが、ふと思い当たった事があり、抗議した。

「ほらっ！　今のも、私が強請った訳じゃないよ⁉　私は何もしてないからね！」

「俺でもない」

だったら、今私の唇を一方的に奪っていったのは、どこの誰だ。

呆気に取られるアメリアを他所に、レイはぷいっと顔を背けた。

「あれ、レイ、なんだか顔が赤くない？　大丈夫？」

「夕日のせいだろ。俺は何とも無い」

アメリアは不思議に思いつつも、レイに促されて、また夕日へと視線を戻した。

そして、久しぶりの景色を楽しんだアメリアは、最後まで夫の視線が己の髪に落ちていた事に気付く事はなかった。


アメリアが満足すると、レイは再び転移の術を唱えて、元の場所に戻った。

彼女を腕から降ろして翼を体内に収め、突然主君に消えられて泡を喰っていたヴィシャスの苦情を聞き流しつつ、上着を受け取って羽織る。

「アメリアに景色を見せてやっていただけだ、騒ぐな」

「そうなの！　とっても素敵だった！」

アメリアは目を輝かせて、ヴィシャスに熱く語りだした。

一気に興味が自分から離れた事をレイは感じたが、何も言わなかった。部下達の視線が煩《うるさ》くなりそうだったからだ。

ただ、気付けばまたアメリアの頭の後ろに軽くキスを落としていて、我に返った。

幸いにして、ほんのわずかに触れる程度であったから、彼女は気付いていない。

（…………なるほど）

今まで無意識だっただけで、アメリアの言う通り、俺はどうやらキスが好きらしい。

人生で『初めて』した事だったから、気付かなかったのだろう。

だが、だからと言って、アメリアに何度も繰り返してしまうのは、何故だろう。

いくらキスという行為が好きだったとしても、限度というものがあると思うのだが。

レイは首を傾げつつ、己の行動を見ていた部下達の視線が刺さり、気まずくなって、再び夕暮れの空を見つめた。

それもアメリアの髪色と同じ色の空だと思うと、また自然と美しい彼女の赤に目が移り、釘付けになった。

今夜の茜色は、更に綺麗に見える気がした。

＼おまけ／
◎キャラクターデザイン＆設定メモ

【アメリア】

【身長】165㎝
【年齢】20歳
【肌の色】色白
【武器】細剣・短剣
【神力】下級神。『武具』を司る

★採用案

髪の色：茜色（夕暮れに近い、鮮やか）
髪型：腰までの長い髪、耳下からウェーブ

【目の色】青緑色
【目の形】二重・意志の強そうな目（あどけなさは無い）

★別案

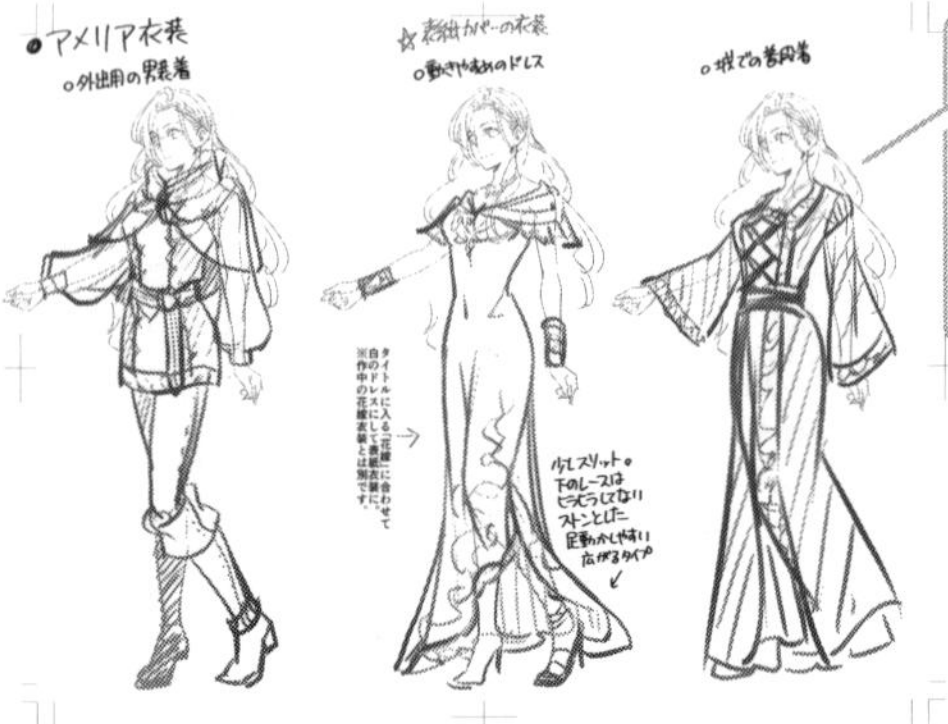

細身だが、胸はある。ドレスはシンプルなものが好き。コルセットは天敵。外出着は、動きやすい男装（ブラウス＋ベルト＋ズボン）に近い恰好をしたがるので、侍女達は苦悩。

【備考】山育ちで、活発。美形の夫を放置して遊びに出かける、恋愛小説にあるまじきヒロイン。

【レイ】

【身長】180㎝　　【武器】双剣
【年齢】100歳　　【神力】至高神（オリンポス十二神）。『命』を司る
【肌の色】色白

★採用案

髪の色：黒色（漆黒）
髪型：短髪

【目の色】緋色
【目の形】二重・やや釣り目
（冷たい印象）

★別案

領主として侮られない為、装飾がある服を着ている事もあるが、普段は質素な服を好む。色白の肌で、黒と赤が映え、色気は駄々洩れ。武人で、鍛え抜かれた身体だが、お肌は艶々。

【備考】妻に振り回され、周りの仲間には度々ヒーローの座を奪われかける、色々と悩ましい男。

【ロウファ】

【身長】180 ㎝
【年齢】95 歳
【肌の色】色白
【武器】弓全般。長弓が一番得意
【神力】上級神。『鍛冶』を司る

【備考】レイの為に頑張る、兄想いの弟。
領地も持っており、直属の部下もいる。

【カルロス】

【身長】210 ㎝
【年齢】10000 歳
【肌の色】小麦色（日焼けしているイメージ）
【武器】戦斧
【神力】下級神。『山』を司る

【備考】死んだ妻（アメリアの母親）一筋で、忘れ形見の一人娘を何よりも大切に思っている。

【バルド】

【身長】160 ㎝
【年齢】2000 歳
【肌の色】肌色
【武器】長剣
【神力】上級神。司るものは無い

【備考】弱者には尊大で、姑息。ヴィシャスよりも神力は上だが、部下からの人望は無く、対照的。エイリーンの部下でいるのは、単に彼女が強者であるため、媚びて従っているというだけ。

【ヴィシャス】

髪の色	亜麻色	髪型	長めの短髪を後ろに撫でつけている
目の色	茶色	目の形	一重・垂れ目
身長・年齢	170 ㎝・2000 歳	肌の色	肌色
武器	長剣	神力	上級神。司るものは無い
服装・体格	城に居る時は、勤務服。アメリアに同行している時は平服。		
備考	レイの最古参の部下で、忠誠心が高く、レイ一家からも信頼されている。上級神としては中程度の力だが、格上の力を持つ仲間からも慕われている。普段は気弱な面もあるが、戦場では粘り強く戦い、周囲から頼りにされる事も多い。		

【リーナ】

髪の色	飴色	髪型	ストレートの長髪・胸くらいまでの長さ
目の色	金色	目の形	大きめの目
身長・年齢	160 ㎝・21 歳	肌の色	肌色
武器	無し	神力	上級神。司るものは無い
服装・体格	肉付きのよい、女性らしい身体で、美人。		
その他	レイに対してやや依存的であり、執着心もある。アメリアへの警告も、純粋に心配しているものという訳では無い。		

あとがき

初めまして。黒猫子猫と申します。

『凶神の花嫁は、良妻を自称する～旦那様、浮気も無視も大歓迎です～』をお手に取ってくださり、ありがとうございます。

本作の主人公であるアメリアは、自由を求めて意気揚々と嫁ぎましたが、私は何だか娘を嫁に出す親の気分です。心配でたまりません。ふつつかものですが、真っ直ぐに生きようとする頑張り屋の娘ですので、温かく見守って頂けたらと思います。

私の小説の書き方は、書きたい場面を一つ思い浮かべ、そこからお話を作っていく事が多いです。

本作は、結婚したばかりの頃の、出先での二人の微妙に噛み合わない会話（初夫婦喧嘩？）が、元となりました。思い入れの深いシーンでしたので、えとう綺羅先生と編集様にお願いし、イラストも描いて頂き、よりいっそう面白いシーンとなりました。対照的な二人をお楽しみください。

また、デザイナー様がレイの紋章を作って、各章の見出しに入れてくださいました。こちらも素敵ですので、着目して頂けたら嬉しいです。

本作が書籍化できたのも、沢山の読者の方々に応援して頂けたお陰です。本当にありがとうございました。

そして、個性派揃いの癖の強い登場人物達を、とても魅力的かつ美麗に描いてくださった、えとう綺羅先生に心より御礼申し上げます。昔から先生の絵が大好きでしたので、本作のイラストを描いてくださると聞いた時には、本当に嬉しく、小説を書いていて良かったと思いました。

また、ご尽力頂いた、担当編集様をはじめとした新紀元社の関係者の皆様に、深謝いたします。

皆様と一緒に作り上げた本作は、私の宝物になりました。大切にさせて頂きます。

黒猫子猫

凶神の花嫁は、良妻を自称する
～旦那様、浮気も無視も大歓迎です～

2021 年 12 月 28 日　初版発行

著者　黒猫子猫（くろねここねこ）
イラスト　えとう綺羅（えとう・きら）

編集　川口妙子／新紀元社編集部
デザイン　秋山美保
DTP　株式会社明昌堂

発行者　福本皇祐
発行所　株式会社新紀元社
〒 101-0054　東京都千代田区神田錦町 1-7　錦町一丁目ビル 2F
TEL 03-3219-0921 ／ FAX 03-3219-0922
http://www.shinkigensha.co.jp/
郵便振替　00110-4-27618

印刷・製本　中央精版印刷株式会社

ISBN978-4-7753-1972-7

※本書は「ムーンライトノベルズ」（https://mnlt.syosetu.com/top/top/）に掲載された作品を加筆・改稿の上書籍化したものです。